山海变

肆 奔掠火

八月槎 著

人民文学出版社

图书在版编目(CIP)数据

山海变.4,奔掠火/八月樵著.—北京:人民文学出版社,2022
ISBN 978-7-02-016673-2

Ⅰ.①山… Ⅱ.①八… Ⅲ.①长篇小说-中国-当代 Ⅳ.①I247.5

中国版本图书馆CIP数据核字(2021)第255282号

责任编辑　朱卫净　张玉贞　李　翔
封面设计　钱　珺

出版发行　人民文学出版社
社　　址　北京市朝内大街166号
邮政编码　100705

印　　刷　上海盛通时代印刷有限公司
经　　销　全国新华书店等

开　　本　890毫米×1240毫米　1/32
印　　张　9.25
字　　数　140千字
版　　次　2022年1月北京第1版
印　　次　2022年1月第1次印刷

书　　号　978-7-02-016673-2
定　　价　58.00元

如有印装质量问题,请与本社图书销售中心调换。电话:010-65233595

目录

第一章　白苏玟　/ 1

第二章　鏖战　/ 43

第三章　死生　/ 79

第四章　世子　/ 121

第五章　阿团　/ 149

第六章　米渡　/ 189

第七章　野火　/ 243

第一章 白苏玫

她从身边取出一把轻罗小扇,对着身旁的一只红泥小火炉轻轻扇动,里面的炭火一闪一闪地亮起来,小火炉上的茶壶嘴冒出一缕白色的水汽。如今离得近了,他终于看到,白苏玫的眉眼之间,一颦一蹙,竟和扬一依一模一样,不过神情中更多了一些淡漠无谓,看起来也比正值青春的扬一依更加苍老罢了。

一

"侯爷，将军！"

豪麻的视线早就模糊了，黑马也好像着了魔，这一人一马已变成了一道闪电。那个白吴的斥候早已心胆俱裂，用尽了所有的气力，希望逃脱死亡的阴影。可是来不及了，伍扬的声音远远地传来时，他手中的流萤已经从那斥候的肋骨间隙中插了进去，他用力一转，流萤横了过来，再抽出刀来时，那斥候的轻甲便应声破开，鲜血和腑脏就从甲缝中喷射了出来。

对方的身子软绵绵地倒下，被受惊的战马拖拽着一路磕磕碰碰，一头栽进了奔腾的安水里。

流萤染了血，然而他心中的那一股火焰还在燃烧着，他右手挽了一个刀花，将那青碧的长刀收入鞘中，黑马好像知道他的心意，并没有着急回头，而是在平原上画了一个大大的弧形，才慢慢跑回队伍中。

七月里，晚风也像夹了火，热乎乎地从人身上缓缓流过，他甩去额上的汗珠，等到心里那一股劲儿慢慢卸去，这才发现，自己一半身子都是斑斑点点的血迹。

过了好半天，他才发现所有人都在看着他。

这到底是怎么了？在此之前，这三个倒霉的白吴斥候已经被按部就班放倒了两个，这一个，已经落入了伍扬的圈套，然而还没有等到收网，他便心生怒火，打马冲了出去。本来这样的事情是绝不应该发生的，那最后一个斥候，是有意留下的活口，然而被暴怒的自己了结了。

"你，你没事吧？"一片鸦雀无声中，还是唐笑语说了话。她脸色发白，声音也不大对劲。

刚才的自己，应该可怕极了吧？

他压住起伏的胸膛，咳了一声，道："继续走吧。"

马蹄声声，他的手不自觉地又握住了刀把，一转头，是唐笑语跟了上来。

"我来帮你擦擦。"她笑得有些勉强。

夕阳的轮廓越来越模糊了，他长长呼了一口气，终于感觉到了些许清醒，他抽出了流萤，那水白的刀身上泛着一抹浅浅的绿。

唐笑语从怀里掏出手帕来，细细地将那刀身上的血迹擦掉。

他忽然间想起，这么多年，他从没让人碰过自己的刀。

他勒住了马缰，看着前面的唐笑语，起码这一刻，他的生死不在自己的手上。

"好了，"唐笑语看他停下，把刀递了回来，随着一起递回来的，还有她的手帕，"你的手。"

手？豪麻举起右手，上面满是血污。

"好。"那染了血污的手帕带着一股陌生的香气，他认真擦了擦手掌，掌心中露出一道暗红的伤疤来，拦断了这只手上所有的纹路。

他把手帕递回给了那个女孩，她怕是没有见过战场上那只凶暴的野兽吧。

这疤痕莫名有些痒，他缓缓合上了手掌。

那年他回到大安，街头卜卦的先生硬拖住他，对他说，这道疤痕大凶，坏了七玄命数，如不赶紧补救，恐怕难得善终。这些四六不靠的话让人厌烦，少年豪麻用力抽回了自己的手。

说实在的，善终与否，对十五岁的豪麻来说，实在太过遥远了。他担心的，是在战场上毫无建树。以现在的狼狈模样，就算再回扬府喂马打料，他还能进得了大门吗？他还有机会见到那个笑吟吟的小姑娘吗？

大安的十月，风已经吹落了满树黄叶，这个不耐烦的少年裹了裹衣襟，对那个算命先生道："我没有钱。"

然后，士兵豪麻便在算命先生的叹息声中快步离开了。他一直在想，要是有机会能成为一名卫官就好了，这样就有资格带队冲锋了。

这道伤疤有些狰狞，在雷雨即将到来前，也偶尔会隐隐作痛，但并不影响他握刀持枪，因此，他很快就把它忘掉了。

在日后的岁月里，它越来越淡，慢慢变成了一道红线。

在算命先生口中，它是截断了他一生祸福的红线。

为什么？

唐笑语为什么对这道疤痕这样感兴趣？

在鹧鸪谷最后的那个清晨，唐笑语盯着自己，简直就像掉了魂，她甚至从未有过地靠了过来，提出了那个奇怪的要求，要看看他的右手。

"这伤疤是怎么来的？能给我讲讲吗？"

"大概是被枪杆划破的吧。"他有些尴尬，从来没有人问过这样的问题。

"哦？"

"时间太久了,很多事情都记不清了。"好像对唐笑语的关心有所愧疚,一向话少的他难得补充了一句。

"明白了。"她点点头。

可自己真的忘了它的来历吗?

他又回到了那一年的风旅河畔,那些被吴宁边铁骑圈起的澜青步卒被重重围住,再向后一步,就会落入冰冷湍急的河水中。然而对方的将领却长刀一挥,发出最后的嘶吼,迎着烟尘返身冲了回来。在他的身后,跟着那些陷入死地的绝望士兵。在这种稳操胜券的时刻,新兵豪麻第一次有了纵马冲阵的机会,也第一次知道了什么叫困兽犹斗。

他只模糊记得,身前冲锋的同袍一个接一个地摔下马去,对面那仅存的几十个身影还稳着阵形,并未后退半步。失去了骑士的战马刹不住马蹄,便凌空冲撞在这些身躯上,刀光剑影间,鲜血和残肢就在空中翻腾。那些嘶哑的长呼和凄厉的惨叫,争先恐后地撞进了他的耳朵。他还来不及分辨这声音到底来自对手还是同袍,自己紧跟着的那一骑已然在眼前轰然翻倒了。他一咬牙,手中的枪便刺了出去。

撞击,眩晕,光,飞矢,他翻身落马,努力稳住身体,一口鲜血涌了上来,填了满口满鼻。跪在旁人的尸首上,他仍咬牙死死握住手中的枪。

尘土散去,那些呐喊像遥远的回声,豪麻看见这杆长枪被强力弯折成了饱满的半月之形,一端被自己死死抓住,顶在胸甲之上,另一端,握住枪锋的是一双粗糙的大手,那大手之上是一双饱含憎恨的眼睛。对手兜鍪已经掉落,满面尘灰,鲜血从他的指缝中慢慢流了下来。这就是那名都尉,这群残兵仅存的领袖，伍青平的这支骑兵费了好几天的工夫，总算把他们密密围在这里。胸甲凹陷下去，血从豪麻的口鼻中滴滴答答地落下，在薄薄的皮甲下，顶着极韧长枪的，是他出鞘的灵魂。

不知过了多久，三棱飞矢从天而降，落到对面那小山般的男人身上，发出沉闷的噗噗声响。他看到对方极其缓慢地抬头看了一眼无云的天空，双手一松。

少年的枪杆倏地绷直了，轻快地穿过了对方的胸膛。由于木枪的支撑，他依然保持着半跪的姿势。豪麻胸前的压力骤然撤去，浑身一轻，一口鲜血就喷了出来。他又能呼吸了，那呼吸像穿过山谷的喑哑的风，这一刻，仿佛他的生命也随这一枪而去了。

武器就是士兵的性命，这一战他保住了自己的命，当他挣扎着站起来时，战斗差不多已经结束了。

掌心火辣辣地疼，他低下头，便看到了手心里这道破开的伤痕。

这和她无关，他想。

"唐姑娘，前方就是柴城，再向西北走，就是新塘了。"伍扬抽紧缰绳，挡住了唐笑语前进的路。

"伍二哥？你这是做什么？"她也勒住了自己的战马。

"离火原并不太平，新塘再向北，一马平川，处处都是烽烟，你再跟着我们，是很危险的。我看，不如你就从这里回去吧。"

"我，回去吗？"唐笑语犹豫了片刻，向豪麻这边看了一眼。

豪麻转过脸去，看夕阳中那座依稀的城池，今晨扬觉动、浮明光等已打马先行，他也不知道为了什么，总是落后一步。

伍扬捉住了唐笑语的马缰，拉转了马头。

"是啊。"她好像明白了什么。

这时候，伍扬本来应该掏出怀里准备好的银钱来，但是显然，他并不愿意做这些表面功夫。

"好吧。"唐笑语迟疑了片刻，终于缓缓调转马头，慢慢走上来时的小丘。

等唐笑语走出十数丈之后，伍扬伸手从箭壶里摸出一支箭来，缓缓搭在弓上，再慢慢把弓拉满。

夕阳正散发出最后的光芒，那箭头闪亮的一点有些刺眼，豪麻低下头，再次看看自己那只受伤的右手。

砰，利箭带着尖利的呼啸破弦而出，擦着唐笑语的脖颈飞过，她的一缕发丝飘散在空中。

在离弦的最后一刻，豪麻抬起了伍扬的硬弓。

"侯爷？"

"不必了，大公那里我去解释，她以前就跟着我，我不会让她离开我的视线的。"他的语气不容置疑。

看了看僵在马上的唐笑语，伍扬整个人都松弛了下来，如释重负地出了一口气，道："就差那么一点点。"

他立即打马追了上去，喊道："唐姑娘，你南渚也没有什么亲人了，那个山谷也不是个清净所在，你还是跟我们一起走吧，好不好？"

是啊，自己为什么不早一点反应，在等什么呢？

他也知道，这个女子很可疑，从在阳宪出现的那一刻起，她就和那些普通乡民格格不入，一路上说过的话也真假参半。不错，她的确带着大伙儿走出了鹧鸪谷，但是时间神秘地过去了数十天，这些神秘的时日究竟哪里去了呢？她是为何而来，有何目的？这一路的相伴是有意为之吗？

既然唐笑语这池碧水看起来清可见底，众人也就问无可问。但问题是，要把她这样一个来历不明的人一直放在吴宁边的权力中枢吗？还是，让她自行离开？如果她离开了，扬觉动的行踪又会不会即刻暴露，生出无数变数？

这一路，对唐笑语的命运，大家心知肚明，出了鹧鸪谷，相比留下她的巨大风险，让她从这个世间永远消失，是不是更简单呢？

本来她也确实会默默消失在这世间的，唯一的意外，是豪麻。他从来没想过，自己这一生，居然也会违抗扬觉动的命令。

二

"白吴的斥候出现在了安水西岸？"

"人呢？"

"回浮相，都死了。"伍扬瞄了一眼豪麻，有些尴尬。

浮明光转身看向扬觉动，道："先公灭吴以来三十年，白吴从来恪守约定，不敢越雷池半步，如今居然也放斥候过安水了。"

"不意外，"扬觉动缓缓道，"李精诚和浮明焰孤注一掷，带走了毛民和柴城的所有精锐，眼下从重华到梅溪，我们只有新塘这区区八千人，也不应该责怪白有光，他实在是压抑得太久了。"

"不过可惜，他没想到今日大公平安归来，不然，借给他一万个胆子他也不敢！"

说话的，是暂时移驻柴城的新塘守将虞永吉，他话里话外的振奋是真心的。眼下他的处境，并不比死战观平的伍青平或者深入澜青腹地的李精诚更好。李精诚、浮明焰的离开和南渚主力的北上，让三州交界的安水流域顿时出现了权力的真空，吴宁边身侧的白吴，这个继承了昔日旧吴的诗酒风流却毫无存在感的柔弱政权，竟一下子变得举足轻重起来。

而新塘，这个日常并不起眼的小小军镇，由于正坐落于两州交界的最前线，在战争的阴影下，也突然变得紧张了起来。

"世易时移，"浮明光皱了皱眉，道，"白安之乱，卫曜和他的野熊们背后的支持者，大概就是白有光。当日他不过是一个十几岁的少年，若是没有夫人的保护，早就成为刀下之鬼。但想不到的是，如今八荒大乱，他居然有胆量在我们背后做手脚了。"

扬觉动却道："他到底是白吴余脉，还背着白家的复国之愿，现在我们乱成这个样子，若是他连斥候都不敢过安水，也枉为人君了。"他又把目光投向了豪麻，道："豪麻，你半天没说话了，在想什么？"

"白有光眼界太窄，终日想着的，只有大安城，只要大公还在，想必他不敢轻举妄动。我倒是在担心甲卓航，他一去就再没了消息。"

浮明光道："疾白文放李精诚和浮明焰进击花渡，目的就是减轻风旅河的压力,让徐昊原不敢全力放手进攻,而今局势明朗,南渚已经和澜青联合,在花渡布下了陷阱,此时的徐昊原,应该更加没有顾忌了。"

"什么?南渚终究还是与澜青搞到了一起?"豪麻的手指一根一根捏了起来,这意味着,扬一依的牺牲完全是一厢情愿,而他们的南渚之行,更全无半点意义可言。

"甲卓航,来消息了?"

他的脑子里嗡嗡作响,百鸟关口一别,甲卓航代替自己走上了一条九死一生的不归路,如果可能,他宁愿当日前往花渡前线的是自己。他一生从不信命,如果南渚背盟,更是正中下怀,这样,他便可以堂堂正正和赤研家在战场上杀一场了,他不信那座箭炉城可以挡住他心中的野火和愤怒的马蹄,退一万步想,即便真的战死沙场,他好歹也离扬一依更近一些,不是吗?

"是尚山谷,他从商城派来了信使,"浮明光看了豪麻一眼,"商城现在被南渚野熊兵团团围住了。"

"三镇兵马已经过了商城?"

"没错,甲卓航他们星夜兼程,也未能追上李精诚和浮明焰,甚至连负责辎重补给的尚山岳也没见着。这一回老李和浮明焰都拼了命,打下商城,一天都没有停歇,继续向花渡急行,商城这样重要的后方,他们竟只留下了两千兵马。甲卓航只好将尚山谷留在那里维持,自己继续打马去追了。"

"这是什么速度,甲卓航他们轻骑快马,居然没有追上?"

"嗯,现在的大麻烦,是尚山谷虽然坚韧,但注定守不住商城。现在柴城、毛民都是空城一座,只有我带来的三千兵马和本地的两千营兵。这半路里又杀进来一个白吴，也在试探我们的虚实，新塘剩下的那五千兵马，说什么也动不得了。而且，"虞永吉看了看扬觉动，"大公，救援商城，势在必行，三镇兵马的后路就此被截断，李伯他们就真的回不来了！"

"尚山谷是救不下来的，"扬觉动过了好一会儿，才缓缓道，"你的心思我知道，他们都是你的叔伯，既然已经上路，自然知道此行的深浅。何况李秀奇动用了棕熊这样的精锐去断李精诚的后路，又这么多日子围而不攻，就是想好了要打援，现在我们出去和他们野战，这可比他们猛攻柴城省力得多。"

"可，这样眼睁睁地看他们断了三镇的后路，这，太难受了！"

"商城还是要保的，但是关键不在我们，而在白有光。"

"要先打白有光吗？"虞永吉一愣，"如果此时我们分兵和白吴两面作战，太危险了。若是可以集中兵力，先挡住徐昊原，只要我们主力仍在，白有光还可能会犹豫。但先打白有光，在地势上，我们需要仰攻，殊为不利，徐昊原更是不会放过这个千载良机，一定会趁火打劫的。"

"不，不打白有光，你说得对，手中无兵，我们什么都做不了。商城那边，只能让尚山谷尽量拖延时间，等我们把离火原上的主力拉过来。"

"大公，"浮明光微微一愣，道，"现在观平战场，南津侯和百济公已经十分辛苦，这一支在和徐昊原鏖战，听说绝大部分兵力都被扔进去了。蓝仓陷落、邯城危殆，如果观平也被拿下，大安也就很难守住了！"

"大安是国都，决不能失，"豪麻上前一步，道，"大公，我现在就去观平!一个月内,徐昊原若能东进一步,我自到谢罪。"

"这不是你该说的话,你能冲阵斩将,但没必要每次都这样做。"扬觉动摇摇头,站了起来,道:"屋子里面闷,我们去城楼上转转吧。"

不知什么时候,夜幕已经悄悄降临,火把不到之处,四处都黑魆魆的,出了明堂大门,旁边一团模糊的黑影,伍扬把火把照过去,才发现是唐笑语抱膝蹲坐在那里。

"唐姑娘?"浮明光有些意外,看了看伍扬。

豪麻上前一步,道:"浮相,她跟着我。"

扬觉动倒是对着唐笑语招了招手,道:"你也来吧。"

现在这个一身精甲、矍铄凌厉的扬觉动,已经再不是鹧鸪谷底那个和蔼的老人了。

唐笑语意外地站了起来,揉了揉酸痛的双腿,不知道应该往哪儿站,犹豫了一小会儿,还是跟在了豪麻身边。

太阳已经完全沉入大地,天空繁星升起,其中最亮的一颗,是红色的。

柴城的风格和浮家粗犷的性格十分相似,巨门、高墙,建筑结实坚固,但总少了一点精细和品位。在这里登上城楼,西望便是毫无挂碍的一马平川。过了商城,向西再向西,就是富庶的四马原。

夜风依旧燥热,豪麻的手扶上城墙,粗粝的砖石还带着日间的余温,那热力和着自己的心跳,好像总有些什么东西,要突破自己的皮囊,喷薄而出。

夜色苍茫,不知道此刻的甲卓航又在哪里。

他知道在花渡战场，南渚和澜青已经布好了陷阱，耐心地等他们踏入吗？李精诚、浮明焰都是纵横沙场、深孚众望的老将，浮铁虎、尚山岳，或莽撞暴烈桀骜不驯，或沉稳持重城府颇深，他这个惯于在大安城中拈花弄蝶的甲公子真的吃得消吗？

当日一别，已经永无相见的一天了吗？

扬觉动轻轻咳了几声，南渚一行，他的鬓角又生了些许白发。他不开口，没有人敢说话。

"大公，你在找些什么吗？"唐笑语还是那个清浅如溪的少女。

糟了，豪麻忙上前一步，扬觉动思考的时候，是没人敢打扰的。

扬觉动却看了看唐笑语，道："我像在找些什么吗？"

唐笑语并不畏惧那狮鹫一样的眼睛，道："所以我很好奇，那样远的地方，只有一片混沌。"

扬觉动道："我在想，晴空崖上的那些灵师，说凭借灵术便可看过去、未来，我到现在还是不太相信，我这样看过去，看不到我的那些老朋友啊！"

出乎所有人的意料，扬觉动这话说得温和极了。老朋友？叱咤八荒的扬觉动也有朋友吗？

跟在扬觉动身边这么多年，豪麻还是第一次听到扬觉动这样感慨。

可是唐笑语知道，就是这个一脸慈祥的长者，默许了她的死亡吗？

扬觉动转过身来，道："今晚我们就出发，要赶在观平陷落之前，回大安。"

"大公，三镇怎么办？"虞永吉依旧一头雾水。

"你就在这里，守住柴城。"扬觉动已经迈开了步子。

"大公，如果，白吴趁这个机会对新塘下手怎么办？"

浮明光严厉地看了虞永吉一眼，虞永吉马上意识到了自己的失言，道："是，大公，我誓与柴城共存亡。"

"很好，"扬觉动点了点头，道，"白安，乱不起来。"

三

天色苍青，即便站在百望台上，也望不到观平的烽烟，鳞甲束装的豪麻胸中，磊落不平。

吱呀声响，两名虎卫推开了祥安堂的大门，酷暑之中，一股冷冽的气息迎面扑来，他面无表情地紧跟在扬觉动身后，跨入了祥安堂。

这里还是如往日一般模样，檐窗的光线只能照亮这广阔空间的边缘，整个大堂一片肃静晦暗，只有那束天光静悄悄穿过明瓦，直射在大殿正中的麒麟座上，扬觉动阴沉着脸，径直走上了回阶，那光线照在他的脸上，把那些刀削斧刻的皱纹都染上了金子的颜色。

见礼过后，大安的满朝文武一片沉寂，都忐忑不安地等待着扬觉动开口。

豪麻目光如刀，从这些熟悉的面孔上划过，他们不应该忘记，一个月之前，也是在同样的地点，他们是如何面对扬一依的。当时，她一个人站人群中，站在这片空旷而毫无生气的冷漠之中。虽然那天百济公扬丰烈一样阴沉着脸,但眼前的这些人并没有一丝畏惧,而是各怀鬼胎、吵吵嚷嚷,希望能从扬觉动留下的丰厚遗产中挖走最膏腴肥美的一块,成全自己的锦绣人生。

这些人里,有人希望扬一依尽快履约,最好赴死,好空出那血色的麒麟座;也有人当庭求爱,希望能够抱得美人,坐拥扬家山河;还有人大言不惭,用豪言壮语来讨价还价,希望借着这千载良机,赚个盆满钵满。

而现在呢?他们个个噤若寒蝉。

他看向那个翠衫锦衣的楚穹,听说他当日就跪在这片天光之中,抽刀求爱。他把手中的刀越握越紧,他当然不能在祥安堂上、在扬觉动面前抽刀,但是这个人在他心中,已经死了。

他难以想象当日扬一依心中的失落与绝望,他知道她温柔下的倔强,她一定会离开,为了那一点点今天已成笑话的微茫的希望。

而这两个月来决定吴宁边命运的那个人,此刻还在观平城下,不知道他得知扬觉动从南渚的深谷中重新走出,又会是怎样的心情。事实证明,扬丰烈即便拥有锐利的风芒骑兵,也无力统御这片土地。也正是别有心思的他,当日一声怒吼,竟一语成谶。

不止一个人对他说过,在这堂上众生百相表演得淋漓尽致之后,是扬丰烈终结了这无尽的吵嚷和混乱。当日有些狼狈的百济公弹压不住这些心思各异的重臣,但至少还可以发问,如果扬觉动未死,重新出现在这大堂之上,你们今日的招摇,又将如何收场?!

豪麻此刻一个个看过去，梁群、楚穷、邵远征……他可以想象出这些人当日的嘴脸，如今如何收场？又能怎样？猛虎再可怕，死了，也不过一张华丽毛皮而已。当日的他们，何曾想过，扬觉动竟有一天会重返大安城？！

并不意外，扬觉动归来的消息，就像一阵剧烈的风暴刮过离火原，自毛民卷过柴城、新塘，卷过平明河两岸，越过了柴水和安水，这个人还在千里百里之外，那种暴烈肃杀的气息已经在整个离火原弥漫开来。不，还不仅仅是离火原，西到风旅河、东至宁州、北至东川、南到重华，整个八荒都在发生微妙的变化。

回来了，那个纵横中州三十年，将木莲裂土分疆的枭雄没死，他带着那个可怕的影子豪麻，回来了。

这个影子现在就站在众人的前方，一身青黑，带着愤怒的火焰，一只手永远搭在刀柄上。

"疾白文呢？"这是扬觉动开口的第一句话。

"疾、疾先生已经走了。"祥安堂上的诸人中，论爵位、排辈分，也该迎城侯梁群说话了。

扬觉动只是轻轻转了转脖颈。

"大公，"梁群咳了一声，又道，"疾先生确实不在大安了，大公远赴南渚定盟，生死未定，徐昊原趁机大军压境，先夺风旅河，再下南津镇，进逼观平，疾先生也是没有办法，才提出了由南方三镇兵马进击花渡，截断四马原新粮的计划。本来，大家都觉得这个计划太过异想天开，但是娴公主大忠大勇，却为了这一线生机，自请赴南渚履约定盟了。"

扬觉动的脸上还是没有表情，梁群说着说着，不由得慌了起来。

"李精诚和浮明焰知道公主决意亲赴南渚，便也兴兵猛进，不过，算算时日，也近月余了，不但公主陷在了灞桥，而且刚刚夺下的商城也被南渚平武侯李秀奇重重围住，这，这局势已经明了，疾先生的计划此刻已经全盘落空了。"

"所以，疾白文就跑了吗？"扬觉动不置可否的时候，最是让人心惊。

"大公明鉴，疾先生跟随大公也多有经年，从未有二心，这一次，实在是……"

"邵远征，你做什么！这里哪有你说话的分！"观平伯邵远征刚一开口，邯城守将耿四昌马上打断了他。

扬觉动脸上终于出现了一丝笑意，道："耿四昌，这里邵远征说不上话，你就可以说得上话了吗？"

耿四昌的脸色马上变了，道："大公明鉴，这个邵远征身为观平守将，不好好地守着观平，反而在大公离开后，跟着那个疾白文身边，平日里净做些荒唐无稽的事情。我看娴公主当日被迫前往南渚，倒有一多半是他和那个疾白文煽动的。"

"哦，他不好好守着观平，你呢？你为什么在这里？"

耿四昌知道大事不好，硬起头皮，就地跪下，使出蛮力，撕拉把衣服一扯，露出一身伤疤来，道："大公，我和那邵远征不同，我是一直待到邯城陷落，才、才奔回大安的。"

他一边说，一边看着梁群，梁群却只是抿起嘴唇抬头看天，不声不响。

豪麻转身，蹲在耿四昌的身前，两个人四目相对。

他在撒谎，豪麻站了起来。

"邵远征,你想说什么?"

"疾白文、不,疾先生,是被迫离开的。"邵远征的声音有些发抖,眼睛看向了祥安堂四围那些厚厚的帷幔。

"不错,"梁群挺了挺身子,道,"南方三镇大军深陷澜青腹地,有没有作用,大家都看到了,伍青平在观平苦战,百济公的风芒骑兵也折损过半,而徐昊原的猛攻一轮接着一轮,我方将士虽然已经竭力苦战,但终究还是抵不住徐昊原十万大军的全力冲击,因此从风旅河、箕尾山到蓝仓、邯城一一陷落,这样的责任自然应该有人来承担。"

他又上前一步,道:"是我带人去的,但杀了疾白文不是我一个人的决定,也是柱国的意思!"

"你,你们不是说疾先生被驱逐了吗?!"邵远征猛地转过身来。

疾白文,死了?豪麻的心激烈地跳起来,扬觉动对疾白文的倚重已非一日,这次前往南渚之前,特意将疾白文留给扬丰烈,就是怕扬丰烈莽撞冲动、没有决断,其实已经相当于留下了一个监国。整个吴宁边,自扬丰烈以下,没有人不知道疾白文之于扬觉动的意义,然而,扬觉动不过失踪了两个月,扬丰烈竟然联合梁群将疾白文秘密除掉了!

麒麟座上的那个人,又会有什么反应呢?

扬觉动的眼睛悄悄眯了起来。

"你在大安杀了疾白文,看来,我把浮明光遣去观平也是个错误了。"

"大公,"看到扬觉动的话锋指向了扬丰烈,一直在人群后面默不作声的楚穷终于也站了出来,"百济公如果真的怀有二心，完全可以固守百济，不用通过迎城侯的商队将风芒骑兵送到观平战场啊，更何况，浮相跟随大公鞍前马后，屡立奇功，是国之柱石，而那个疾白文不过是个在暗影中的诡秘策士罢了。这一次，如果不是他的极力蛊惑，当日也不会有三镇兵马西进的冒进，娴公主也不会陷在南渚才是真的。"

他提及扬一依的那一点愤激，到底有多少是真心的呢？

"现在观平吃紧，而三镇兵马杳无音信，如果没有他疾白文，我们齐心协力，一起固守观平，也不会被澜青接连拿下南津、蓝仓和邯城，造成今天大安震动，国本动摇。"

"大公，说句掉脑袋的话，你回来得晚了。"一直跪着的耿四昌竟然失声痛哭起来。

一直在扬觉动威压下的朝堂终于也开始有了松动，响起一片窃窃私语声。

豪麻在心里冷笑，他自然知道梁群几人此刻表演的底气是什么，观平战事危急，扬丰烈怎么说也是主政，无法坐视，他也确实被迫动用了自己的所有精锐，才能力保观平不失，毕竟，为了守住大安，南津和风旅河的残兵、蓝仓、邯城、百济、大安，几乎整个吴宁边还能调动的兵力，已经全部群集观平城下。李精诚等人一去无踪，这就是关乎吴宁边国运的生死之战，在观平展开，总比在百济或大安战场更好。

如今吴宁边西有澜青猛攻，南有白吴压境，可动用的兵力已经支离破碎，只有东侧的迎城，与宁州接壤，还有三万兵力未投入战场，战事紧急，扬丰烈已经没有和梁群叫板的本钱，只能由他去了。

所以，梁群才敢擅自杀掉疾白文，而现在的局势，已经很难说这大安城的主人究竟是谁了。

当然,一时片刻,梁群还不敢对扬觉动有所动作,扬觉动苦心经营吴宁边二十余年,如果说现在还有谁能将这些各自为战、分崩离析的散兵游勇凝聚起来,也只有这个人了。但是以他梁群现在的重要性,难道还要像以前那样小心翼翼,连句话也不敢说吗?他是个商人,有了本钱,自然要讨价还价的呀?

这梁群和耿四昌,一黑一白,倒是唱得好戏啊!

日正中天,微风轻拂,此刻祥安堂的檐窗下,一定很热吧。

四

"耿四昌,你起来吧。"扬觉动挥了挥手。

耿四昌鼻涕一把泪一把地站了起来,一贯生猛凌厉的扬觉动究竟经历了什么,竟然任由这样的人在祥安堂上胡搅蛮缠?人们心头数十年累积起的恐惧终于在这个上午渐渐消散开去。

原来不管是狮子还是老虎,也会疲惫,也会恐惧,在不利的形势下,也会想办法妥协、自保,安抚它的敌人和对头。

李精诚和浮明光生死不明,伍青平和扬丰烈还在观平死战,浮明光不在身边,疾白文死了,甚至扬觉动的虎卫军和豪麻的望江营也被调离了大安,扬觉动就算是一只猛虎,现在也没有了牙齿啊!

昔日纵横八荒的扬觉动,不过是个年过半百的老人,他身边的豪麻就算再勇武,也会被梁群插在大安的这一万人马撕成碎片吧。

"大公,有些话,不适合讲,但又不得不讲,希望大公能让我有个机会说出来。"在一片交头接耳声中,梁群慢慢抬起了头。

"你说吧。"扬觉动微微闭上了眼睛。

"大安,守不住了!"

梁群的声音骤然拔高,多少有些突兀。此话一出,祥安堂顿时乱作一团。

"我有确切的消息,徐昊原的十万大军,迄今伤亡不过一二,而百济公和南津侯的人马,却损失过半了,因为大公不在,离火原上,各镇兵马乱作一团,观平溃散,只在旦夕之间,一旦观平失守,不出五日,徐昊原一定可以越过长戢山,兵临大安城下。"他放慢了语速,去观察扬觉动的表情。"这条线路大公你是熟悉的,三十多年前,先公就是顺着这条路攻入大安城的。"

"嗯。"扬觉动点了点头。

梁群回身,看了看身后的群臣,深深吸了一口气,道:"其实,这是我和百济公共同的判断!因此,在大公归来之前,为吴宁边计,我们必须未雨绸缪。眼下,大安的钱粮资材已经开始西运迎城了。"

堂上的杂乱声响渐渐低了下去,每个人都清楚,在没有扬觉动的授意下放弃大安,这意味着什么。

"你们!我说怎么我四处筹措军需,却到处碰壁!观平城下,每天都在死人,你们怎么能在后面这样釜底抽薪!"邵远征看看扬觉动,又看看默不作声的群臣,忽地走了出来,举起的手指都是颤抖的。

"邵远征，你一个观平守备，守土有责，你弃城而逃，还在这里振振有词！你是不是不想活了你！"刚才还痛哭流涕的耿四昌突然暴跳如雷。

那边邵远征气得浑身颤抖，梁群却视若无睹，继续道："大公，如今迎城粮资充足，我看，不如大公就此颁下谕旨，暂且迁都迎城，方可称万全。"

"覆巢之下，焉有完卵？你迎城的三万人马，便可保徐昊原不继续西进吗？！"

"这，"楚穹看看邵远征，又看看梁群，快步走了上来，道，"启禀大公，我觉得梁侯所言也有几分道理，虽然澜青大军离大安尚有距离，但是观平陷落后，长戢山南麓再无险可守，这坏消息接连传过来，一拨一拨的军士西进不归，百姓们早就开始逃了，就算我们不走，大安很快也是空城一座。前些日子，我从蓝仓退出来的时候，就曾听闻，徐昊原至少还有一个月的粮食，如今看来，观平是说什么也坚持不住一个月了。那不如我们退一退，固守迎城，等到徐昊原军需耗尽，自然也就站不住脚了。"

"徐昊原现在的军需，是去年的秋粮！你蓝仓离箕尾山口最近，刚一开打，却不管不顾跑得最快！现在，恐怕四马原的新粮正穿过箕尾山口源源不绝地运过来，他这次倾尽全力，不将我们连根拔起，是不会善罢甘休的！我们退到迎城，背后就是宁州，然后呢？退到哪里去，难道要我们都进了宁州去，找那姓陈的吗？"

邵远征为人一向温和持重，年纪也不小了，平素在吴宁边

奔掠火　23

各路侯伯中几乎没有什么存在感,这一次看到堂上情形不对,倒是真的豁出去了。

"邵伯,你年纪大了,不如和大公一起去我那里休养些日子,如果徐昊原打到了迎城,宁州陈大公也不会坐视不管的,"梁群的态度愈发怠慢起来,"徐昊原若是进犯迎城,这是在他的眼皮底下动刀子,他自然要管!他怎么能确定徐昊原不会一个不高兴,攻入宁州呢?到时候惹得宁州也出了兵,他徐昊原岂不是更麻烦?"

邵远征看了沉默不语的扬觉动一眼,道:"梁侯,你还是太小看我邵某了,观平虽危,但还在伍青平手中,若是观平陷落,我便让你看看什么叫作守土有责!"

楚穷忙上前一步,道:"邵伯,这兵家战事,是硬来不得的,你可不要冲动啊。"

"邵伯,就算你为了观平自刭在这祥安堂上,局面也不会有任何的改观。百济此刻无兵可守,风旅河又水陆便利,徐昊原顷刻就到,新塘就在白吴边上,只有区区八千人驻守,白有光和我们,那是血仇,除了我的迎城,我们还有其他选择吗?"

"啊!"迎城侯的两条眉毛高高扬起,扫视着场上的官员们,大多数人都低下了头。

"你话太多了!我邵远征被先公封在观平,此次未在战场,绝不是怯战,我不能有负先公的信任,更不能放弃为大公守土的职责!不管几时,观平陷落之日,便是我老邵归天之时!你们呢?这两个月,在大安城内覆雨翻云的是谁!你们不知道吗?此刻大公在上,怎么都不说话!"

他说得激动,脱下兜鍪,当的一声掼在地上,那头盔骨碌碌滚去老远，众人却噤若寒蝉。

天光中的扬觉动终于站了起来，道："都不要吵了，人老了，听不得这些了。"

"请大公体恤百姓，尽早迁都！"梁群拜了下去。

"请大公尽早迁都！"堂上的文臣武将心思各异，声音七零八落，但也都一起拜了下去，只剩下豪麻一人默不作声，站得笔直。

"好！"扬觉动居高临下，缓缓道，"我们今日就撤出大安。"

"大公英明！"梁群率先站了起来，后面的百官居然也跟着站了起来。

"迎城侯，这一天，你等了很久了吧。"

"大公，你这是什么意思，我听不懂。"

"这些年，我和徐昊原恩怨纠缠，此消彼长，不分胜负，也真是打得累了。你事事小心，委曲求全，夹在陈仁川和我之间，时间也不短了。"

梁群躬了一半的身子僵在了那里。

扬觉动的声音慢悠悠的："当年我进军宁州时，他不过是个少年，这么多年了，他居然越来越狂狷自负，做好了表面功夫，却不忘向我复仇。"

扬觉动忽然说起的事情，众人都莫名其妙，只有梁群神色大变，强自镇定。

"向鸿蒙商会送上的那三百匹云锦，是你采购的吧，好大的手笔，从南渚换回的粮食，也给了疾白文闪击花渡的足够信心。白有光支持白安之乱，也是你策动的吧？"扬觉动拂拂衣袖，道，"只是我就算亲赴南渚，也没看明白，青华坊里那个配合你贩粮，又想借机除掉卫中宵的人，到底是谁？"

"你不动声色，不费一兵一卒，一手云锦、一手甲兵，竟然就搅乱了一池春水，让一个偌大的吴宁边分崩离析。迎城侯，你很对我的胃口。"

"大公，你说的这些，我实在不懂，就算我能够贩些布匹粮甲，也不过是尽了我的本分而已，还是想要为大公多积金帛粮秣，以备不时之需啊。这八荒的时局，又岂是我一个小小的迎城侯能够左右的？"

"你左右不了，但是有人可以左右，此役了结，朝守谦终于结果了宿敌扬觉动，应该会非常高兴吧。嗯？"

"大公，你真是太抬举我了，我没有这样的脑子，"扬觉动话越多，梁群反而渐渐镇定下来，"你这样说，真的是逼我下手了。"

梁群的嘴角慢慢浮上了一丝微笑，道："说实在的，这些年的大安城里，我真的不知道谁会比较愉快，大概是被你处死的那些老兄弟吧。他们死了，但也终于不用在你的淫威下战战兢兢了。你们扬家出身军镇、好勇斗狠不假，但也不至于为了陈年的一点恩怨，一个个赶尽杀绝吧！啊，真是够了！"他啪地把袍袖一甩，"金满城有什么对不起你，他已经抛妻弃子到了宁州，你还要追上将他杀掉。白景迁呢？谁不知道他骁勇无双，对你忠心耿耿，只不过顾惜子侄，和白有光书信几封，你竟置他于死地！"

他猛一转身，对着邵远征道："邵伯，你的好兄弟邹远山怎么死的，你不会也忘了吧？你们，你、你，还有你！"

梁群的手指把满堂的文武一个个点过去。"你们怎么就能当作什么都没有发生过,每日这样逢迎讨好地活着呢?!"

"大公,我心底总有一个疑问,这世上,到底有没有不怕你的人啊?这些年来,我们这么多人,有几个可以安睡到天明?生怕第二天醒来,就要抄家、灭族、妻小没了脑袋!这件事太难受,不是吗?还有,我们这些人,为你鞍前马后、四处奔忙几十年,难道还赶不上他们吗!"

他的手指向了豪麻:"这些黄口小儿有什么能耐,他们懂什么?也对,你不过也就是需要一把快刀而已,你为什么就这么不信我们,非要把这刀架在我们的脖子上呢?我们还不够唯命是从吗?"

豪麻深深吸了一口气,看着梁群脚上那一双紫缎安乐靴在地面的青砖间来来去去。

"云锦是我经宁州商会运过去的,白安的兵器也是我给白有光的,我和灞桥确有暗中勾连,这都没错。可购来扶木原的粮食、引发白安的叛乱,这哪一样不是牵制南渚加入战局的有力举措?如果不是你好大喜功,要毕其功于一役,本来,这都会变成下一步吴宁边继续壮大发展的铺垫,你又何至于要亲赴南渚,还要送掉女儿?送了一个还不够,要送两个?打垮徐昊原,掀翻日光城对你来说,就那么重要吗?我怎么会知道那个疾白文会提出闪击花渡,我怎么会知道你竟然能走出鹧鸪谷,如果这世上所有的阴差阳错都能归为因果,那我只能说,你今天面对的这样的残局,也是你的因果!"

梁群语气凌厉,口若悬河,所有人都听得瞪大了眼睛。这两个人的对话中,牵涉故事未免太多,一时之间,却没有几个人能理得出头绪。

"扬觉动,事到如今,你还能把我怎么样?你知道吗?你应该知道吧,现如今,这大安城是我的!我的!是我梁群的!这祥安堂外,有一百把刀子在闪闪发光,一百把!现在,只要你跟我一起去迎城,继续做你的大公,便不用面对这些锋利的刀锋了。你的选择呢?还是等着白有光北上大安,接走白夫人,迎回娴公主?"

扬觉动摇摇头,道:"不劳白有光惦记了,那是我的女儿。"

"原来,她是你送去南渚的。"沉默了许久的豪麻突然说话了。

梁群刚刚转头,那水碧的长刀已经倏地出鞘,在空中划出了一道浑圆的弧线。

惊叫四起,人群中炸了锅,梁群的头颅骨碌碌在地上翻滚着,那脸上依旧带着自信和嘲弄的表情。

他确信所有的商人、权臣或君主,都会计算利弊权衡得失。

但他忘了,一把锋利的刀子是不会计算这些的。

五

"这大概是白赫之后在这祥安堂上死掉的第一个人。"扬觉动站在那一片天光中,用手拍了拍椅背,叹了一口气。

祥安堂的大门轰然大开,南津侯伍青平大踏步走了进来,跟着他进来的每个士兵,手里的长刀都喝饱了鲜血,整个祥安堂顿时淹没在了浓重的血腥味道之中。

不过数月未见，伍青平更瘦了，脸色青灰，连眼眶都陷了进去。

"伍侯，你怎么回来了？观平呢？"邵远征张大了嘴。

"启禀大公，大安安稳。"他只是微微一笑，没有回答邵远征，大步走到梁群的那一片血泊中，震甲下拜。

"你辛苦了。"扬觉动的声音在大堂中回荡，带着一丝疲惫。

伍青平站起身来，肃立抱拳，对着豪麻拱了拱手，豪麻亦缓缓抱拳，除了扬觉动，这宏阔的厅堂里，好像只有这两个面无表情的男人存在。

好似见了鬼一般，人们纷纷让开了迎城侯的尸首，连同那头颅画出的诡异的血环，祥安堂的正中呼啦啦空出了一大片。

死亡的气息是黑色的，刚刚纷乱的朝堂死一般寂静，只有耿四昌咬着牙，慢慢把佩刀拉了出来，刀锋摩擦刀鞘，发出了嘶嘶的声响。

他舔了舔嘴唇，慢慢把刀架在了脖子上，握刀的手还忍不住微微发抖。

那也算是久历战阵的手。看到耿四昌那一身的伤疤和虬结的肌肉，豪麻将流萤慢慢推回刀鞘中。

"老耿，何必呢。"

伍青平再平常不过的一句话，耿四昌一抖，手上的刀就当啷落到了地上。

扬觉动仰起脸来，缓缓道："耿四昌，你把迎城侯缝好，送回去，告诉梁光之，让他把望江营和大安的军需送回来。"

奔掠火

"伍青平，传书所有军镇，从现在开始，各镇溃军散卒就地按军阶集结重编，限十日内向迎城、新塘、大安、四方集结，十日内整军完毕者，无论是何原因脱离战场，一律既往不咎。还有，从现在起，你代替扬丰烈，在我帐下节制虎卫、风芒、望江之外全体兵将，如我亲临。"

　　扬觉动挥挥手，豪麻将自己贴身的那枚令牌取出，双手递给伍青平。

　　"余下的人，去收拾钱粮财资，同样十日内，把大安清空，不要给澜青留下一粒粮食，公室百官，南下新塘！"

　　"大公万寿！"在一片噤若寒蝉的血腥气氛中，祥安堂内响起了整齐的颂声。

　　迈过祥安堂那高高的门槛，重新走进七月的烈日，豪麻的心在怦怦跳动着。像每次要誓师远征一样，扬觉动重又带着诸将走上了百望台。

　　绞盘转动，沉重的木门发出咯吱的沉闷声响，大安城大小城门洞开，飞奔的骏马箭一般在平原的道路上飞驰着，今年长戢山以东大旱，广袤的大地早早带上了焦枯的土黄，信使们带着十万火急的军情和振奋的希望拼命策马狂奔，在这片大地上划出一道道起伏的曲线。

　　胜利一定属于吴宁边，毫无疑问，豪麻的手紧紧攥住刀柄。

　　从毛民、柴城一路北上，扬觉动就像一个巨大的旋涡，把那些各自为战、一团混乱的各镇兵将纷纷吸附，不过十数日时间，已经溃散、毫无战斗力的散兵游勇，心思各异、携兵自重的地方将帅，纷纷聚集在扬觉动的长旗下。扬觉动带来的，是俾睨天下的自信，是战无不胜的铁血，是众望所归的死心塌地。他的归来，让两个月来支离破碎的吴宁边终于在金色的军旗下重新汇成了一股浩荡的洪流，滚滚向前。

剩下的，只有在一片喧哗中保持静默的大安城，和四野因为扬觉动的归来而振奋不已的各镇各城相比，大安城内的平静却暗流汹涌。

和斥候们飞报大安的情报不同，浮明光并没有去观平，他留在了新塘。去了观平前线的，是扬觉动，他把扬丰烈留在观平战场，亲自带着伍青平和他的人马，越过了长戟山。

随着扬觉动脚步的临近，大安城也慢慢开始重新调整呼吸，在伍青平秘密控制青基台的时刻，梁群正在筹划如何才能挟持扬觉动这只没牙的老虎迅速逃离。

元气大伤、内乱仍频、观平危在旦夕、大安摇摇欲坠的吴宁边，这次，还能翻盘吗？

他摸了摸流萤的皮鞘，唯有鲜血、无尽的鲜血，可以给出回答。

"观平据此不过二百里，一旦陷落，不出五日，徐昊原一定会兵临大安，大安城高池深，易守难攻，我们真的就这样放弃吗？"伍青平的眼中，仍然充满了忧虑。

"大安当然是重要的，但徐昊原起码还有一个月的余粮，如果花渡的新粮能够接应上，他可以把这场战争持续到明年春天。这一战，战场完全在我们一边，他有后方，我们却没有了，和他们僵持到那时候，一切都晚了。"扬觉动眼望着远方枯黄的原野。

奔掠火　31

"这一战，你们守土有责，不敢妄动，扬丰烈又指挥不力，处处受制于人，导致这十余万大军各自为战，被他集中兵力各个击破，眼下我们的主力已经损失过半，长戢山以西，遍地流民、处处烽火，而他的损失却不过十之一二，不能再这样打下去了。"他少见地叹了一口气。"我们要翻盘，最重要的本钱是人，如果我们的主力都投入观平，希望毕其功于一役，这样正中徐昊原的下怀，他劳师远征，最怕的，就是找不到我们的主力，把战争无限期地拖下去。"

"伍侯，放宽心。大公决定放弃观平，甚至放弃大安，就是要避免在澜青士气正旺的时刻和他们决战，保住我们现有的主力，留下反击的机会。如果徐昊原一意挥军猛进，整个粮道势必被越拉越长，这样一条长长的粮道上，破绽势必也会越来越多，以我们现在的力量，不足以和他们决战，但可以不断袭扰，我们人地两便，一刀一刀慢慢把他们切掉岂不是更好？只要他一天找不到我们的主力，就不敢散开他们的军队。"

伍青平摇摇头，道："话虽如此，但真是难啊，这次徐昊原准备得非常充分，他们在耗，我们也一样在耗，何况，还有白吴，现在的吴宁边只剩下了半个，如果花渡战场上李精诚全军覆没，大概南渚很快就会北上，到时候南渚和白吴联合，我们剩下的这一半疆域，也就要没有了。"

"至少在南渚真正出兵之前，白吴是不会妄动的，"扬觉动转过身来，"我们的这一点点兵力，对抗士气正旺的徐昊原是稍显不足，但是给白吴一些压力，还是可以的。如若白有光足够有气魄孤注一掷，让我们新塘也不保的话，那便是天亡我扬家，再说什么也没有意义了。"

"这时候，我又想起疾先生了，"伍青平苦笑，"如果南渚没有背盟，如果李精诚和浮明焰真的能打掉花渡的话，局面一定会完全两样。可惜疾先生一片苦心，想要置之死地而后生，却先害了自己。"

扬觉动缓缓点了点头，道："自木莲五十六年，他从晴州风尘仆仆赶来大安，与我生死相托已经二十年了，想不到竟然这样去了，我实在是愧对于他啊。"

"疾先生一向算无遗策，这样的结局，想必也早就料到。"豪麻哑着嗓子说道。

"他送走了阿团，你不恨他吗？"扬觉动虽然没有回头，但一句话便戳到了豪麻的心窝子里面。

豪麻摇摇头，道："公主不是疾先生送走的，一定是她自己决心离开。"

伍青平看了看豪麻，道："武毅侯说得没错，当日祥安堂上，娴公主自己请赴灞桥，浮明焰第一个不同意，虽然大家心思各异，但是想要她留下的人多了，就连梁群也是反对的。"

"因为他们都以为大公死了。"

"不错，他们都以为大公、浮相、你，你们所有的人都回不来了。"

"所以，她留在这样一个尔虞我诈、任人摆布的大安还有什么意义呢？"豪麻面无表情，把牙咬得死死的。

他望向扬觉动，现在两州的盟约早已灰飞烟灭，自然所谓的嫁娶全无意义。豪麻一直在期盼扬觉动有所表示，他便是拼了性命，也要把扬一依从南渚带回来。然而扬觉动对自己的两个女儿提都不提。是了，目前整个吴宁边的命运还风雨飘摇，即便是扬一依,即便是吴宁边的公主、扬觉动的亲生女儿,和整个吴宁边比起来,又算得了什么呢?

"你是不是觉得,我不太像一个父亲?"

伍青平离开之后,扬觉动忽然开口。

"大公?"豪麻有些惶恐。

"我带你去见一个人。"

他走下了台阶,没入甬道长长的暗影中。

六

在大安城的西北角,和百望台遥相对望的,是旧吴的别宫暮云台。

在纷扰繁华的大安城中,这里是一处被遗忘的所在,它是旧吴数代王族精心经营的别苑,在旧吴大公白赫当政时,这里曾豢养了宫人数千、美女如云,集聚了来自八荒四极的奇珍异宝、珍禽异兽,让每个有幸受邀进入的王公贵胄都乐而忘返。据说当年木莲先王朝远寄还是太子之时,曾受白赫邀约进入暮云台避暑,这位大白赫十四岁的木莲太子竟然在此一住数十天,乐而忘返,而那一年,吴大公白赫,只有十八岁。

不知道是不是暮云台的诗酒繁华、富可敌国给朝远寄留下了太过深刻的印象,所以在朝远寄正式登基的那一年,年轻的白赫和旧吴一起从八荒版图上永久消失了。

不管怎么说,一直以来,暮云台是大安城内无法忽略的存在。因为旧吴的国运和它密切相关,作为八荒不肯臣服于木莲势力中实力最强的一州,年轻的吴大公每年要有一多半的时间移驾暮云台听政，除了他的妹妹白苏玟和异母的幼弟白有光，就连他最亲信的重臣内侍想要见他一面也极为困难，在白赫主政的最后两年半时间，他甚至从未离开过这里。但他的恣意妄为却彻底改变了八荒的格局，在旧吴大军西征澜青之时，他命令扬副帅叶雨诛杀主帅李景深的手谕就是从这里发出的；当扬叶雨心怀恐惧、召而不回的时候，扬觉动的长兄扬觉行，也是死在这一片烟柳章台之中。

这直接导致了扬叶雨临阵倒戈，返身杀入大安城。

毫无疑问，对于扬家来说，这里是一块伤心地，因此，当扬叶雨主政大安之后，便将这昔日的歌舞繁华之地加以封禁，直到十九年前，扬觉动重开暮云台。荒废十余年后，这里终于迎来了它的旧主人——扬觉动的妻子、旧吴公主白苏玟。

如今，整个大安城兵荒马乱、沸反盈天，这里却庭院深深，一切如旧。据说由于白有光的坚持，梁群曾派人来到这荒烟蔓草的暮云台探看白苏玟，却无功而返，昔日的旧吴公主，不愿再踏出暮云台半步。那些昔日繁华无尽的重重院落、雕梁画栋，如今却大门紧闭、重楼深锁。

不知道为什么，豪麻又想起了扬一依对他说过的故事。大公伉俪相识于幼时，是青梅竹马的一对佳偶，长大后，二人也就情随人愿自然结为夫妇。可是谁都没想到，白家和扬家竟会闹到兵戈相向的地步，而也正是扬觉动，杀死了白苏玟的亲哥哥。这对于白苏玟来说，是一个极其沉重的打击，因此，在生下扬一依后，白苏玟便一病不起。而为了让重病的白苏玟能够静养，扬觉动也特意重开暮云台，延请天下名医，为她治病。

提起母亲，扬一依神情淡漠。她太寂寞了，她说。但是，她的身子受不了外界的吵嚷喧哗，甚至杨花柳叶、彩蝶花香都会让她心惊胆战，她只能在那个幽深僻静的地方安养，才不会惊悸而死。

"将来我们把她接出来，好不好？"扬一依对他很少有什么要求，这一次，眼神中却带着三分迫切。

"好是自然好，可是……"他们两个人之间，从来都是扬一依说什么，便是什么，要什么，就有什么，这是第一次，豪麻有些犹豫。

如果她的身子真的不能离开暮云台，难道他们真的可以将她接出来吗？那会不会要了她的性命呢？

"好不好？"扬一依问到第二遍，眼中已经闪现出了一丝狂热，"我知道的，她想出来，虽然每年我只能见她两面，没有人愿意留在那个冰冷的地方！"

可是，真的连死都没关系吗？豪麻张口结舌，不知道怎么回应她。

如今往事如烟，连唯一惦记着白苏玫的这个女儿，也已经远嫁千里之外了。

昔日的王室园林如今已经杂草丛生，藤蔓在白色大理石和黑玉石柱间攀爬，鸟叫虫鸣，在状若废墟的庞大建筑群中，只有一条回廊是整洁干爽的，它穿过一层层楼阁，通向无尽的远方。

虽然是盛夏，但暮云台中没有一丝的暑意，这里的破败令豪麻心惊，他渐渐开始怀疑起扬一依对他说过的那些柔情蜜意的故事，不知道小小的扬一依从这里穿过时，究竟会想些什么。

更让他忐忑的是,大公要把自己带到这里来,是为了什么呢?

"她还好吗?"

"夫人一切都好。"驻扎在暮云台的这些兵士豪麻从未见过,甚至他们身上的甲胄形制也和现在的虎卫们不同。

"好。"扬觉动点点头。

在暮云台的深处,也是一条类似百望台的甬道,不同的是,在这甬道的尽头,是一座四层的小楼,楼下曲苑池塘、四围都种满了万竿翠竹,谁能想到,在一片破败荒芜中,竟然有这样一处生机勃勃的所在。

那守卫在小湖旁的假山处搬动一个机栝,只听得水声激越,在水面下升起若干石柱来,薄薄的水面下,出现了一条若有若无的小路,几人便从这水面上径直走了过去。在暮云台外,便是大安城中的禁卫大营,驻守的,正是扬觉动的虎卫军,等闲人等,难以靠近,然而进到这暮云台里,却是兵士稀疏、侍者寥寥,怎么看,也不像是大公夫人应有的待遇。

进入小楼第一层,是一丛丛翠竹花草簇拥的小小池塘,整整齐齐,匠心独运;再向上的第二层,则是一个偌大的书房,四围挂满了八荒名家的书法真迹,在桌案上,是层层叠叠的墨稿和拓片,只是和一楼一样清冷,一尘不染,看起来好像全无半点生气。

转到小楼的第三层,听到木梯吱呀声响,终于看到一个白衣女子正在茶座盘膝而坐,凭栏远眺,听到响动,她开口道:

奔掠火　37

"一依，是你来了吗？"

扬觉动走上楼梯，道："是我。"

那女子的身形一顿，又缓缓坐了下去，道："是你哦。"

大概这就是扬一依的生母了，豪麻正准备参拜见礼，扬觉动却拦住了他，道："她不在乎这些的，免了。"

"扬觉动，扬一依今年暑日没有来，你把她怎么了？"对面那个声音清冷，"我们说好的，一年两次。"

扬觉动走到那茶几前，也坐了下去，道："苏玟，你还是如往日一个模样，一点也没有变。"

白苏玟把两人打量了一番，道："你老了。"

她从身边取出一把轻罗小扇，对着身旁的一只红泥小火炉轻轻扇动，里面的炭火一闪一闪地亮起来，小火炉上的茶壶嘴冒出一缕白色的水汽。

扬觉动和豪麻既已经坐下，她也便不再让，端起了手中的茶杯，在嘴边一口饮下，豪麻虽不懂茶，但那香气清远，沁人心脾，想必一定是上上的极品。

如今离得近了，他终于看到，白苏玟的眉眼之间，一颦一蹙，竟和扬一依一模一样，不过神情中更多了一些淡漠无谓，看起来也比正值青春的扬一依更加苍老罢了。

"扬觉动，你怎么舍得来了？还带了不相干的外人？"白苏玟看了豪麻一眼，"疾白文有些日子没来了，我是不是大限已到了？"

扬觉动拿起桌上白苏玟刚刚饮过的茶杯。

白苏玟抬眼看看扬觉动，道："等水开了，有新茶。"

"他死了。"扬觉动对白苏玟的话充耳不闻，自己给自己斟了一杯茶。"你体质虚寒，恐怕以后，要为你另寻一位精通巫医之术的羽客了。"

"我好与不好，又能怎样？一个人在这里枯坐，不也和死人无异？"

豪麻就站在扬觉动身后，白苏玟的目光却从他的身上掠过，十分空洞，好像他并不存在。

扬觉动摇摇头，道："你若死了，苇航会更恨我的。"

提到大女儿扬苇航，白苏玟忽地不说话了。

"我这次来，是要你出去，去见白有光，如今他整兵备马准备复仇，三十年来，他一直想见你，我说你不想见他，他始终不信。"

白苏玟的眼神定在那小小的茶盏上，道："都这么多年了，他还没有忘了我吗？他是个胆小的孩子，白赫已经被你杀了，他吓得肝胆俱裂，怎么敢再和你动刀兵呢？"

"苏汶，他如今已经年近五十，不再是一个小孩子了。"

"是吗？我自然不希望他和你打起来，他是打不过你的，看起来我好像应该去和他说说这件事？"白苏玟的脸上有了一丝淡淡的笑容，道，"为了莫须有的罪名，你可以把我在这里关上二十年，又用一侬要挟我，不要我死，看来今天，终于有求于我了？"

扬觉动的声音毫无起伏，道："我没有用她要挟你，我早就视她为自己的女儿一般。"

"她就是你的女儿！"白苏玟忽地提高了声音，"你和金筱筱余情未了，便总觉得别人也和你一般！我这一生，从来没有对不起你！像你疑心这样重，活该兄弟成仇，父女反目！"

奔掠火 39

扬觉动的脸色一点点暗下来，眼里露出锋利的光芒来。

"你说我们背叛了你，说一依不是你的孩子！还追到宁州，杀了金满城，不要以为我不知道你在想什么，你就是为了金筱筱不是吗？居然还带回来一个野孩子，今年已经十六岁了！"白苏玫温文尔雅，咬着牙从牙缝中挤出这些话来，竟是说不出的冰冷可怕。

"谁告诉你的？"扬觉动的脸上杀气弥漫。

"梁群，"白苏玫惨笑，"想不到当年的小孩子，今天居然也成了一城之主，他不听你的话，我还是听的。听说你把扬一依送去了南渚，你不知道我肯在这里枯坐二十年，为的是什么吗？你把她推入虎口，现在还要来见我？"

"这件事说来话长，她是在我离开大安的时候，自己前往南渚的。在我，本来是要把吴宁边留给她的，虽然她不是我的女儿，毕竟也是扬家的骨肉，而且，我欠你的。"

白苏玫一边和扬觉动对话，另一边却没有停下手里的扇子，那一壶白水已经滚沸，剧烈地翻腾起来了，她却浑然不觉。

"你不欠任何人的，当年是我幼稚，觉得整个天下都没有你笑一笑重要。"

"过去的事，不要再提了！"扬觉动伸出手去，一把捉住了她还在扇着火炉的手腕。

"你找错人了，出卖了白赫，我就不是白家的人了，白有光和我没有关系。"白苏玫语气冰冷，并不挣扎。

扬觉动松开了她的手，道："你一定要去，当年杀了白赫，是我对不起你，可是我饶了白有光，留下一依，这是你欠我的。"

"是吗？我记得不是很清楚了，"白苏玟又拿出一只新茶杯来，"可是我知道，一依对你没有那么重要，就算我帮你去劝白有光，你也不会去管扬一依的死活的。"

扬觉动道："一依去了南渚，但我一定会把她接回来。我知道你不相信我，所以我带了他来。"

白苏玟低头去洗茶，道："我不想知道他是谁。"

"他是一依的丈夫，梁群一定和你提过他，"扬觉动拉过豪麻的右手，低声道，"我知道，你就算再愤怒，也是对我，而不是对孩子。你摸摸他的手，不管我对一依如何，他是一定会把一依救回来的，如果你现在不去见白有光，一依也许就永远也回不来了。"

白苏玟第一次抬眼看了看豪麻。

她迟疑着伸出了手，这手掌冰凉、细腻，柔柔地，握住了豪麻的手掌。

刚才两个人的对话，已经让他无比震惊，此刻，豪麻甚至不敢稍动，怕晃散了这和扬一依仅存的血脉联系。

"我知道，一依现在一定过得不好，"白苏玟忽地长长叹了一口气，"但是我还是要亲自问问你，你真的在乎她吗？你要把她接回这里，让我再看看她吗？"

"是的，我会把公主接回来。"

豪麻的心中万马奔腾，咬着牙，说出了这句话。

白苏玟却松开了手，脸上显出了一丝失望，道："你很在乎她，但你不会为了她拼尽全力。"

啊？为什么？豪麻心中一痛，难道她看穿了他的不甘，扬

奔掠火

一依现在是别人的妻子，这正是他心中难以逾越的痛处，不是吗？

他手心的那一抹冰凉正在悄悄消散。

"他一定会把一依接回来的，"扬觉动举起了茶盏，慢慢饮了下去，缓缓道，"不仅是一依，还有他们的孩子，我们的外孙。"

什么？！

像被一道闪电兜头劈中，豪麻整个人都沸腾了起来，这一瞬间，他胸中的火焰冲破了身体的所有关窍，长久以来的愤懑、不甘突然都变得无足轻重，狂喜夹杂着雷暴游走在他的四肢百骸，她，有了我的孩子吗？

他掌心的火线在熊熊燃烧，不管不顾地紧紧握住了那冰凉的手掌。

"我，一定会把他们接回来的。"他被自己心中的呐喊声淹没了。

那一壶白水还在火炭的明灭下不知疲倦地翻滚着，白苏玟则看着扬觉动的嘴角，极其缓慢地露出了一丝微笑。

第二章 鏖战

他远远努起嘴唇，右臂一震，将他的长刀举向夜空，一缕薄云被风吹散，露出了小片星空，红色的弥尘闪耀。这一瞬间，赤研星驰的身影似乎暴涨至数十丈的高度，恰似一个满身火焰的战神模样。他身旁马上同时腾起一个黑色的影子，用一只左手牢牢握住了赤研星驰的帅旗。长旗抖动的黑影，遮盖了大半个战场。

一

孤零零的战马穿过空旷无际的原野，一路狂奔，在大地上踏出一缕烟尘。

太阳渐渐西沉，四马原的风把绣着金色甲字的长旗扯得哗啦作响。

甲卓航站在百花溪东侧的望楼上，看着夕阳下那如豆的黑点靠近，渐渐显出马上骑士的轮廓。派往南渚营地的七名斥候，只回来了一名，他带来的消息，也许会改变四马原上十数万大军的命运。

他扶着望楼的栏杆，微微躬身，在如血的夕阳下奔驰，这名斥候会想到些什么？最后的时刻，他已经没有机会掩饰自己的踪迹和目的，此刻他穿过的，是四方大军数十万双眼睛虎视眈眈的土地，他像一支锋利的箭矢，向所有敌人标示出了吴宁边大军即将渡河的地点。

这块即将洒下无数鲜血的战场，此刻只属于他一个人。

甲卓航眯起了眼睛，他在耐心等待，一匹马，也可以让整个大地震颤起来。

望楼下，中军主将齐聚桥头，斥候穿过正在加固桥梁的嘈杂辎兵们，直到众人面前十数步，才猛勒马缰，滚下马来，一只羽箭贯穿了他的左肩，鲜血染红了他的半边身子，额头上挂满了豆大的汗珠。

张盛柏一个箭步冲上去，扶住了他，道："情况怎么样？"

"他们杀了、杀了所有人,"斥候用力点头,嗓音嘶哑,"飞、飞鱼营做的,我见到了李秀奇。"

"说清楚,是杀掉了斥候还是杀掉了百姓!"张盛柏用力捏住了他的肩膀。

"所、所有人!"他的脸痛得有些狰狞。

张盛柏回头,看看甲卓航。

"做得好!带他下去休息。"杨悬发话,上来两名士兵扶着这名斥候离去。

所有人的目光集中在了甲卓航的身上。

"就这样!"甲卓航看着李精诚和尚山岳,浮明焰已经带着白旭于昨日连夜开拔,进击百花溪上游,隶属秋口镇的米渡港。

花渡是主战场,而北上的花虎才是那把久藏的利刃。

李精诚点了点头。

"好,我去办。"尚山岳把马鞭抄在手中。

这是一个艰难的决定,在此后的两个时辰中,尚山岳要将百花溪以东的所有澜青百姓送上对面空阔的战场。

甲卓航紧紧攥住了刀柄,深深吸了口气,道:"这一顿的口粮,不要克扣。"

尚山岳脚步一顿,旋即道:"将军放心,我会办好的,这是我们的诚意。"

甲卓航和诸将返回中军大帐。

片刻之后,带着一顿难得的口粮,这些澜青民众就会浩浩荡荡踏过眼前的这座浮桥,奔赴花渡寻求庇护。

带着,这一点血腥的诚意。

甲卓航嘴角泛起一丝苦笑，就渡过百花溪后，如何突破花渡、永定和李秀奇的三方合围，众人进行了彻夜讨论，最后还是尚山岳的艰难处境让甲卓航忽然想到了一个主意。

让尚山岳大为头疼的，是成千上万的澜青饥民究竟应该如何处理，吴宁边大军从商地直插澜青腹地，一路势如破竹，由于补给紧张，必须以战养战，因此将所过村镇的粮食搜刮得干干净净。在商地的时候，这样的补给非常顺利，有尚南岩数十年经营的根基，民众又对澜青的官吏普遍不满，因此不仅很容易征集到粮食，还有大批的商地民众和藏匿的商城旧部重新聚集在了尚山岳的麾下。这些临时聚集的乌合之众无法上阵作战，但可以编入辎兵，进行粮秣的征集和运输，这对于缺少人手的尚山岳来说有着很大的助益。

但是随着大军愈发深入，粮秣和百姓之间的关系就变得异常紧张起来，吴宁边五万大军每日消耗的粮草数量惊人，四处逃难的澜青平民到处藏匿粮食、袭击士兵，征粮工作遇到了严重困难，这时候，李精诚便下令采取铁血手段，凡有一个人不听从命令交粮，那整村的百姓便会被全部屠戮，一时间四马原火光熊熊。

但尚山岳竭力反对这样的做法。"如果能在最短的时间内拿下花渡，这样做没有问题，但是如果此战持久，镇压一定会带来更大的后患。凶暴会侵蚀我们的道义，唯利是图则会让我们的士兵变得可驱不可战！"

"你说的我都懂，按你的做法，人人有饭吃，士兵们倒是觉得自己是正义之师了，但口粮呢？"李精诚用他那鹰隼一般的眼睛看着尚山岳，"你已经拿走了他们的粮食，怎么解决他们的

奔掠火

饥饿问题呢？"

尚山岳只是张了张嘴唇，一时说不出话来。

"还是都杀掉吧！放跑了，又变成了兵，碍手碍脚。"浮铁虎犹豫了片刻，还是说出了他的建议。这些沙场悍将此刻一片沉默，总要有人来说些让所有人难堪的事实。

"这也是没有办法的办法，澜青守军跑得连影都看不到，连赤铁军都在争着抢粮屠村，我们有什么理由去爱护别人的百姓？！"白旭最先打破了沉默，看着尚山谷，道，"不用敌人出手，现在跟着我们的这两万流民就是大问题，他们就像一群蝗虫，会把我们啃得骨头都不剩！这样下去，仗也不用打了，徐前只要在花渡坐看我们崩溃就好了！"

"乡民们对澜青军队的不满已经超过了对我们的愤恨，徐前拿走了他们的粮食，还强令十五岁以上的男子全部从军。这些逃避战争的流民牲畜，是活生生的人！是人，总归会有些用处的！"尚山岳这话说得有些勉强，他本质上是个商人，有人才能生利，他和军人们的思维不一样。

"可吃什么？你拿什么来喂饱他们？这些刚刚被刀子吓跑的澜青人都跑过来，死皮赖脸要求一起上战场，为了一口饱饭就改变立场的士兵，我不敢接受，你又能够接纳多少人？"浮明焰叹了一口气。

帐中的火烛映得尚山岳脸上阴晴不定，他的辎兵营已经爆满，如果辎兵们运输的粮食只够他们自己食用，这粮就运得毫无意义。

"商城伯，自古以来就没有听说带着敌人的家眷一起冲锋的啊！"浮火花走过去搂住了尚山岳的肩膀，"饥饿会让这些绝望的人变成我们的敌人的。"

"那我们就给他们希望。"甲卓航终于开口,合符以后,他已经成为了吴宁边大军的中军统帅,此刻,他如果坚持谁的意见,这意见,就会变成命令。

"怎么给!"尚山岳抬起头来。

"还记得那个乡民周老三么?"

"谁?"众人都很诧异。

"那个在田里带人割麦子的乡民?"尚山岳对这个人有些印象。

"我也有印象,一个乡民,有些力气。被赤铁军活捉后,这个人为了活命,亲手杀了自己的乡邻。我看他够胆色,就收进了斥候中。"张盛柏补充。

"就是他,百姓们不会为谁誓死效忠,更没有什么高远的想法,为了活命,为了维护一点点眼前的利益,他们都会拿起刀来,哪怕是帮助自己的敌人。"甲卓航沉吟着,继续说了下去。"花虎占领百花村后,还是你说的,这个周老三曾经主动找过来,要求加入我们,说他知道哪里有粮食。"

"没错,他当时夹缠不清,倒是惊了将军了。"

甲卓航点头,道:"他的这个情报毫无意义,所有人都知道,四马原上的粮食都在花渡城里。"

他停下讲述,环顾周围的将领们,仿佛那个一脸血污、脸色狰狞的乡民此刻就站在眼前。他尽力压制住内心的恐惧和对自己的厌恶,为了可能的胜利,他必须把话说完。

"这个人没有那么怨恨我们,因为我们本来就是他们的敌人。大家说的都对,他们更加怨恨夺走他们的粮食、让他们陷落敌营的人；在无路可走时，他们也会威胁我们的生存。"

甲卓航深深吸了一口气，道："但是，只要有了哪怕一丝生的希望……"

"他们就会做出一切疯狂的事情，"浮火花接话，"譬如，杀掉自己的乡邻。"

"不错！我们不需要杀掉他们，只要在他们眼前点亮火把，给出一点希望，他们就会主动扑过去的。"甲卓航一字一句说着，自己的声音穿透夜色的帷幕，又从遥远的地方折了回来，听起来仿佛是一个陌生人在低声细语，语气中充满了冰冷与残忍。

"我们能给他们什么希望？"浮铁虎一脸疑惑。

"我们知道哪里有粮食，就指给他们看好了。"甲卓航拨开散落在地图上的角石，把手指按在了表示花渡的那个圆圈上，轻轻点了点。

"嗯，"李精诚若有所思地看着烛光下那个血红的圆圈，"我们把他们还给徐前，他们是那些士兵的父兄姊妹、妻子儿女，花渡囤积了大量的粮食，我们且看徐前肯不肯拿出一点来，喂饱他的子民。"

白旭仰头，目光落在大帐某个幽暗的角落，缓缓道："甲帅，打算什么时候要他们过河？"

"战前。"甲卓航面无表情。

"明白了，"白旭长长出了一口气，道，"抢先渡河进入战场的人，必定会遭到南渚和澜青的猛烈攻击。如果先渡河的是澜青子弟的家乡父老，就要看他们会不会收回出鞘的刀剑了。"

浮明焰的闷声道："就算澜青收得住，南渚也不会！他们一贯烧杀抢掠，已经让徐前大为光火，如果再来这样一场对四马原乡民的大屠杀，两州将士恐怕以后再也不能相见了。更不要提携手作战了！"

浮铁虎终于明白了甲卓航的意思，他瞪圆了眼睛看着甲卓航，就像在看一个陌生人。

而尚山岳则一直没有言语，只是在不断地捻着自己的胡子。

"我现在担心的是，李秀奇是个有脑子的人，他会约束赤铁军的暴行，"甲卓航皱起了眉头，"如果南渚和永定没有先一步冲锋，而徐前又大开城门，这些乡民就会真的重新回到花渡了，将来我们要花费十倍的力量来对付他们。"

浮火花咯咯笑了起来，打断了甲卓航的忧思，道："你的老朋友赤研星驰这样严正的人，都不能控制赤铁军的烧杀，你觉得并不直接指挥他们的李秀奇有这个能力？"

"这也好办，我们先挑出三百澜青平民和我的斥候混在一起，放他们去南渚的兵营一探究竟就是。如果李秀奇镇得住场面，我们便小心从事，如果屠杀还在继续，那便是他们不可能也没心思熄灭澜青百姓的怒火，"杨悬顿了顿，"说不得他们只好付出更大的代价了！"

"这件事情可以交给张盛柏安排，"李精诚点头，"这样的试探，可以说明赤研星驰乃至李秀奇对所部的控制力。不然轻易放了这些乡民，敌人多一份力量，我们就要多流一滴血。"

说到这个份上，便是大家都同意一试了，只是所有人，都刻意回避了这些乡民的命运。

"好，告诉张盛柏，放出他的斥候，我要让对岸三方的主要将领都知道我们渡河的时间和地点！"甲卓航把手攥得紧紧的，

"我不管你们用什么方法，把澜青的饥民组织起来。记着，不要把他们押送过河，我们给他们的是希望，和彻底的绝望相比，一丝切实的希望会激发更大的仇恨和力量！"他感到自己的声音涩涩的。

"那就要我们的商城伯出马了，他们爱死他了。"浮铁虎去拍尚山岳的肩膀。

"明白，"尚山岳侧身，避开了浮铁虎的手掌，"对岸对于我们来说，是布满尖刀的口袋，但对于乡民们来说，是通向希望的大路。我会让他们吃到饱，再带上一餐的粮食，大概，走到花渡的路，就不算太艰难了。"

"花渡他们经常去，闭着眼睛也不会迷失方向，就像集日里去城里扯一尺花布那样简单，那里有他们送去战斗的子侄，有他们辛苦打下的金灿灿的粮食，徐前大将军会打开城门，把他们迎进城池。我们吴宁边从不伤害勤劳的民众，虽然两军交战，但是甲卓航大将军同意他们在花渡等到战争结束，再回来重建自己的家园。"他的声音比甲卓航更加生涩。"他们会知道，我们是一支一心为民请命的仁义之师。"

"很好！"甲卓航点头，觉得自己的脖颈像钢铁一般坚硬。

"对了，"尚山岳忽然环视了周围的这些人一眼，缓缓道，"我建议明日黄昏后放人过河，乡民们只有粮食，没有火把，这样，他们才会难以分辨！"

二

澜青的百姓来了，许多天来，他们暗淡的脸上终于有了一丝光亮，他们已经被告知可以选择迁徙商地或避难花渡，临走之前，尚山岳还为他们提供了一顿可称丰盛的晚餐。

没有人愿意离开家乡。人们在刀枪下排成细长的队伍，井然有序地踏上那些临时搭建的宽大浮桥，浮桥的另一侧，先期渡河的毛民步弓手已经留好了通道，并在每千人左右，插入一个百人队，用来维护过河百姓的秩序。

"不要急！不要挤！"商地和四马原投靠过来的年轻辎兵正推着整车的干粮，在渡口发放。饥民们已经很多天没有好好吃过饭了，如今，他们不但能喂饱肚子，还会领到两个松软的白面馍馍和一小块盐巴。为了食物，人们发生了第一次哄抢，虽然也有人对这样的善意惴惴不安，但最终还是拿过了那些散发着诱人香气的馍馍，没有人愿意和自己的肚子过不去。

散发粮食的士兵们大都很年轻，不过十几岁的年纪，他们兴奋得满脸通红，面前走过的男女老少有不少是他们的同乡和亲戚。给敌人的数万饥民发放粮食，并允许他们回到后方，从来没有军队做过这样的事！他们扶起跌倒在路上的老人，拉着走失的孩子大声呼唤他的父母，他们把手中的粮食兴奋地递出去，说着："快走，快些走，甲将军不杀百姓，你们快快跑到花渡和秋口去，到了那边，就有吃的了。"

饥饿的百姓千恩万谢，汇成了一条任意流淌的溪流，缓缓踏上浮桥，没有人不感激这一餐饱饭和两个馍馍的诚意，他们知道过了百花溪，离花渡的距离不过五六十里，一天的路程，有了这两个馍馍就会变得不那么难熬。徐前早早坚壁清野，拿走了他们的粮食，如今却是打到家门口的这支军队给他们指出了一条生路。

奔掠火

张盛柏的斥候们牢牢控制着躁动的饥民们,所有质疑这份"善意"的饥民都会被及时处理,可是后来他们发现,根本不用他们动手,饥民们会自发攻击那些不受欢迎的人,因为他们试图夺走他们好不容易才取得的保命的食物,意图熄灭那一点求生的渺茫的希望。如果他们不去投奔徐前将军,在四处烽火的四马原上,他们还能去哪里呢?!

甲卓航披上全副甲胄,在望楼上注视着百花溪对岸。

漆黑的夜幕中,一片沉寂。

敌人将采取什么战术,他毫无把握。如果和他预想的一样,李秀奇、卫成功试图中流击敌,隔断吴宁边的大军,他们最先遇到的,会是漫山遍野的澜青百姓。这是两万多活靶子,就算砍倒两万根木头,也会把最锋利的刀口磨损吧?而甲卓航需要的,正是鲜血和混乱。澜青乡民要通过的这个渡口,燃着星星点点的火把,在黑夜中标示着吴宁边大军的方位。然而前期过河的百姓,只是摸黑走,当过河的人数足够规模,那些穿插在百姓中的士兵便会擎起火把,当敌人的瞭望哨看到火把汇成溪流的时候,意味着已经有大部分百姓渡过了百花溪,只要他们过了河,想去哪里就去哪里好了。

在这个临时渡口的下游三里以及上游不远的密林中,尚山岳另外搭起了数座浮桥,甲卓航精选出了三队人马,一队是浮火花的两千柴城骑射手,从上游密林先期渡河,一队是李精诚所部冉平率领的一千重装步兵,带着刀车和蒺藜,从下游渡河,悄悄设立临时阵地。最后,是甲卓航亲自率领从柴城和毛民抽调的精锐轻骑组成的点钢营,和在西岸维持秩序的一千五百毛民步弓一起,夹杂在民众中,静静等待对方的突袭。

"走吧。"甲卓航开了口，伍平默默跟上，他打马从李精诚和尚山岳面前走过，道，"李大人、尚大人，战场变化莫测，还希望无论发生什么情况，都要按计划行事，以免我们的前突失去价值。"

尚山岳拱手，道："甲帅放心，两路大军的后方就交给我了。"

李精诚则握手成拳，放在嘴边，轻轻咳了两声，道："我在中军，你放心去好了！"

甲卓航对着他们二人抱拳，道："那我就上路了。"说罢双腿一夹，带着这些玄甲轻骑径直穿过了浮桥。这支队伍从浮铁虎的花虎骑兵身侧轻快奔过，浮铁虎高大的身躯在火光的映照下如一尊雕塑，他摘下了头盔，静静坐在马上，四百花虎列着整齐的阵势，高大的雪原马鼻孔中喷出了混着草末的滞浊气息。他们就这样一动不动，目送甲卓航一行离去。

马蹄敲打着地面，甲卓航的心也随着马背上下起伏。这一战，有着太多的不确定。如果对面那个口袋并不存在，南渚和花渡准备进行的是拉锯战，该怎么办？李秀奇真要中流阻击，不会蠢到不留后手，如果他直接来抢封渡口，再派人绕袭尚山岳的补给线怎么办？如果徐前真的有那份心思，回过头去稳定后方，防备浮明焰对秋口的掠袭怎么办？如果对面的赤研星驰真的带来了赤铁的全部主力、如臂使指，怎么办？吴宁边先期渡河的这五千五百人，能够支持到什么时候？

只有刀枪楔进肉里，才知道会不会流血，现在想这些可能与不可能，已经太迟了。

昨晚的军营讨论中，在甲卓航的力主下，吴宁边中军主将

奔掠火

们终于达成一致，决定分兵。

甲卓航的部署是，利用黑夜中对方的误判抢渡百花溪，同时用澜青的百姓做肉盾制造混乱，在三方大军的大口袋中敞开小口袋。

等敌人发起冲击的时候，先行过河的百人队混杂在百姓中点亮火把、吸引攻击，这是口袋中的饵，这时候，冉平的重装步兵将架起刀车、构筑阵地，做成这口袋的底，阻挡赤铁沿河道对渡口的攻击，使赤研星驰和文拔都的快马勒缰。与此同时，甲卓航和浮火花将集中点钢营和柴城骑射手的优势兵力，分割南渚先头进袭的骑兵部队，争取在最短的时间内予以歼灭。而李精诚率领的毛民主力将在步弓手的掩护下，由百花溪下游渡河，自南向北推进封上口袋，并伺机对试图救援先头部队的敌人后续部队围点打援。

吴宁边兵力有限，不仅要胜，而且必须付出最小的代价。甲卓航的赌注是，只要消灭三方迎击的先头部队，在百花溪西侧站稳脚跟，南渚、永定和花渡之间利益错综复杂，必将犹豫不进，会给李精诚的打援充分的时间。更重要的是，花渡战场的僵持，将会吸引四面八方的敌人，为浮明焰和白旭北上的花虎争取时间！

在甲卓航们渡河西进的同时，吴宁边剩下的所有骑兵，包括杨悬的四千苍头轻骑、白旭的一千六百花虎，已经在浮明焰的带领下，狂奔向百花溪上游的米渡。米渡隶属于花渡北方重镇秋口，东侧八十里，更有澜青重镇上邦，已经深在澜青的心脏地带，再向西北不过百余里，便是澜青都城平明城。在南方三镇已经深入敌后的情形下，这一次出击，无疑更加凶险，但万一成功了呢？一旦米渡失守，平明城必将大震，这出其不意的一击，甲卓航称之为夺心。

按照计划，夺取米渡之后，浮明焰的这队骑兵将渡过百花溪，绕过秋口镇，从秋口和花渡之间插入花渡西侧，截断永定城通往花渡战场的粮道，从背后攻击卫成功的队伍，直至和甲卓航会师。

而在浮明焰离开米渡后，随后赶到的一万八千柴城步兵和尚山谷的辎兵，将彻底截断秋口和花渡之间的粮食供应。在此期间，澜青攻入离火原的十余万大军的粮草补给便会告急，就算花渡战场失利，澜青粮道尽毁，徐昊原数月之内，也再无法得到四马原的夏粮！

"不必攻下花渡，我们只要达到目的！"

甲卓航的疯狂计划让所有的将领们都目瞪口呆。

"不错，我们的目的甚至不是胜利，而是让整个花渡战场陷入一场鏖战，只要花渡的粮草无法北上平明，离火原上的徐昊原就无法支持！"李精诚缓缓地说，"无论如何，米渡一定要拿下，最坏的结果，是柴城伯无法截断永定的粮道，而我和甲将军在百花溪战场无法长久支持下去，最后的结果是我们被分割两处，一一消灭。"

他此话一出，众人尽皆沉默。

李精诚难得笑了笑，道："不过，即便是这个最坏的结果，我们至少赢得了时间，大公已经回到了观平战场，一切都值得！"

甲卓航道："只要我们精诚团结，竭力杀敌，便不会有最坏的结果！"

奔掠火

"对，要死，早晚都会死，也不怕多疯上这一次。"浮火花笑吟吟地道。

"渡河！渡河！"

马蹄翻起泥土，带着浓重的腥气。

甲卓航和他的点钢营终于踏上了百花溪西岸。

夜色如漆，步卒们一队一队渐次点亮了火把，百姓们依旧前后相接，向着花渡的方向汹涌而去。然而这支突然来到的骑兵显然不是为了维持秩序，尤其是火把照亮了那些闪着寒光的枪尖的时候，甲卓航并没有发布驱赶的命令，乡民们自己就乱了起来。

四散奔逃的百姓很快便漫山遍野地散开了，擎着火把的毛民步弓手百人一队，保持着距离谨慎前行，他们会承受敌人的骑兵的第一波猛烈冲击。这些火把将很快被丢弃，这些步弓手中会有一部分人逃回到步兵营地，躲在刀车之后，而更多的人，将会和那些无辜的百姓一起，永远倒在四马原上。

如果，对方真的发动冲击的话。

徐前没有好的骑兵，而且花渡兵力孱弱，主帅狐疑犹豫，甲卓航寄希望于他们会晚到战场。

和步卒们不同，甲卓航的点钢营没有一只火把，像黑夜中的一道影子。黑暗中，火把就是目标，除了点钢营，在夜色中蛰伏的，还有先进入战场的柴城骑射，三千吴宁边的精锐之师正分在南北两边潜伏，静静等待着。

夜风紧起来，先是西方传来了马蹄敲打大地的声音，这些马的步频很快，蹄声就像鼓点，密密响个不停，坦提风马有着风一般的速度，果然名不虚传。文拔都，来了。

远远传来第一声惨呼，这是花渡战场流下的第一滴血。

没有停顿，惨呼声很快连成一片，开阔的平原传来了地狱般的哀号，刀斧劈进骨头的声音仿佛就在耳畔，甲卓航毫无必要地甩了甩头。

"稳住，还不够深入！"

混杂在百姓间的步弓手开始放箭，很快，文拔都开始组织骑兵向擎着火把的百人队发动了冲击，百人队在数千骑兵的冲击下，像平原上微小的火星，在放出所有的箭支后，很快就被马蹄踏灭了。

一队人，两队人，三队人……坦提风马们越奔越狂，有限的抵抗刺激了士兵们的兽性，在黑夜的帷幕中，在闪烁的火光下，他们已经不能分辨哪些是士兵，哪些是百姓。步弓手开始溃散，将坦提风马引向口袋深处，骑兵们追逐着四散奔逃的黑影，手起刀落！坦提骑兵们的阵型散了。

伍平的箭已经扣在弦上，死人在战场上实在是一件太过寻常的事情，他不知上过多少次战场，然而唯有这次，他们的盾牌是血肉铸就的。他的手指在微微发抖。

他看着甲卓航，咬紧了牙齿。

"稳住！"甲卓航的脸色铁青，面目狰狞，"赤铁军还没有进入战场！"

三

步兵可以扼关据险，却不利于平原作战，但冉平的重甲步

奔掠火 59

兵所用的刀车都由大车改装，只需卸掉马匹，将车身侧面刀排放下，扣合铁榫，进行锁定加固，即可形成坚固的防守阵地。在这阵地外围二十尺，再用翻车掘土，埋好车上搭载的拒马和鹿砦，阵势一旦形成，如果敌方骑兵强行冲击，必然会对马匹造成毁灭性的伤害。

冉平很快完成了他的任务，下达了举火的命令。漆黑一团的战场上，突然有千百人同时亮起了火把，猎猎飘扬的帅旗就在阵中飘扬。随后，进击的沉闷鼓声响起。被追逐的步弓手们开始有计划地向阵地撤退，人潮的流动，使得这个闪闪发光的堡垒似乎正向着敌人缓慢移动。

冉平所带重甲步兵人数并不多，但这战鼓擂得惊心动魄、声势十足，这小小的阵地在黑夜中散发着璀璨的光芒，仿佛有十倍的人马正在阵中备战突袭。

那些被追逐的步弓手浑身浴血，在尸堆中跳跃着，向着生的希望狂奔，他们被羽箭贯穿在地上，被长刀砍进颈项，被挑在骑兵的枪尖之上！越来越多的坦提骑兵拨转了方向，向着这火光中的阵地发起冲击。

这个明亮的圆圈像是无尽黑夜中的灯火，吸引着所有嗜血的昆虫群集而来。火把越来越多，光亮勾勒出了甲卓航盼望已久的口袋的形状。

坦提骑兵的后方，也亮起了稀稀落落的火把，离战场大约有十余里的远方，有游动的光亮，文拔都是个谨慎的人，粗略估算，他投入战场的兵力也只有三千人上下。甲卓航的心头一紧，这说明卫成功的大部还没有到达花渡战场，他是不是留有后手呢？不过即便如此，同观望不前的南渚赤铁或毫无动静的花渡驻军相比，三军之中，文拔都已经最不惜力，直接把他的王牌部队砸了进来。很好，骑兵的冲击力和机动性都来自精密的阵型组织，现在坦提骑兵的阵型，已经被数万澜青百姓和分散各处的诱饵稀释了。

鼓声隆隆，南方升起的火龙终于开始蜿蜒，在闪烁的火光中，青色的海兽长旗在夜风中猎猎飘扬，"赤研"这两个大字刺痛了甲卓航的眼睛。

他，终于来了。

甲卓航点点头。

伍平连珠扣发，仰天射出了蓄势已久的响箭，伴随着兵士们野兽般的粗暴吼叫，那些尖锐的呼哨似乎要把夜空一划两半。

汗水浸透了衣衫，流入了眼里，刺激得眼泪止不住地流下来。薄云后，那颗血红的星星似乎闪烁了一下。甲卓航没有时间确认那是不是错觉，他的喉咙里发出了连他自己都陌生的怪异的号叫，整个点钢营都被积郁在心头的愤懑点燃了。

"杀！杀掉他们！踏！破！长！河！"

"保持阵型，发起楔形冲击！"都尉们的大吼在卫官和什长口中不断重复，直到每个士兵都把这句话像符咒一样铭刻在心上，点钢营像一把利刃横向切入了风芒骑兵的后队。

甲卓航的千人队像黑夜中的幽灵，突然冲出，坦提骑兵主力正向冉平的阵地缓慢聚集，由于步弓手和百姓的牵引，阵型已散，被这支充满杀气的队伍强行楔入，立刻裂帛般扯开了一道长长的口子。

震耳欲聋的喊杀声融入了沸腾的热血，马蹄把遭遇到的所

奔掠火

有障碍都踏入了尘埃！冲过去！甲卓航心中只有这一个念头，当的一声，一枚流箭擦着他的头盔飞去，带走了他的盔缨，他的脸颊不知道什么时候溅满了鲜血，他的点钢枪穿透了一个澜青士兵的胸膛，那闪亮的刀锋离自己的脸只有一寸之遥。

"死！"甲卓航发出了狼嚎一般的叫声，发力把他挑落马背。

他的钢枪上染满了鲜血，剧烈的马上奔驰让他喘不过气来。到达预定冲击距离后，甲卓航发现坦提骑兵们就如他预料的一般措手不及，看看周围，跟在他身边的两个百人队几乎没有损失。

浓浓的夜色中，他不知道自己杀了几个人，又有多少人被裹挟到了点钢营的马蹄之下。伍平的小队五十人，都是李精诚麾下最好的射手，浮火花的骑射和点钢营的兵士都不带火把，因此这一刻，箭雨只向马上的火把倾泻，熄灭一支火把，就又带走了一条敌方骑兵的生命。

甲卓航抹了一把脸，分不清是汗水还是血水，他见到赤研星驰的大旗已经接近袋口，按照原定计划，点钢营应该继续向赤研星驰的银梭营发起攻击，但他突然改变了主意。

"银梭进入战场太晚，锐气未失，我们不跟他们正面冲撞。伍平，你去射箭牵引，我们回头把坦提骑兵再切割一次！你负责把赤研星驰带入浮火花的射程！"

"好！"伍平领命而去，在甲卓航的点钢从侧面冲击坦提骑兵的时候，浮火花的骑射手已经分成东西两队南下，把口袋的两翼做好。浮火花会理解自己的意图吧？甲卓航心中有些忐忑，临阵改变作战计划是一件非常冒险的事情。

"全军回马，楔形攻击！头马偏南，三里距离，目标坦提骑兵，我们再穿过去一次！"

口令一级一级传下去，点钢营呼啸着折返，与刚才冲击的角度呈之字形，再次冲入了坦提骑兵松散的阵列，对方的骑兵也有着丰富的临战经验，此刻正在加紧收缩，但是夜黑混乱，已经散开的阵营想要再凝聚在一起，谈何容易，何况刚刚点钢的冲击让坦提骑兵死伤惨重，黑漆漆的夜里，到处弥漫着恐怖的气息，而冉平的中军进击的鼓声还在隆隆作响，简直要把人敲得魂飞魄散。

甲卓航的骑兵再次撕裂了坦提骑兵的阵营，这一次，他们正在狂飙突进，发现身旁一侧的坦提骑兵大乱，原来是浮火花的西路骑射也开始出击，同样以极快的速度平行相对冲击，不幸被夹在中间的坦提骑士就被碾了个粉碎。

又是一次成功的冲击，甲卓航发现已经进入战场的坦提骑兵完全陷入了惊恐之中，阵型全乱，显然，对着冉平发动冲击的骑兵们都陷入了鹿砦和拒马之中，偶尔有冲过缓冲带的骑兵，也无法形成局部优势，被刀车抵住，紧接着，被阵中的步弓手的长弓钉在了地面上。

赤研星驰的大旗已经进入了口袋，而浮火花的东路骑射却静悄悄的没有动静，他们首先面对的，依然是跑散的百姓和诱敌的步弓手，这些顽强的箭手正在向阵地大步狂奔。

甲卓航心中一喜，浮火花果然聪明，在西路骑射和点钢营的三次横向冲击之下，坦提骑兵前方受到冉平的顽强阻击，后面部队又被几次拦腰截断，已经完全陷入混乱。现在最大的隐患，就是赤研星驰。如果他仅仅是带领银梭营冲上来，必死无疑，但是如果后续龟甲、飞鱼和虎鲨都投入战场，结果就难以预料。

他们来得较晚，如果看清了场上局势，说不定口袋就会被刺穿。

浮火花在这样的时刻，引而不发。便是要等赤研星驰顺利进入战场展开杀戮，到时候混乱一起，就算想退也退不出去了。她完全明白了自己的意图。此刻尾随点钢而来的银梭营的先头部队，应该正沐浴在浮火花东路骑射的箭雨下吧！

"兄弟们，再来一次，为了大公，为了被背叛的耻辱！让我们踏！破！长！河！"伍平的粗豪嗓音在夜空中久久回荡！两次成功的切割已经点燃了这支队伍，胜利和热血让这些年轻的士兵几近疯狂！

"踏！破！长！河！"

点钢营发出山呼海啸般地呐喊，他们的枪尖闪着锋锐的寒光，这支刚刚组建不久的队伍，在中军大帅甲卓航的亲自率领下，再次碾过坦提骑兵们的阵势，闪烁的火光中，他们看到了敌人惊恐的面庞。

闻名八荒的坦提骑兵被甲卓航这一千人的队伍切割得支离破碎。惊恐的骑手已经开始偷偷脱离战场。

"继续冲击！"甲卓航的嗓子已经完全沙哑，跟在自己身边的还是那些弟兄，有些熟悉的脸孔已经消失，但补上来的年轻面孔依旧狂热。"银梭营冲击得最快，现在，我们要帮浮火花收紧口袋！"

点钢冲过坦提骑兵，并没有收住脚步，而是在长旗的带领下，继续向银梭营的侧面冲击。这时候，浮火花的骑射已经向银梭倾泻了第一拨箭雨。骑兵冲锋,一旦起速,很难控制,甲卓航是这样,赤研星驰也是这样。当甲卓航的点钢先锋冲到银梭营附近时,忽然发现,赤研星驰已经收拢了阵型,虽然银梭前插的数百人已经进入了浮火花的射程,大片大片地倒下去,然而中军和后赶来的部队,却在赤研星驰的帅旗指挥下生生改变了方向,不再向冉平所在的军阵冲击。很显然,澜青坦提骑兵的惨呼让赤研星驰心生警觉,知道自己可能中伏。

赤研星驰这一次转向,让他的队伍和点钢营擦肩而过,甲卓航没能捕捉到赤研星驰的主力。有那么一瞬间,甲卓航非常担心赤研星驰就此脱离战场,如果自己煞费苦心的布置,只不过擒杀了澜青的三千坦提骑兵,那可真是太过儿戏了。他可是要借着今晚一战,把三方的主力全部酱在花渡战场,好让浮明焰和白旭能够顺利攻下米渡,切断四马原粮草北上平明的粮道,给扬觉动、扬丰烈和豪麻在离火原的死战创造生机。

然而冲过了银梭营的控制区域,他忽然发现,在银梭营后面,真的有无数闪光的火把在缓缓靠近。他妈的,是从吕尚进的龟甲营!这样明火执仗地缓步推进,他布下的乱局在火光映照下一览无余,吴宁边就失去了最好的掩护——夜色。

不行,一定要打乱南渚的兵力部署,不能让他们这样稳步推进,龟甲营是重甲步兵,有厚盾长刀,而且规模巨大,有七千人之众。这一次南渚果然下了血本,单凭自己和浮火花的这三千兵力,无法动摇龟甲营的根本。李精诚的伏兵准备打援,但是这龟甲营跟得太紧,已经称不上遭遇挫折的赤研星驰的援兵,而应该一起算作前锋冲击部队了。如此多的兵力,加上尚不清楚动向的飞鱼和虎鲨二营,就算李精诚的毛民军现在加入战场，也未必有十足的胜算。

为今之计，只有诱使龟甲营狂奔进击，拉长他们的阵型，才能寻找机会截断他们的后路，使李精诚对口袋的封口得到最大的效果。可是，要怎么做呢？前方赤研星驰已经临阵变向，却没有脱离战场，大概是因为前锋脱战，对整个部队的士气和局面影响太大，赤研星驰担不起这个责任，另一方面，应该就是他知道后军有足够的助力，希望能够拖延时间，等到大部队接上。

四

伍平的响箭接二连三射上夜空，划出一道道灿烂的火线。

浮火花很快出现在了甲卓航面前，她胯下的战马已经不是出征时的那匹灰马，半身沾满泥土，她胸前的钢甲有一道可怕的深深裂痕，头发被鲜血黏在了雪白的脖子上。看到甲卓航的震惊的目光，浮火花伸手敲了敲头盔，道："放心，脑袋还在！"

也许刚才鲜血涌入了口中，甲卓航的嘴里都是腥咸的味道，他点了点头，道："我们遇到了麻烦！"

"没有不能解决的问题！"浮火花忙里偷闲摘下头盔，把已经散乱的头发重新绑扎，"说吧，今天晚上我听你的！"

"赤研星驰的队伍以骑兵为主，一旦起速，就很麻烦，不能让他回到本阵。"

"这个好办，银梭冲得比较快，已经和后面的步兵脱节。我的骑射已经将他们分割，他改变了方向，应该是想去和坦提骑兵会合，"浮火花接过副将递过来的酒壶，咕咚咕咚喝了两口，道，"但我疑心他找不到坦提骑兵的主力。"

这句话里暗含一个战士的骄傲。

无论环境多么严酷，甲卓航嘴角都会挂着一丝笑意，浮火花三十几岁了，从她的眼角可以看到细细的鱼尾纹，作为霰雪原的后裔，她身躯健壮，很像一个汉子，但是她的善解人意和小小玩笑却让她具有一种成熟的魅力，这种豁达心胸和从容气质不是每个人都有的。她说得没错，坦提骑兵已经被击溃，赤研星驰如果不回头，就得去十余里外的文拔都那里寻找支援了。

"好，其次，龟甲营这样稳扎稳打的推进，不利于毛民伯的伏兵突袭，我们要让他们动起来才好。"

浮火花的眉毛一挑，道："怎么让他们动起来？这龟甲营就像一只老王八，爬得慢得很，我都看不出他们有移动的意思。"

甲卓航极目远望，似乎那大片明亮的火光真的静止下来了，前突的两个小队正在驱散百姓，清理前进的路径。这不太像暴躁的吕尚进的作风，难道是南渚临阵换将？关声闻不在虎鲨队中，而是亲自来指挥龟甲营？

"对方小心谨慎，准备和我们打阵地战，我们必须打散他们的布置，我想这样，你来圈住赤研星驰，围而不杀，看看能不能吸引龟甲营前往救援。"

"我很怀疑关声闻会不会来救援赤研星驰。"这次浮火花笑了，她虽远在吴宁边，也知道南渚赤铁军中主副帅嫌隙颇深。

"如果关声闻不来，我就带着点钢对龟甲做一轮突袭，然后退回阵中，吸引他们来攻，七千人要吃掉一千人，这样好的买

奔掠火　67

卖，他们不会不做。"

"一千人有什么好吃的？"

"因为有乘胜追击、轻敌冒进的中军主帅甲卓航。"甲卓航轻飘飘地说，周围的将士脸上都变了颜色。

"可是我们的甲大将军有马哦！他们这些王八怎么追得上？"浮火花也颇为意外，看着甲卓航的眼神又是一变，仿佛要重新认识眼前的这个青年人。

"甲大将军会适时落马，甲大将军还年轻，两条腿还跑得动。"不知道是不是为了配合甲卓航的意图，他胯下的枣骝马一声长嘶，奋起了前蹄。

浮火花眼中带着嘉许，侧着头看他。"都说你年纪虽轻，但是一肚子鬼主意，可我觉得还不够贴切，"浮火花顿了顿，"他们忽略了你还是一个充满了勇气的疯子！"

沉吟了片刻，浮火花道："这个计划我同意，不过要稍微改变一下。"

甲卓航舔了舔干裂的嘴唇，等着浮火花的下文。

"由我来取代你，做诱敌深入的诱饵，你，负责带领点钢和西路骑射围攻赤研星驰，一旦龟甲冒险前突，点钢和骑射再从侧面进击，配合李伯伯。"

甲卓航刚要张嘴，浮火花却把手指在嘴前一比，好似隔空虚按在了甲卓航的嘴唇上。"不要多说了，首先，有了帅旗，我就是甲卓航，我觉得论风流俊朗，你还比不过我。"她一笑，脸上露出了两个浅浅的酒窝。"第二，你知道我的骑射军每人都还有一把步战的钢刀吧，而且霰雪步战技击，从来不需要装备盾牌，因为我们不知道那东西怎么用，相比之下，点钢无弓，长枪又只适合马上，我可不想把我们的宝贝大将军真的送给敌人。"她顿了顿。"最后，我觉得和我相比，这场战争更需要你！"

说到最后，浮火花已经没有了笑容，一脸严肃的神情，夜风吹拂着她的长发，她缓缓戴上了头盔，道："甲大将军，就这样说定了吧！"

她伸过一只手来，甲卓航和她出掌相击，然后两只手紧紧握在了一起。她的手掌温热而有力量，不太像一个女人的手掌，一股热流冲上了甲卓航的眼眶。

"伍平！你来掌旗！"他命令骑手将一直深藏没有展开的大旗交给了伍平，"跟着火花将军，如果她有什么意外，你也不要回来了！"

"唯令！"伍平的眼中也燃烧着火焰，他是条刚猛的汉子，此刻，他的眼睛也是湿润的。

"活着回来！"浮火花召唤着队伍，勒马转身之前，对甲卓航说了最后一句话。

她和她的东路骑射消失在了纷乱的战场中。

没有更多时间来宣泄个人的情绪，甲卓航调转马头，带领点钢营向赤研星驰前突的方向追去。由于赤研星驰应变及时，他的银梭营只是被切割成两部分，并且和后续的龟甲营隔开，并没有被完全困住，就算甲卓航从后面掩杀，又有西路柴城骑射在前方堵截，由于银梭一直处在高速的运动中，他还是有机会从战场间的空隙中钻出去的。如果他回到本阵，就会带回南渚最需要的战场情报，并且，如果整个赤铁由他来指挥，那么甲卓航今晚的一番苦心很可能就会白费。

奔掠火　69

"发信号,骑射后撤,点钢营冲击!"甲卓航夹马,带头向银梭们冲去,然而和运转失度的坦提骑兵不同,远方的赤研星驰居然也将队伍排列成了尖刺阵势,与点钢的锋芒稍稍错开,也展开了冲锋。

双方对面混战,骑射无法放箭,这是两军精锐的第一次对决。

"铆住他们的中军大旗!"甲卓航的嗓子哑了。

南渚的旗手正牢牢擎着那面鲜红的长旗,无论箭雨还是枪尖,都没能使那面大旗倒下。

甲卓航很清楚,作战不仅仅需要战力,更需要士气,自己一方由于暗夜突袭,不打旗号,气势上已经不利,而自己的帅旗又交给了伍平,跟随浮火花的东路骑射而去,时间长了,必定影响更大。幸而还有三次突击成功的余勇,但是正面相搏,亮出招牌的一方必定更有信心及凝聚力。当务之急,是要砍倒赤研星驰的帅旗,旗帜不倒,银梭营就不可能被击溃。

夺旗之战就此开始,点钢营发起了猛烈的冲锋,战马长嘶,双方的阵型狠狠冲撞在了一起,金铁交鸣的声音震耳欲聋,不断地有战士身披重创,翻身落马。甲卓航的眼睛却只盯着那面在风中飘扬的长旗。

点钢营和银梭营都是两军精英中的精英,赤膊相见,搏斗无比惨烈。赤研星驰一身红甲,在火光中跃马长枪,风姿宛若天人。甲卓航带领部众几次冲锋,都不能逼近,双方已经杀红了眼,空中不知道谁丢过来一个明晃晃的火把,划着弧线落入人群,借着火把的亮光,甲卓航看到了赤研星驰的脸。

他正远远努起嘴唇,右臂一震,将他的长刀举向夜空,一缕薄云被风吹散，露出了小片星空，红色的弥尘闪耀。这一瞬间，赤研星驰的身影似乎暴涨至数十丈的高度，恰似一个满身火焰的战神模样，见者无不惊骇。他身旁马上，同时腾起的，是个黑色的影子，他用一只左手牢牢握住了赤研星驰的帅旗。长旗抖动的黑影，遮盖了大半个战场。

甲卓航叹了一口气，道："调转方向，撤出战场。"点钢营开始有序收缩，赤研星驰顶住了这一轮攻击。

对于骑兵来说，这场厮杀没有胜负，但实际上，赤研星驰已经输了，胶着相拼后，赤研星驰的银梭营已经失速，而点钢营撤出后，在外围打转的柴城骑射即将用新一轮的箭雨覆盖银梭们。

厮杀已进行了一个多时辰，此刻，天上的浓云渐渐散去，星星陆续露出了光亮，渡河的百姓死伤大半，正在四散奔逃，而永定的三千坦提骑兵同样溃不成军，甲卓航的一千骑射和一千点钢已经将赤研星驰残余的数百部众团团围在战场。

龟甲营还在慢吞吞地前进，浮火花尚未出击，眼下，赤研星驰是第一个诱饵，就看关声闻会不会上钩了。

"射！"又一轮箭雨覆盖了银梭营，骑兵没有厚盾，赤研星驰的骑兵如果不动，势必陷入死地，甲卓航在紧张地判断赤研星驰可能突围的方向。然而他却惊奇地发现，赤研星驰的银梭营居然下马，利用战场上死去士兵的盾牌、尸体和战马做掩体，将残余的部队聚成了一个小小的圆圈。

一种不祥的预感从甲卓航的心中升起。赤研星驰同样是个疯子！他要固守待援，把甲卓航的这两千人拖在这里，等后续的赤铁军杀来，把外面包围自己的这些兵力再包一次饺子，里

奔掠火　71

应外合，彻底歼灭。

如果赤铁其他三营全力扑上，营救赤研星驰，就算李精诚出击，他甲卓航八成也要死在这里了。汗水已经浸透了每个战士的中衣，水袋中的水已经消失了大半，他们的体内像有一场浩大的烈火在熊熊燃烧。

如果赤铁三营后还跟着野熊兵呢？如果连李秀奇也压了上来呢？甲卓航不敢再想下去。

前一刻，他还希望龟甲营受到诱惑，前来营救赤研星驰，为李精诚的伏兵创造战机，然而此刻，他突然又害怕起来，如果龟甲营真的全速冲击，到底是福是祸？

如果顶不住，他要后退么？这一瞬间，他突然理解了赤研星驰拼死不退的原因。这一退，可能导致全军崩溃。

远处那成片晃动的火把突然移动起来，甲卓航害怕的事情还是发生了！

五

龟甲营这只大乌龟不动则已，一动起来，便声势惊人，适才的静静等待，已经让龟甲聚成了最为无懈可击的樟叶阵，而龟甲步兵长长的巨盾后面，还潜伏着戴承宗的两千五百架飞鱼弩，飞鱼弩在二百步的距离攻击力惊人，凭自己这残缺不全的一千骑兵和一千骑射是绝对顶不住的。

现在龟甲做出来的，是个全力为银梭解围的姿态，而一旦他们发现战场上敌方的兵力竟是如此薄弱，恐怕这椭圆的叶子阵型会立即转为包围攻击，而后，便和赤研星驰的料想一模一样，甲卓航的两千人马会被全数吃掉。

如果只有这两营的人马，也许李精诚的毛民兵加入战场后还有一搏，可是，虎鲨营在哪里？不知道对方中军是谁在指挥，这样的手笔，实在精到。由于吴宁边的王牌骑兵花虎本队和主要骑战力量都已于昨夜漏夜北上，关声闻麾下四千骑着矮脚马的虎鲨骑兵一旦投入战场，李精诚以步兵和步弓手为主的混合部队势必抵不住冲击，更别说后面还可能跟着李秀奇的野熊兵大队。

到目前为止，除了南渚竟压上全部赤铁军这一点出乎甲卓航的意料，战局的走向和他战前预想的基本一致，他已经将这寥寥几千人的潜能几乎发挥到了极限，接下如果还有变化，也只有交给上天诸神了。

柴城骑射和点钢营对银梭的冲击一直在继续，而赤研星驰的抵抗非常顽强，每次双方都丢下差不多数量的尸体。但是银梭剩下的人数较少，因此那个小小的防御圈一直在不断收缩。甲卓航知道，只要赤研星驰不死，那面鲜红的长旗是不会倒下的。而赤研星驰显然已经听到龟甲进击的隆隆战鼓声。

经过了半夜的鏖战，冉平的军鼓已经息止，因为每个人都可以看到，战场上，吴宁边再没有可以冲击的部队，虽然南渚仍在犹疑，不知道尚未投入战场的吴宁边的大半军力到底部署在哪里。但他们很快就会知道。尤其是他们一旦从俘虏口中得到浮明焰和白旭已经带着花虎北上的消息，恐怕立即就会疯狂攻击，把甲卓航和李精诚永远埋葬。

龟甲更近了，对银梭的攻击还在继续，战况已经不能用惨烈来形容。银梭不愧是赤研星驰亲自带出来的队伍，他们射尽

奔掠火

了箭支，钢刀布满了缺口，兵士几乎疲累得不能支起长枪，但依然在坚守着阵地，毫不动摇。

必须尽快解决这个问题，陷入死地，却有如此强大的气场，银梭的坚持已经震慑了围攻的点钢战士和柴城射手，他们每一次攻击受挫，就对面前的对手多了一份敬重和畏惧，这样消磨下去，前半夜小小胜利带来的高昂士气，很快就会被磨损殆尽。

龟甲已经越来越近了，如果再犹豫不定，这两千人就危险了。

"骑射手，延缓龟甲的接近，点钢，继续冲击银梭！"

密集的箭雨从天而降，落在龟甲营厚厚的橡木巨盾上，发出砰砰的闷响，站在前排的龟甲营士兵，不一会儿就变成了一只只刺猬。浮火花的这支队伍临战经验丰富，面对庞大的龟甲，游动作战、策马奔驰，在射程内寻找缝隙，可是龟甲营是南渚装备最为精良的队伍，无论从哪个方向发箭，照例有巨盾顶住。而只要骑射略微靠近，飞鱼营的劲弩就毫不留情地发射过来，射得骑手们人仰马翻。

龟甲和飞鱼的混合编队接近万人，这支队伍始终在坚定地缓缓推进，距离被困的银梭营只隔了薄薄一层，现在轮到点钢和柴城骑射在勉力支撑了，龟甲那厚厚的叶子似乎随时都会张开，变成尖锐的利爪，把甲卓航这两千人整体吃掉！这样的时刻，甲卓航忽然十分想念已经北上的花虎骑兵。如果，两千花虎现在都在战场该有多好！

赤铁军们隆隆的鼓声突然暂歇，这是军令有变的先兆。出现了什么情况？龟甲的东侧出现了骚动，是浮火花还是李精诚，他们在这样的情况下出动，绝对不利！

龟甲的整个阵型轰然停止。在遥远的另一侧出现了响亮的喊杀声。答案揭晓，火把亮起，熊熊的火光中，一柄长旗高高迎风飘扬，上面绣着的，正是一个金碧辉煌的"甲"字。是浮火花的队伍对龟甲营展开了正面攻击！她率领一千抛弃马匹、没有盾牌的骑射手，对着十倍于己、全副武装的龟甲和飞鱼发动了正面冲击！

这是自杀性的举动！只短短的一瞬间，那面大旗已经倒伏了两次，而每次又极为迅速地顽强立起！

"伍平……"甲卓航再也控制不住，他看着那面在血腥的风中猎猎飘扬的帅旗，两行眼泪就这样不争气地流了下来，他几乎要把手中的刀柄捏碎。"活着回来！"浮火花言犹在耳，但是自己和她的攻击计划不是这样设计的！此刻，他多么希望自己就在他们的身边！！

只片刻时间，整队的龟甲飞鱼仿佛裂成了两块，面对浮火花的冲击，这庞大的阵势发生了分裂，大部分士兵开始转而压向了有吴宁边帅旗的方向。

"抓住机会！"甲卓航已经听不出这是自己的声音了，"离火射手们，为了火花将军！踏破长河！"

"踏破长河！"

"踏破长河！！"

已经被消磨了锐气的这支队伍，面对队友的奋不顾身的牺牲，终于又被点燃，在另一侧陷入苦战的，正是他们的领袖，那个比男子还要强悍大气的女子将军！

浮火花训练的骑射经验丰富，龟甲队形一松，他们立即抓

奔掠火 75

住机会楔入了缝隙,霰雪原本就是马上民族,他们的弓箭就像长了眼睛,一边纵马奔驰一边射出箭支,飞鱼空有强弩,但是需要装匣,射速受限,八支劲弩,到达二百步距离的只有两支,射程远远比不上尚山岳精心打造的射日弓,暴露出来的飞鱼营步兵就这样一片一片倒下去。

"将军!"令兵的大吼震醒了甲卓航,在他的身后,赤研星驰居然带着他的银梭重新跃上了马背,显然,他也注意到了龟甲的混乱,如果龟甲飞鱼已经失去了歼灭甲卓航队伍的机会,那么固守牺牲就没有意义,他已经开始准备突围。

甲卓航看着火光中那个熟悉的影子,下令道:"传令,放弃赤研星驰!全力撕开龟甲飞鱼的口子,不惜一切代价,支援火花将军!"

"唯令!"

这是一个艰难的决定,眼下的局面,正是赤研星驰这个平生劲敌最为脆弱的时候,如果死咬不放,这个吴宁边的最大威胁必会血溅四马原,以后的花渡战场乃至八荒争霸,就会少了许多变数。可是不行,他无法用浮火花的牺牲去换哪怕一百个赤研星驰。

隆隆的龟甲飞鱼已经向浮火花压了过去,两军对垒,能够生擒敌手主帅的机会绝对不多,对面的统军将领终于失去了耐心,笨拙的龟甲跑了起来,而向着银梭突进的部分赤铁军来不及反应,陷入了混乱,飞鱼的迅速撤回,给点钢和骑射留下了笨拙滞重的龟甲步兵,变成了甲卓航最好的靶子。

不能放过这个击溃赤铁军主力的机会,他只能眼睁睁看着赤研星驰逃脱。点钢冲击之前,他最后看了一眼赤研星驰的方向，却看到那个一直跟在赤研星驰身边浑身浴血的骑手，居然抛下了赤研星驰的大旗。

那面大旗缓缓地倒下了！

"喊！赤铁军败了！"

"赤铁军败了！"

"赤铁败了！"

呐喊声伴随着点钢的猛烈冲击，响彻整个战场。跑动！不断地跑动！没有了飞鱼的龟甲，成了一堆堆死肉，任凭宰割。

那个浑身红甲的家伙消失在了远方。"赤研星驰！我们还会再见的！"他在心中说道。甲卓航又一次品尝到了鲜血的味道，这次，这咸腥的味道中，竟然透出一丝的甜美。

轰隆隆的战鼓响彻了整个战场，所有人都惊呆了，鼓声来自南方，是野熊兵，还是李精诚？当数千只青色的箭矢带着星光飞上夜空时，甲卓航深深吸了一口气，是毛民的步弓手！

李精诚黑色的长旗遥遥举了起来，早早渡过百花溪的一万五千毛民军已经蛰伏了太久！现在，李精诚终于等到了合适的时机！从李精诚登上战场的这一刻，局势逆转，吴宁边的绝对兵力一下子反超南渚，然而战争还远远没有结束！

不知道什么时候，西方又多了一条蜿蜒的火龙，青色的旗帜上刺着一个斗大的"文"字，是文拔都，他虽然只是卫成功的前锋，但显然这个人有着聪明的头脑和果敢的个性，现在投入战场上的每一分兵力，都有可能决定整个战局的成败。面对吴宁边这样的劲敌，他决定把赌注全部押上！

响箭穿空，他熟悉这样的臂力和手法。"伍平没有死！"

等到甲卓航带领点钢一路狂奔到可以清晰看到"甲"字帅

奔掠火　77

旗的地方，他才发现，是冉平带领着自己的工兵、辎兵和步弓手，打开车阵奔了出来，支援浮火花，他们也没有正规的盾牌，而是把骑射的马匹再套到大车上，充分发挥了辎兵们抢货运输的特长，瞬间拆毁了大车，用木板和车辕，加上一切能够找到绳索，制作了简单的防御工具，挡住了飞鱼们的劲射，并护着步行的骑射们一路后退。

甲卓航大口喘息着，他的小队离浮火花和冉平的队伍只有短短的数十步距离了，只要冲过前方正在混战的士兵，他们就可以重新会合在一起。

夜已过半，战争仍在继续，骑兵们的战马已经开始脱力倒下，看到浮火花挺身站在大车上，夜风撩起了她的长发，在火焰的光亮中，风姿卓然，甲卓航终于露出了疲惫的笑容，不管这一战胜负如何，他已经尽到了最大的努力，八荒神州必将记住这个血腥的夜晚。

浮火花在向他挥手，前方几个吴宁边的步弓手争先恐后地抢上大车的顶端，匆忙张弓。

发生了什么？甲卓航觉得这一瞬间自己的反应有些迟钝，他机械地催动战马，一个黑影从身后插入了点钢们的圈子，猎豹般狠狠撞击在甲卓航身上，甲卓航的身子猛地一震，他的胸前伸出了细长银亮的刀尖，一股鲜血涌上了他的喉咙，他眼前一黑，从马上滚落。

他最后看到的，是为赤研星驰掌旗的那个少年阴冷的目光。

第三章 死生

放眼望去,夜风卷着野火,在平原上诡异地翻腾,大多数人都已经倒在这片土地上,而士兵们还在源源不断地投入战场。在他身后,银梭营一千士兵,剩下不过百十人。这是一场名副其实的死战,他还不明白为什么甲卓航会突然放松对银梭的压力,但是他明白,这是他们突围的唯一机会了。

一

  一支流箭流星般从赤研星驰眼前掠过，他身旁的士兵一声闷哼，滚落马背，被裹挟入了滚滚的马蹄中。

  "该死！"屠隆恶狠狠地咒骂，然而一句话没有说完，更加密集的箭矢从银梭的侧翼遮天蔽日地扑了下来。没得选择，赤研星驰双腿一夹马腹，他的灰马一声长嘶，奋力前跃，然而那些闪着寒光的魔鬼依然如影随形。

  "是骑射！"赤研星驰心中一沉，凭借着马匹冲击的速度或许可以摆脱步弓手的射程，但是摆脱不了柴城的骑射手。浮火花的骑射闻名八荒，和通常的军队编制不同，这支骑射五十人编成一队，每五队编成一卒。浮火花麾下直辖八名卒长，战场作战时，每卒卒长都带有特殊哨音的鸣镝，需要对特定目标进行精确打击时，卒长以鸣镝引领全卒箭矢。鸣镝一发，至少二百余只羽箭便会随之倾泻而下，射程之内，鲜有人能有生存的可能。

  唯一值得庆幸的是，骑射手的箭支不易补充，除非值得，极少使用这种极为浪费的射击方式，骑射的羽箭相当精准，又是从侧方有备而来，看着银梭营的前突兵士一个又一个被射落马下，赤研星驰当即红了眼。让他惊讶的是，羽箭是在二百步开外的距离速射，马上怎么会有如此强弓？！

  当年的风旅河之战，浮火花的这支骑兵被浮明焰留守柴城，赤研星驰无缘得见，今天，他终于领教了这个女子的厉害。

奔掠火

屠隆努着下巴，看着赤研星驰。

"立即转向！向西面人群密集的地方穿插，保持速度，凡有挡路的，一律格毙！"

屠隆点头，一边继续前突，一边举起身上的令旗挥舞。

汗水顺着赤研星驰的兜鍪流了下来，糊住了他的眼睛，他在心中愤怒地低吼，他知道甲卓航诡计多端，但是却没有想到他会使出如此下作的手段。银梭马蹄所践踏的，都是些无辜的澜青百姓。更让他无可奈何的是，现在，他必须继续踏过这些百姓的尸骨。

骑兵攻击骑射没有可能，尤其在双方兵力、马匹相差不多的情况下，对方的两个卒移动飞速，远远超出了南渚矮脚马的速度，看起来竟然很像坦提风马，什么时候柴城的骑射也有了坦提风马？！赤研星驰只有下令向人群聚集的地方冲击，纷乱的人群会延缓骑兵的速度，骑射尤其不会在贫民身上浪费羽箭。

一匹黑马踉跄着从几乎伤亡殆尽的前队中向自己奔来，等到脱离了柴城骑射的射程，那个绰号左手的少年从马腹下翻身而上，对着赤研星驰大喊："让他们丢掉火把！"

"火把？"

对，火把！赤研星驰猛然醒悟，敌人是早已布好的伏兵，一是对战场情况极为熟悉，二是已经备好一套暗夜作战的指挥信号。昏暗的夜色中，那些依稀可辨的人群都是充当靶子的百姓，带着火把不但捕捉不到敌人的主力，反而会成为攻击的目标。

"丢掉火把！"

数百支火把凌空飞起，在银梭身后织成了浩大的火幕，把紧跟不舍的骑射手阻断在了火幕的另一边。

"转向、转向！都跟上，向西冲锋！"屠隆的吼叫和旗语带动银梭在战场上画出一道漂亮的弧线。银梭刀子样的阵型开始缓缓偏移。明亮一手擎住长旗，一手猛勒马缰，他所骑乘的马匹格外健壮，他的眼中反衬着火焰的光芒，脸上已经褪去了少年的青涩，在血与火之中穿梭，每个人都会迸发出强大的生存本能。

对于全速冲击的骑兵来说，银梭营的反应已经惊人，只要赤研星驰反应再慢一点点，整个骑兵部队就会被全部扔到对方的口袋中去。

"真是好射手！"那个少年靠近赤研星驰，在马背上压低了身子，凌空抛过一只形制奇特的弓来。

赤研星驰凌空把那弓抓在手里，那弓上沾满了血污，用不同材料层层复合，制作异常精良，赤研星驰从来没有见过这样形制的弓箭。他诧异地看了那少年一眼。柴城的骑射手一直在追逐银梭营，两队之间的距离当在二百步开外，不知道这少年是怎样靠近精骑的队伍，拾回了这张弓。

银梭营还在纵马奔驰，如果前面还有埋伏，也只能硬冲过去了。

他想了想，又把弓从马上抛回给了左手，他还记得在靶场上和这个少年的对话和明亮连续脱靶的三箭。这少年说他是一个山中的猎户，真的这么简单？

"你说得对，他们不需要去瞄准，凭着感觉发箭。"左手大口大口喘着粗气。

奔掠火

赤研星驰完全明白，骑兵人在马上，没有办法拿巨盾防护，除非是重甲骑兵，否则遇到大股骑射手，只能退避三舍。但对于骑兵来说，速度就是生命，他不能让银梭失速，在龟甲营和飞鱼营的混编队伍冲上来支援之前，必须尽可能地保存实力。现在四处都是奔逃的人群，杀伤他们毫无意义，人群的意义只是带来混乱，好在给银梭带来混乱的同时，人群也会给敌人带来混乱，而现在银梭抛掉了火把，也成了黑暗中的影子。

这支小小部队的生死存亡就在自己的一念之间，他明白左手的忧虑，可是他不能停下来。

银梭的奔驰有序、流畅，即使在遭受突袭的情况下，也没有乱了阵型，赤研星驰对自己的这支队伍十分骄傲。

银梭营的战士是赤铁军中的独特存在，他们绝大多数来自各大主城的平民家庭，没有任何关系背景，在论资排辈、裙带成风的赤铁中，这些人本来绝无出头的机会，是三年前赤研星驰的归来改变了一切。他和关声闻默契搭档、雄心勃勃地重整赤铁军，才使他们有了登上战场的机会。

现在的银梭营中，除了老将屠隆是父亲的下属之外，从校尉、都尉到普通的卫官、什长，都是赤研星驰亲手一个个提拔起来的。正与他并肩策马的校尉唐乐为，曾经是箭炉行营的一名都尉，因为和校尉陈兴波有过节，不但得不到升迁，还被箭炉行营的主帅关大山寻衅逮捕，几乎拷死狱中。赤研星驰都统赤铁军之后，亟需人才，更需要对遍布军中的世家子弟加以制衡，因此对他平反启用。那时候正是关声闻和赤研星驰关系最为热络的时候，因此关大山看在弟弟的面子上，便没有加以阻挠。可即使关声闻一言不发，军中却多的是势利眼，唐乐为虽然作战勇猛,却不通经营关窍,入了赤铁三营不过月余,又被诬以贪墨,再次下狱。

这一事件令赤研星驰勃然大怒,当时他对赤铁军的整编受到巨大阻力,正要寻找机会加以整肃,在得知唐乐为再次下狱后,便亲自调查,抓住机会,将几个校尉降职的降职,查办的查办,这是对赤铁军中盘根错节的裙带关系的一次公开挑战。和前几次不同的是,此次这些军官不再是孤立地发泄他们的不满,而是在看关氏兄弟的脸色行事,虽然关声闻一贯是支持赤研星驰的革新举措的,客观地说,在唐乐为的事件上,也没有什么私心。但这些军中混混经营已久,和赤铁军中的权贵故旧多有扯不清的干系,赤研星驰建功立业的心思又格外急切,竟令关声闻亲自督办,这也令关声闻尴尬异常。整肃来整肃去,整肃到自己的老弟兄头上,他心里也颇不是滋味。这或许也是后来关声闻和赤研星驰翻脸的原因之一。

不过不管有多少阻力,赤研星驰毕竟从赤铁军中遭受排挤、不得晋升的兵士将官中发掘出了相当数量的才干之士,又另辟银梭一营。对于整个凶暴贪腐的赤铁军来说,这是一支孤军,但这些将士都深感赤研星驰的知遇之恩,誓死报效,他们没有背景关系可以依靠,只能紧密团结在赤研星驰周围,于是这支队伍便带有了浓厚的私兵性质。赤研星驰舍不得让银梭脱离自己的掌握,偏生银梭又因为援助吴宁边共击澜青一役声名大噪,以其顽强果敢给青华坊留下了深刻印象,这就给朝臣们攻击赤研星驰拥兵自重、豢养死士制造了口实。其后果之一,就是赤研星驰打算对这支将士用命、战力精良的部队再加以扩充的计划泡了汤。

这几年，赤研星驰为了自己的前途，也几次犹疑，想要解散银梭，但这一刻，在生死瞬息而至的战场上，在银梭们遭遇重创后依然昂扬不屈的脸庞上，他终于感到所做的一切都是值得的。他还记得唐乐为形销骨立地从箭炉大牢出来的那天，在他的大帐中与他军礼相见。这个威猛的汉子斩钉截铁地说出那句话："我有一事，生死与之！"

他要求永远跟随赤研星驰。

马背的颠簸让赤研星驰的心不断腾跃起来，这支部队是赤研星驰从那些尚有血性的南渚战士中抽调出来的精英，有他们在，处境再艰难，他都不会失去信心！

二

矮脚马耐力特佳，速度不快却冲劲十足，银梭营余下的七八百匹战马一起催动，踏得大地也摇动起来。

"前面都是乱兵，不能去！"银梭刚刚把这个弯子转过来，屠隆就来到了他的身边。他久经战阵，赤研星驰素来尊重他的判断。果然，现在掠过身边的，大都是乱作一团的坦提骑兵，他们刚刚被猛烈冲击过，没头苍蝇一样，所谓的阵型已经不复存在，这些惊惶的士兵在慌乱间甚至对银梭营发把刀相向。

"不，必须前进！"赤研星驰沉着脸，他知道，文拔都的骑兵陷入了和自己一样的困境，已经开始溃败。但眼下的局势，后面有柴城骑射的箭雨，继续向北，是熊熊燃烧着的坚固阵地，此时是进是退不再是个轻易的选项。前方或许有更大的危机，但他不能回头，作为前锋主帅，赤研星驰非常明白，如果银梭后退,对南渚的士气将是一个致命的打击,甚至有可能使尚未投入战场的部队也陷入混乱。他不能为了一己的生死,葬送整个南渚赤铁的锐气!

只要不是花虎,总可以一战!就算前面真有刀山火海,他也只能赌上一赌!

"列队,西北方向!"唐乐为一马当先。

口令在夜色中被迅速传递出去,当矮脚马刚刚放开了马蹄,黑暗中另一拨沉闷的蹄声却越来越近。这蹄声不重,不是花虎,他们越来越近,也不是骑射,赤研星驰端平了长枪,脸上终于露出了一丝笑容,他从不害怕战斗,可是他一定得先找到敌人!

辽阔的花渡战场上烽烟四起,火光熊熊,在战场的西侧,乱作一团的坦提骑兵和澜青百姓布满了整个战场,却有两道利刃一般的影子犬牙交错,只差一点点,便咬在了一起。

短短的一瞬交接,一片金铁轰鸣。赤研星驰并不知道对面的军队到底有多少人马,所以不敢勒马厮杀,他要找到一个相对安全的位置,进行调整。几乎和银梭们相向擦肩而过的这支队伍也是一般想法,因此经过了对冲中的小股摩擦,两支骑兵又迅速分了开来。

"这不是一般的骑兵!"屠隆黑着脸,适才这短短的一瞬马上搏杀,以精锐闻名的银梭营居然失去了四十多个弟兄。

赤研星驰眯起了眼睛,对面这支军队像极了当年离火原上的望江营,士气昂扬,下手狠辣,悍不畏死!

没错,就是这支队伍冲乱了坦提骑兵,他现在的疑问是,对方的统军大将是谁?

"将军，是文将军的人！"斥候身后跟着几匹高大的坦提风马，马上是十五六个浑身浴血的兵士。

"我们被冲散了，在你们身后，有一支骑射部队！"当头的大汉喘着粗气，眉骨上一道裂痕，擎着一支长枪，"我们不想这样回去，请将军带上我们！"

这些兵士的眼神里充满了恼怒和羞辱。

"发生了什么？"赤研星驰回头遥望，银梭的尾部正缓缓向自己聚拢，那些陷入混乱的坦提骑兵早已失去编制，正在三三两两撤离战场，而那些百姓则在盲目地奔跑。这漆黑的原野上晃动着微弱的点点亮光。

"他们用少量步弓手做引诱，混在平民中，让我们将平民误判为步兵，所以先头的冲杀很盲目，我们追逐敌人，不知不觉失去了队形。那个中间阵地是专门用来吸引攻击的，十分坚固，攻不下来！"

"他们是什么部队？"赤研星驰打断了他。

"轻甲骑兵和一队骑射手！"

"就这些？"赤研星驰十分诧异。

那大汉略显尴尬，道："就这些，再有就是那些零散的步弓手，没什么威胁。"

"那是一群恶魔！"旁边一个兵士吐出了一口血沫，"他们列阵冲锋，枪兵在前，射手在侧，已经在我们阵内撕扯了两个来回！"

赤研星驰大感震惊，这样直截了当的冲阵切割，他只在三年前的风旅河战场见过，不过实施者是所向披靡的花虎骑兵，可今天这些骑兵并没有花虎的重甲，这样的战斗力、组织能力和策略，绝非一般人物，是浮明焰还是李精诚？难道是那个花花公子甲卓航吗？

他还有个更大的担忧，花虎在哪里？

"我知道你们不甘心，但你们有更重要的事情做。"赤研星驰沉默了片刻，扬起马鞭，指着永定大营的方向。"这一夜，战火已燃，必将不死不休，如果你们真有血性，请代我请文拔都将军沙场一晤！"说着，赤研星驰解下随身的铁牌，丢了过去。这是几日前南渚、澜青会盟，决定共同进击时的凭证。

这十几名士兵面面相觑，最终还是那大汉点了点头，道："都说赤研将军的银梭营是仁义之师，今日一见，果然名不虚传，这句话，我们一定带到！"说罢遥遥抱拳，领着众人转身策马而去。

名不虚传！赤研星驰苦笑。笑自己这仁义之师今晚不知踏碎了多少平民的骸骨，笑赤铁军在四马原一路烧杀抢掠，居然连从永定赶来的一位小小都尉都知道了他银梭营的与众不同。此刻百花溪西岸已经尸横遍野，但花渡镇方向一片安静，他对着那灯火通明的军镇叹了一口气，今晚，徐前估计是指望不上了。

平野辽阔，银梭已经冲到了战场的边缘，刚才几名坦提骑兵所言的骑射如影随形。赤研星驰深深吸了一口气，回去，此刻只有和那支轻骑的死战才能避开箭雨，和后续接应的龟甲会师。

"回头！列阵！"赤研星驰勒住了马缰。

"让我们和他们真刀真枪干一场！"唐乐为纵马大吼，"三年了，银梭没有扬眉吐气过，今天不是在昏暗的朝堂上，不是

奔掠火　89

在酱缸般的军营里,你们要拿什么来向侯爷证明自己?!"

"血!火!"这些年轻的士兵从来都是赤铁军中的异类,顶着公室兵的名头,拿着营兵的兵饷补给,更不用说其他几营那些讥讽的目光和鄙视的眼神。

是啊,南渚军中的尉、卫,大小只要是个官,大都有过硬的背景靠山,总有执行不完的军机要务,可以大发横财。前阵子箭炉行营的陈兴波,不过去紫丘调转军粮,就借机大肆搜刮、一路明抢暗夺、贱买贵卖,凡是敢于争辩的小民商贾,统统被定为野熊逆匪,加以屠戮,搞得扶木原平民卖儿鬻女,富户则十有八九倾家荡产。而相关的朝臣和大员却在灞桥广置宅院,收购商船,一派热闹景象。

相比较之下,银梭营虽然是赤研星驰的直属,反而过得如叫花子一般,他们心中的不平积郁已深,此刻唐乐为的话正中鹄的,整个银梭营立即沸腾了起来。适才仓促应变中还留有的一丝慌乱也消弭于无形。

"冲锋!冲锋!冲锋!"

"明亮!"赤研星驰看着这个打鱼的少年,他从军不过才几个月而已,"顶上去!"

"唯令!侯爷放心,大旗不会倒!"明亮的声音斩钉截铁。一派亢奋中,只有左手默不作声,伏在马背上看着这一切。

银梭营的冲锋开始了。

"你现在回去,会被包围的!"左手骑在赤研星驰身旁。

"不会,"赤研星驰端平了长枪,努起了嘴,"龟甲和飞鱼就在身后,我们只要能和他们纠缠片刻,他们就会被反包围。他们需要甜头,我们就给他们!"

"但是不管胜败,这样会把他们全打光的!"

"嗯?"赤研星驰心中一紧,这个少年说的是实话,没了银梭,自己就什么都没有了。但是在此刻,他已经顾不了那么多了,他要胜利、胜利、胜利!没有胜利,又该如何去面对那些已经死去的南渚将士呢?他刚才没有选择后退,现在,他更没有脱离战场的余地了。他摇摇头,多看了一眼这个从百花村捡回来的少年。

赤研星驰的回答是用力夹马,冲了出去。不料左手还跟在身边,又接了一句:"那些人不会管你的!"

"驾!"赤研星驰紧盯着火光熊熊的战场,没有理会他。

和预想中一样,那只幽灵般的黑色劲旅出现在夜色中,猛烈的撞击开始了!

"连名号都没有,有什么可怕的!"屠隆大吼,"他们不过是些影子!"

"把旗举得高一点!告诉他们,这里是银梭营,我的名字叫作赤研星驰!"

明亮奋力振臂,青色的长旗迎风飘扬,赤研星驰举枪把一名冲到眼前的士兵挑落马下,他一身红甲从不更换,在浓浓的夜色中更显得明亮灿烂,银梭营的士兵和对手不约而同地向大旗的方向集中过来。

这些影子般的对手就像沉默的旋涡,一拨拨开始轮番冲锋,银梭虽然和对手实力相当,但是在人数上处于劣势,伤亡便更多一些。赤研星驰一枪把一个士兵刺了个对穿,那士兵当场死亡,却牢牢抱住枪杆,他拽了几次都不能抽回长枪。只一瞬间,又有兵士攻了上来,他没有办法,只能推出长枪,抽出

奔掠火 91

佩刀，继续血战。对手的勇悍让他十分震惊，虽然他曾经在离火原和这些士兵并肩作战，但远没有战得这样苦，这样惊心动魄。

这些年轻士兵的血在他的周围飞溅，惨叫声连成一片，既有敌人的，也有兄弟的。他的三名校尉只剩了屠隆和唐乐为，六个都尉已经战死五名，但只要有一人死去，马上就会站出一名卫官，接替死去的都尉继续指挥，围绕着这面招展的大旗，双方的激烈争夺仍在继续，但是银梭的队形始终没有乱。他们个个都是好样的！这些年轻的士兵都看着他们红甲的年轻将军，他是王族的弃子，是落魄的人质，是和他们同生共死的弟兄！此刻，他就是这暗夜中的光芒，他从不退缩，这是银梭们的信心和力量所在！

"明亮！"这是前锋都尉燕峻的声音，赤研星驰正把他的钢刀压进对手的甲缝，一回头，正看见一支羽箭破空而至，噗地射中了明亮的前胸，明亮的身子晃了晃，从马上落下，又迅速爬起，把大旗重新竖起，用力插在地上，牢牢攥住。

然而紧接着是第二支、第三支……噗噗的声响在战场的喧闹中显得如此细微，然而每一箭都像射在赤研星驰自己身上。

火光映着明亮年轻的脸，他紧咬着牙关，口鼻中都流出血来，手仍死死握着大旗，直到一匹战马冲过来，马上骑士一枪将他刺穿，继而马儿高扬起前蹄，把他踏入了泥土之中……

赤研星驰纵马前冲，吼叫着格挡开致命的攻击，这一刻，他觉得一切都慢了下来，只有明亮那张依旧望着大旗的脸消失在滚滚尘埃里。

"我不要掌旗，我要跟着将军！"出征前他的话言犹在耳。

赤研星驰后悔没有告诉明亮,在这样的大战中掌旗,要么迎接荣光,要么迎接死亡!但这个结局,是他最不愿意面对的一种。他虽然健壮,却只有十六岁!

那个最先到达的吴宁边武士抽出了佩刀,去割那长旗,然而他的手刚刚举起,斜地里另一匹黑马狂奔而来,刀光如练,一闪而过,他的头颅就飞上了半空,他手中的大旗被另外一个少年紧紧抱在怀中。

分开众人,赤研星驰终于来到了明亮的身边,燕峻正扶着明亮,他身上插着六支羽箭,每一支都足以致命。

"踏碎的铠甲是战士荣誉的勋章!"他对着这个嘴角青紫、双目圆睁的少年说了最后一句话。明亮的双手依然是擎旗的姿势,胸前的鲜血正渐渐凝结。

"你们通通要付出代价!"那个百花溪畔的少年举起大旗,仰天怒吼。他手中的火把划过夜空,翻滚着掠过那些正生死相搏的士兵,照亮了他们的脸庞。

他叫所有人抛掉火把,他自己却留了一支。

一团纷乱的战场上,赤研星驰看到了一张熟悉的脸孔,夜色和火光让它显得有些陌生,那鹰隼一般的眼睛也正望着自己。

"甲卓航!"他口中喃喃报出了这个名字。

"好,就让我们痛痛快快地战一场!"他努起嘴唇,将他的长刀举向夜空,澎湃的激流在他的血管中奔涌,夜风骤起,不知道什么时候薄云散去,星光洒下大地,所有的影子渐渐清晰起来。

他的怒吼和左手的怒吼融在了一起,和银梭营所有战士的

奔掠火

怒吼融在了一起。

大旗不倒，银梭还在！

三

鼓声隆隆，和木莲绝大多数军队使用的牛皮战鼓不同，南渚的进击鼓是用虎鲨皮和红柳木制成，而吴宁边的雷鼓则多用水牛皮和桦木，前者清脆激越，后者浑厚滞重，单从鼓声，便可分出战场上的攻守之势。

残酷的轮番冲击终于告一段落，赤研星驰相信对方同样伤亡惨重。

赤研星驰勒马在原地兜着圆圈，看着那些影子一样的士兵渐渐撤离战场，他知道一切尚未结束。远方传来的阵阵鼓声，每一声都好像敲打在他的心房上，将他浑身的毛孔一一震开，是龟甲营。

"轻骑退去，骑射手很快就会顶上来！"唐乐为浑身都被汗水浸透，白麻中衣已经被血水和汗水洇成了浅褐色，他的嘴角一片血肉模糊，说起话来也有些含混不清。

屠隆喘着粗气点头，说不出话来，他用的是四十斤重的劈山斧，极为沉重，加上年事已高，这一个多时辰不停地策马奔驰、奋力作战，他已经精疲力竭。"少主，再不走就没有机会了！"他眯着眼睛看着赤研星驰，仿佛要把唐乐为说的每一个字都掰碎了细细咀嚼。

左手依然擎着长旗，胸口也在剧烈起伏着，所有人的眼睛都在看着自己。

"对，现在冲出去，或许还有机会。"唐乐为并不知道，屠隆的意思不仅仅是突围。

鲜血在燥热的空气中泛起令人恶心的腥甜，一股疲惫从赤研星驰的心底升起，他回首看看身后的银梭，还在马上的士兵比刚才又减少了许多，大都伤痕累累，神色彷徨。不要说这些士兵，此刻如果让他赤研星驰丢下武器，永远倒在四马原上，恐怕也是一种解脱。

然而这样不行。

"我们还有多少人能作战？"赤研星驰的声音沙哑。

"大约有三百多！"唐乐为身边，又聚过来仅存的几名卫官。

战场的火焰还在熊熊燃烧，初战时诱敌的吴宁边巨鼓已经不再响起，而鲨皮鼓的声音却越来越近。

"很好。"赤研星驰用力捏了一把自己左腿上的伤口，一股尖锐的疼痛把他从疲劳中拔了出来。他展臂从鞍袋中掏出酒壶，咕咚咕咚灌了一大口，感到身子火辣辣的，现在他的一句话，可以让整个银梭营再次振作，也可以让他们瞬间崩塌。他深深吸了一口气，纵马从这些年轻疲惫的兵士身前走过，道："银梭们，听到鼓声了么？！"

没听到是不可能的，这鼓声声势浩大，每一下仿佛都要使整个大地沸腾起来，几乎把整个战场上的厮杀惨嚎统统湮没，但是没有人说话。

"这是龟甲营的战鼓，龟甲和飞鱼的万人编队正在向这里挺进！"赤研星驰顿了顿，"战争中没有幸运者，现在，我请求你们再做最后一件事，相信他们！"

赤研星驰纵马在这三百余人的队伍前跑过。"相信他们！不管曾经有什么嫌隙，他们是你们的战友！他们是你们的兄弟！只有牺牲和相互依靠，我们才能度过这个漫长的夜晚！龟甲和飞鱼会来的，经过这个夜晚，他们同样会相信我们的勇气，崇敬我们的牺牲！"

"我们要守在这里！拖住我们的敌人，给龟甲和飞鱼吃掉他们创造机会！我赤研星驰会在这里，你们愿意和我一样，留在这里，流尽最后一滴血吗？！"

他挺胸昂头，勒马向前，一瞬间，空气似乎也凝滞住了。他知道这个要求太不合理，如果没有人跟上来，这支队伍将在今夜彻底溃散、成为历史。

马蹄声从身后缓缓传来，屠隆和左手打马从阵列中走出，停在了赤研星驰身旁。

长旗如血。

赤研星驰回过头来，等待命运的决断。

唐乐为把手中的长枪舞了一个圈圈，虎虎有声，冲出队伍，对着士兵们吼着："你们还在等什么！！"他是银梭营的直接统领，平时话并不多，但身上有种天然的勇悍之气，令人侧目。此刻血战之后，吼出这样撕心裂肺的话语来，每个人无不动容。

"我们愿把生命交给星驰将军！"仅存的都尉和卫官们首先发话。

"我们愿意！"当数百人喊出同一个声音，虽然这些声音参差不齐，但是充满了血性和力量，他们留下来，陷入死地，更多的不是为了那些渺茫的希望，而仅仅为了一个名字，那个在夜风中缓缓展开、飘荡他们头上的火红的姓氏的主人，赤研星驰！

"下马，筑阵，准备防守！"

唐乐为从那少年手中抢过大旗，寻到一处缓坡，把它深深插入泥土之中。银梭们拖来马匹和战士的尸体，拖来枯枝和石块，层层垒起，飞快建起了一个简陋的防守阵地，这个阵地将要抵住骑射的利箭和骑兵的冲击，这个阵地上，生命为盾，鲜血为泥！

左手跪在地上大口喘着气，鲜血从他的手甲中渗了出来。

他擦擦脸上的血污，看着远方战鼓传来的方向，道："他们不会来的！"

赤研星驰回身，看着这个陌生的少年，当明亮把他从火海中拖出来的时候，他显得那样的瘦弱狼狈，而今天，在战场上，他却像一个天生的战士。

"不，他们会来的，"赤研星驰拍了拍他的肩膀，道，"如果我们败了，他们也会失败。"

"射箭的事你是对的，"左手想要站起来，腿一软，又跪了下去，"箭支没有生命，而那些人却和野兽没有分别。"

赤研星驰摇摇头，这个少年不懂战争，仍然对那些被飞鱼营活活射死的乡民耿耿于怀。然而此刻赤铁已然是一个整体，银梭覆亡，有可能带来战局的全面崩塌，即便不喜欢自己，关声闻也不会冒这个险。

"他们看你也是野兽。"左手支着手边的长枪，还是站了起来。

"有时候，猎人已经来到身前，两头野兽也不会停止攻击对方的。"原来他的话并没有说完。

赤研星驰抿起了嘴唇，看着那绣着赤研两个金字的大旗，道:"所以会发生什么?"

"猎人会取得最终的胜利。"他摇摇摆摆,又捡起了地上的弓。

赤研星驰愣了片刻,也许这少年说的有道理,可是此时此刻,局势已经不容他再做其他的选择了。那天,明亮把他从燃烧的灰烬中拖了出来,这个少年就像丢掉了魂魄,直到把他放上马背,他的眼神还一直盯着那熊熊燃烧着的房屋。赤研星驰不知道在那个夜晚,他失去了什么。但此刻,那个魂不守舍的少年消失了。

"我欠你两条命,我一定会还给你!"他一瘸一拐地走着。

"如果你真的那么厉害,那就不要死!先把那个人杀掉!"赤研星驰指的是在战场上匆匆擦肩的甲卓航,被火把照亮的哪一刻,这个敌人实在太过耀眼了。他提出了这个不可能完成的请求,只是希望这个少年能尽力活下去。

一支羽箭毫无预兆地从天而降,在他的兜鍪上擦出一串火花。

敌人来了!

骑射们没有靠近的必要,看得出来,他们也不想干脆地消灭赤研星驰这支小小的队伍,只是骑射的羽箭后夹杂着小股部队的冲锋,如此一点一点消耗着银梭们的生命和耐心。

"没箭了!谁跟我去捡箭!"唐乐为的后背也中了一箭,翻到在地,对方骑射的羽箭带有倒刺,强行拔除,会扯坏皮肉,只能削断箭杆,勉强应付。

"不要去,"屠隆一把拉住了他,"现在翻出去一个,就被射倒一个,不要送死。"

"这样不行,没有箭,我们更挡不住!"唐乐为喘着粗气将他的长弓丢在地上,由于开弓过于频繁,这三石强弓,弓弦已断。

赤研星驰还在侧耳倾听,鼓声似乎越来越近了,不远处已经传来了激烈的喊杀声。是不是龟甲飞鱼已经和甲卓航交上手了?

他的长刀也已卷了刃,握刀的手臂酸麻得抬不起来。"再坚持一下!最后的冲击就要来了!"所有人都默默地点头,没有多说什么,退开,回到自己的阵型里。

越来越清楚了,围而不杀,是为了引诱龟甲飞鱼前来救援,赤研星驰不知道甲卓航的实力究竟有多强,是不是能够一举击溃龟甲飞鱼,如果是,自己和银梭困守在这里,同样引诱甲卓航不要离开,就毫无意义。龟甲飞鱼的装备精良,由于吕尚进已被李熙然诛杀,这次统领中军的正是关声闻。他虽然和关声闻有隙,但是关声闻是一个真正的军人,在战场上,他相信关声闻会做出和他一致的判断。他只能祈祷,希望等会儿两军主力正式开战,冲过来的不是浮明焰所向披靡的花虎重骑。

除了龟甲飞鱼,他还有些隐约的期盼,就是那个看起来面孔白净的文拔都。当年两州会盟,初见文拔都,这个人就有一股野气,是个敢担责任的将领,这次他率先把永定的坦提骑兵投入战场也证明了这一点。只是不知道他在折损了前锋之后,还会不会鼓起勇气,孤注一掷。

长夜过半,星光笼罩了战场,局势即将明朗,一旦双方主力正式接触,自己这支小小的诱饵部队就失去了意义,甲卓航必定拼尽全力扑杀。

奔掠火 99

也该准备准备了,这一场鏖战还远远没到结束的时候!

击退了两小波试探性的冲击,声势浩大的冲击果然到来,鲨皮鼓的砰砰声掩盖了战场上的一切声响,在赤研星驰的小小阵地上,攻击者和防御者仿佛在上演一出哑剧。带血的长枪刺进来,沾上新的鲜血,又被卷刃的长刀砍出去。无论是金铁交鸣还是厉声惨叫,都不能引起极度疲倦的士兵一丝一毫的注意,每个人都在用尽最后的气力搏杀,当武器已举不起来的时候,他们就动用牙齿和拳头。

死亡在无声继续,但希望也在接近,鼓声已经近在咫尺,甲卓航真的抵不住关声闻的步步进逼了!

"将军!"唐乐为再次出现,脸上又多了一道伤疤,"你是对的!龟甲和飞鱼马上就要突过来了!他们没有抛弃我们!"和其他士兵一样,他的情绪非常激动,当人知道自己必然面对死亡的时候,可以变得决绝,但一旦有一丝生的希望,所有的脆弱又会大海回潮一般汹涌而来。

"他们来了!来了!"

银梭营中的士兵一直在苦苦坚持,包围圈已经缩得小得不能再小。敌人的冲击依然凶猛,但是银梭们的反击也更加凌厉。对于生的渴求终于给他们带来了最后的力量。

关声闻,你个畜生!还要再快一些才好啊!赤研星驰咬紧了牙关,嘴里干涩得像着了火一样。

四

手臂麻木地挥刀,已经很难格挡住敌人的攻击,然而就在一瞬间，对方排山倒海般的攻势突然松懈了下来，响箭在空中穿梭，面前那些凶悍的士兵也渐渐稀疏了。

就像将要溺死的人突然得到了喘息的机会。

"上马！"赤研星驰勉强站起，他打了一声呼哨，他的坐骑灰风遥遥跑了过来，他拉住辔头，正想一跃而上，腿下却一软，几乎翻倒，然而有人在他身后一顶，牢牢托住了他，用肩头把他直接送上马背！

是屠隆。"上马！快上马！"屠隆在一旁狂呼，督促剩下的士兵寻找马匹。

赤研星驰放眼望去，夜风卷着野火，在平原上诡异地翻腾，大多数前期进入战场的士兵都已经倒在这片土地上，而源源不断的士兵还在继续投入战场。在他身后，银梭营一千士兵，剩下的不过百十人，大家正互相搀扶着骑上战马。这是一场名副其实的死战，他还不明白为什么甲卓航会突然放松对银梭的压力，但是他明白这是他们突围的唯一机会了。

"上马！上马！"最后的缺口也许转瞬之间就会合上，他们没有更多的时间，那个少年呢？他猛然一惊，不知道左手是不是已经死掉了。直到他看到了那面长旗，几次冲杀，流星般的箭矢把长旗射得千疮百孔，然而长旗依然不倒！

左手跪在明亮的尸体旁边，渔夫儿子健壮的身体已经僵硬，成为了银梭营工事的一部分。他一把扯下了明亮颈间悬挂着的铜鱼，放入了怀中，合上了明亮的眼睛。

赤研星驰心中一阵绞痛。

"少主！"屠隆喘着气，声音明显不对。鲜血和利刃尚不能动摇屠隆的心志，是什么让他颤抖？

奔掠火

他看到屠隆在缓坡上正抓着唐乐为的肩膀，他的腹部铠甲被利刃划开，跌坐在地，已经不能移动。"我们没有足够的马！"屠隆的眼睛望着燕峻的身后，那里还有二三十名面色苍白的士兵。银梭营弃马守阵，战马大多在战场上跑散，有部分战马识得主人，回到了主人身边，士兵们也抓住了些失去主人的孤马，但是仓促之间，还是有数十名战士没有马匹可以骑乘。

赤研星驰沉默了，在敌人密布的昏暗战场上，没有马，也就意味着死亡。

"少主！"

"侯爷！"

唐乐为身负重伤，眼下银梭营的尉官只剩下了屠隆和燕峻，他们不约而同都在焦急地催促着，虽然此刻压力已经减轻，但甲卓航的部队并没有完全放弃攻击，局势变化莫测，晚上一瞬都可能全军覆没。

"必须马上离开了！"遥遥地，对方也看到了银梭们准备纵马突围，开始调转了马头。

赤研星驰看着唐乐为扭曲的脸孔，迟迟说不出那个必然下达的撤离命令。这些士兵都是为了他才陷入死地，如今，他却只能抛弃他们，把他们孤零零地留在战场上。

"让我们留下，没有了大旗，我们不过是散兵游勇，他们不会对我们浪费气力！"唐乐为已经十分虚弱，然而他的声音却确定无疑，"你跟我们不一样，你在，银梭就在！"他这句话说得十分缓慢，断断续续，"我们，我们没有给侯爷丢脸……"

赤研星驰再无法多说出一个字，只能压住眼中的湿热，猛地调转马头，低吼道："回营！"

但愿唐乐为足够幸运，这支小小的队伍开始重新奔驰。燕峻和左手紧跟在赤研星驰两侧，屠隆在后方压阵，银梭残余的数十名骑兵匆忙上路，他们没有直接冲向包围圈，而是向反方向前进，直插入战场的中心地带。这是甲卓航的轻骑最为薄弱的方向，赤研星驰和他的银梭们轻易扯开了一个口子，奔入了夜色之中。追逐他们的部队并不多，赤研星驰离开之后，所有的敌人都向着另一个方向聚拢而去。但他们不敢停留，只能尽力奔跑。

跟金鼓齐鸣的远方相比，战场的这一面渐渐陷入了沉沉的死寂。直到这支筋疲力尽的队伍饶了一个弯子，再次回到他们适才激烈搏杀的战场，他才发现，一切都结束了，这里只有遍地的尸体和燃烧的野火。留下抵抗的士兵毫无例外全部死亡，而唐乐为平躺在地上，他的腹部被掏空，内脏从苍白的腹中流出来，淌了一地。他的脸上依然带着最后的痛楚，灰白的眼仁望着无尽的夜空。

"甲卓航！"赤研星驰的手捏紧了刀柄。

"不是他。"

"什么？"赤研星驰猛然回头，看到了左手极度疲惫的脸，他手中的长旗已经不见了。

"战旗呢？"赤研星驰瞪大了眼睛。刚才他带领一众人马突围，惊心动魄，一路血战、一路搏命，完全没有留意身旁的动静。

"他把战旗扔掉了！"屠隆叹了一口气，如果是平时，有人这样对待银梭的旗帜，他必定勃然大怒，恨不得将对方撕成两半，然而，现在他只是沙哑着说了这样一句话。

赤研星驰看着少年，等着他的解释。他没有资格责备他，他本来就不是银梭的一员，在今晚几次最为关键的转折时刻，他都发挥了重要作用，就在刚才双方惨烈的夺旗战中，众人力不能支，几乎连军旗都被夺走，也是他挺身而出，接过了明亮手中的旗帜，这长旗才能一直飘扬在银梭的阵地上！如果说这个队伍中还有谁有资格失去这面旗帜，那只能是这个叫作左手的少年！然而他却主动把这面用生命换来的旗帜抛掉了！？

"为什么？！"赤研星驰的喉咙完全嘶哑了。

现在，失去旗帜的银梭营也成为了战场上的影子。

他已经替左手想好了答案，以现在银梭的兵力，再打出长旗，基本等于找死，任何稍有规模的敌人发现这支疲惫不堪的队伍，都会给他们带来灭顶之灾。然而刚刚的殊死搏斗还在眼前，精诚团结、浴血奋战结成的激愤情感还围绕着每个人，在那样艰难的情况下，他们仍然守着这面飘扬的战旗，为什么脱离了险境的时候，却要放弃？放弃了这旗帜，就像放弃了银梭的灵魂，他们一夜的浴血奋战、同袍的牺牲赴死，一下子都变得滑稽可笑起来！

但也许，这件事必须有人来做，来保全这支残弱的部队。

一句话，只要一句话，赤研星驰知道所有人都会原谅左手，因为他卸下了每个人都不愿再背负的沉重负担，给了他们生的希望。

"为什么？"赤研星驰几乎有些疲惫了，他只需要一个简单的答案。

"这旗子太重，我实在扛不动了。"左手摇摇头。

"你说什么！"燕峻一把拉过了左手的缰绳！这是一个出乎

意料的答案，也是一个绝对不可接受的答案！

"好了，放开他！"屠隆一声低吼。

"赶快走吧！"他的眼睛里满是血丝，看着赤研星驰，补充道，"你不该相信他们！"

赤研星驰和屠隆交换了一个眼神，没有人愿意去想这个问题，但并不代表问题就不存在。

是的，在他们咬碎牙齿、浴血坚持的时候，龟甲明明已经近在咫尺，双方里应外合，击溃敌人似乎只是眨眼间的事情。而现在，虎鲨鼓声却不再响起，喊杀声也渐渐远去。是的，细细回想，当甲卓航减缓攻势，用更多的精力去对付背后的敌人时，正是龟甲飞鱼首先撤离了战场！

赤研星驰的口中泛起一股苦涩，在盛夏的暑热中，冰凉的寒意从他的脚下涌起，渗入了他的四肢百骸……

在银梭牺牲自己充当诱饵、吸引敌人疯狂攻击的时候，在他们箭尽弓折、刀毁枪断的时候，在他们血泪齐流、即将曝尸荒野的时候！关声闻竟然统领龟甲和飞鱼离他们远去。他们确定无疑知道银梭的存在，左手擎着的那面长旗一直竖在浸满鲜血的阵地上，从未倒下！

他不知道关声闻有什么理由放弃，放弃近在咫尺的胜利！

没有人说话，左手的话令所有人都僵在那里，一种被背叛的耻辱爬遍了他们的四肢百骸，冷冰冰的，让他们沸腾了一晚的满腔热血结成了冰块。

"关声闻！"燕峻恶狠狠地吐出了一口带血的浓痰。把他的长刀劈入了附近燃烧着的树桩。

"他们不是被敌人杀死的。"屠隆在银梭的尸体旁蹲了下

奔掠火　105

来。由于遍地都是尸首，浸透了血污，赤研星驰也没有特别留意。此刻他才发现，在这些死去的士兵身旁，倒下了不少澜青的百姓，而这些百姓手里，还攥着钢刀和长枪、木棍和石块。

他感到一阵眩晕。他们突围之后，甲卓航的队伍并没有认真追击，他们放弃了这股残余的守军，匆忙奔向了另一个方向。反而是夜色中潜伏的澜青百姓，像野兽一样咆哮而出，把这些落单的士兵活活打死了。他又看到了唐乐为空空的腹囊和拖了满地的内脏，喷溅的鲜血像一朵巨大诡异的花朵。如果是战士之间的搏斗，杀死对方，便达目的！只有极深的刻毒，才会做出这样残忍的举动！

南渚军队这个月在四马原上的奸淫掳掠、狂浪跋扈，终于要一夕偿还！

他把火焰般炽热的空气大口吸入胸腔，环顾四周，仍是静静的野火和无尽的黑暗，只是这一回，他不知道黑暗中还有多少双仇恨的眼睛在盯着这支小小的队伍。

他感觉到头皮发紧。

"谁干的！"燕峻双眼血红，他的吼声声嘶力竭，远远传了出去！

是的，他们绝对有理由愤懑，银梭营是赤铁四营中唯一没有对澜青百姓进行凌辱践踏的队伍，而今，却要被回报以这样苦涩腥咸的果实！

好像有人抽走了赤研星驰体内的所有气力，他身子晃了晃，喷出一口鲜血，软软地从马上倒了下来。

他最后看到的，是那个少年打马转身，飞快地隐入了夜色之中。

五

　　他被银梭残余的士兵们簇拥着，缓慢地穿过战场。

　　马蹄踏过被野火掠过的焦黑的地面，赤研星驰的眼睛酸酸的，难以睁开，有那么一会儿，眼前出现了严重的幻影，整个战场都抖动模糊起来。

　　他们的马队飞快地掠过那些彷徨的散兵，在双方军队冲击的夹缝中穿行。他看见龟甲营的步兵们潮水一般地退却着，被敌人的骑兵踩在脚下，失去了阵型和护翼，迟钝的步兵无法抵挡长枪和弓箭。

　　为什么，为什么要撤走？赤研星驰感到了深深的茫然，在占据绝对优势的情况下轻率回师，难道战场上的强弱对比发生了逆转？这世上，有太多人力难以预测的事情。

　　飞鱼和龟甲的混合编队本来极难攻破，单凭武器装备，也是八荒一等一的劲旅，可是眼下竟零落不堪，敌人人数并不多，却左冲右突，如入无人之境。跑得最快的是飞鱼，他们有飞鱼弩的连珠速射，了解飞鱼战力的敌人都不会轻率靠近，然而这有个前提，是他们阵型不散。赤研星驰此刻看到的，却是跑了满山遍野的零散士兵。

　　"停一下！"恍惚中，他似乎看到一辆大车旁倚靠着一个龟甲营的军官，看这人的甲胄，应该是个校尉。马蹄在他身边踏过的那一刻，他觉得这个人似乎动了一动。燕峻搀着赤研星驰下马，走到这个军官身边。

　　赤研星驰的眉毛拧在了一起，疑惑地和屠隆对望了一眼，命令旁边的士兵道："去看看他是不是还活着！"

斥候还没有靠近那个满脸血污的军官,他倏地睁开了眼睛,一跃而起,把随身的匕首在身前来回挥动,高声大叫:"滚开!滚开!不要杀我!"

"看清楚我们是谁!"燕峻一声冷哼,开弓便射,羽箭擦着这发癫军官的脖颈钉在了大车之上,箭尾还在不住地晃动。

"赤、赤赤,你、你没有死!"那军官终于不再胡乱比画,吭哧了半天,终于认出了眼前的将领正是赤铁军的最高统帅赤研星驰。

"下官陈祚!将军救我!"那军官双膝一软,瘫倒在地。

"我认得你,是我来救你,还是你来救我??"赤研星驰声音颤抖,又咳出一口血来。这陈祚是吕尚进的手下爱将,靠赤研瑞谦的背景才得以在龟甲营立足,从他刚才几下敏捷的动作来看,当是毫发无伤,脸上的血迹八成也是自己抹上去的,和伤痕累累的银梭们相比,真是让他不知道说些什么好。

"怎么会这样?"赤研星驰目力所及,龟甲营伏尸遍地。

陈祚咽了一口唾沫,神色尴尬,道:"我们奉命救援将军,本来用樟叶阵稳步推进,一路形势大好!但不知道什么原因后阵突然急令撤退,前锋转成后队,队伍立即混乱,都传说将军,已经这个这个……"

"你们以为我死了!我死了,银梭营也都死光了么?!长旗不倒,友军还在,谁下的撤退命令?!"赤研星驰愤怒异常,一旁的燕峻则喤啷一声拔出刀来。

陈祚脸色灰白,举手乱晃。"不是我,不是我,我也没看到将军的战旗,实在是中军突然下令。大人你也知道的,兵令朝令夕改都是不妥,何况不到半个时辰,便命令更易!"他的目光一直盯着燕峻那残了口的钢刀,声音发颤,"天色这样黑,大家一窝蜂地挤在一起,仓促之间谁知道发生了什么!"

"不要啰嗦了,龟甲营都是龟儿子!杀掉一了百了!"燕峻杀气腾腾地走上一步。

陈祚看他踏上前来,不禁浑身发抖,勉强道:"这位兄弟,我可没有为难过你啊,我们是同袍啊,你这是怎么说!"

赤研星驰摆了摆手,示意燕峻不要冲动,道:"我还有问题。"

燕峻看看赤研星驰,迈上一步,揪住陈祚的领子,把他从地上拎了起来,啪啪抽了两个耳光,道:"好一个怂货,你还有脸活着!"

赤研星驰皱了皱眉,加大了声音,道:"停手,他既然还穿着赤铁军的戎装,就是我们的将官。"他转向陈祚,道:"龟甲和飞鱼有万人之数,怎么只摆出个樟叶阵型?你欺负我不在军中,就敢胡言乱语吗?"

陈祚道:"这阵型是从巍然和戴承宗大人亲自厘定的,在樟叶之中排了三环,簇拥中军,稳步推进,我实在不敢欺瞒将军。如若依我的意见积极进击,早就可以解将军之围了。"

"这两个蠢货,关声闻不在军中么?!"赤研星驰不禁咒骂。他知道这陈祚虽然是个草包,但是还没有胆子跟他无中生有。龟甲和飞鱼人数众多,用这种环环相套的紧密防御阵型,不但行动迟缓,而且能够直接参与作战的士兵极其有限,唯一的优点就是中军稳固。关声闻还是个有胆识的人,在瞬息万变的花渡战场,面对吴宁边身经百战的劲旅强兵,怎么会这样儿戏地排兵布阵?

陈祚被这一问问得张口结舌，犹豫了半晌，没个结论。显然，他并不知道关声闻是否在军中，赤研星驰心中一阵腻歪，兵不知将，将不知兵，才一万多人的队伍，统领千人的校尉竟然不知道军令所出，这样的军队不失败，什么样的军队失败？

"你的部下呢？怎么剩你孤零零一个？人呢？都哪儿去了？"

"都跑了！"陈祚终于克服了畏惧，不再颤抖，努力道，"后阵得到命令转变攻击方向，士兵们都以为是要撤退，本来顶着箭矢前进，还有一股不能松懈的冲劲，这一个人先转了身，谁还愿意替人顶死？他妈的飞鱼营仗着身轻，跑得比谁都快，我们希望和他们一起撤退，还被他们射死了十几个兄弟！这帮王八崽子！不得好死！"陈祚说着说着激动起来，竟然对飞鱼营放声咒骂起来！

龟甲营的吕尚进和飞鱼营的戴承宗，各有各的背景，互相看不上由来已久，矛盾一夕爆发，也不是什么奇事，吕尚进死后，不负众望的从巍然代为统领龟甲。显然，飞鱼的跋扈有增无减，两军之间的嫌隙也变得越来越深。

"我命令都没传完，整个队伍就完全乱了套了，"陈祚偷偷看了赤研星驰一眼，声音越来越小，"将军也不是不知道，赤铁都是什么样的兵士。"

赤研星驰浑身充满了无力感，这样的队伍，面对手无寸铁的平民，一贯杀气腾腾、无往不利，但是一到真正的战场上，不能肆意逞凶的时候，就变得首鼠两端、自私褊狭、毫无勇气，就算拥有再强大的武备，也不过是送给敌人的礼物而已。

问了半天，这陈祚也没说清面对的究竟是什么样的敌人，因为他自从队伍溃散，便躺倒装死，战场上甲卓航的队伍来去如风，紧张作战，自是没有人注意到大车车轮下倒着的这具死尸。

"带上他一起回营！"赤研星驰心里沉甸甸的，今晚，吴宁边的王牌花虎并未出现，究竟是对方惜战，还是这支精良的重甲部队不在花渡战场？如果花虎不在此处，那这支曾在离火原威震八荒的部队，如今又在哪里？如果换关声闻主持中军，赤铁会不会在今夜整体溃散？虎鲨在李熙然的力主下，已经渡过百花溪，奇袭吴宁边在百花村的粮仓，会不会成功？不过就算遇到最坏的情况，至少还有李秀奇交给谢承家的一万野熊步卒作为赤铁军后卫，说南渚失败，倒也没那么容易！

何况，现在西边的战场上，火把又燃烧起来了，奔回本阵的永定溃军显然把花渡的战况也带了回去。尝试性的攻击失败，使文拔都再度出击，坦提骑兵因之再度加入沸腾的战场，这便有了破釜沉舟的味道。

花渡方向的连营灯火通明，如果战局继续胶着下去，徐前还会一直按兵不动吗？

越靠近中军，龟甲和飞鱼的队伍就越完整，两面作战的压力把离心离德的将士们牢牢压在了一起，反而显得厚实坚强了起来。赤研星驰看着那在前方隐约飘动的"甲"字长旗，心中叹气。只差一点，只差一点点，如果龟甲能够再坚持进击，哪怕只有一刻，甲卓航也会被击溃，今晚的战局便被锁定。不出他的意料，龟甲的后军，又遭到了新的伏击，这是一场步兵对步兵的战争，李精诚的步弓手射程远于飞鱼弩，但龟甲的厚盾又可以抵挡箭矢，黑夜茫茫，龟甲、飞鱼不敢轻进，也没有进击的意思，于是双方一时陷入了僵局。唯一不同的是，甲卓航

奔掠火　111

的轻骑和骑射正在龟甲四周不断蚕食着赤铁军的兵力。

不管怎么说,情况还是比他想象中要好得多!

然而只要还没有见到关声闻,他就不敢确定赤铁军的最终命运。如果这支赤研瑞谦羽翼下的骄横的队伍真的溃败,将使他这个权倾一时的叔父受到沉重打击。

他心头沉甸甸的,竟没发现所有兵士都用诧异的目光看着伤痕累累的银梭们,没有迎接也没有欢呼,就这样在沉默中给他们让开了一条通往中军的道路。

倒是屠隆一把拉住了他的肩膀,道:"少主,不要再走了,我们现在打马离开,还有机会。"

"离开?去哪里?"赤研星驰发问。

"这里气氛不对,我们去木莲,最不济,去对面也可以。"屠隆的声音低低的。

对面?吴宁边?赤研星驰努力甩了甩头,冷笑道:"你在开玩笑,战到此刻,对面会欢迎我吗?"

"朝堂不是战场,去了那边,你至少还是南渚的公子!"屠隆几乎是耳语了。

他没有回答,重新迈开步子。屠隆仍把他死死拉住,赤研星驰用力掰开了他的手,道:"屠伯,我要回去,给弟兄们讨一个公道。"

"少主!"屠隆看看四周,道,"你有没有想过,庾山子对你的承诺,也许都是骗人的!"

赤研星驰当然也察觉到了周围气氛的诡异,至于日光城对于支持他登上南渚大公之位的承诺究竟是真是假,他现在已经没有余力去细细思考了。

他心中的熊熊怒火已经焚毁了一切，燕峻和士兵们拥了上来，把屠隆挤在了一边，他只是看了这位忠心耿耿的老臣一眼。

很快，关声闻出现在了他们的眼前。和他想象中的相同，关声闻面色铁青，赤铁军的战况已经一塌糊涂，兵败身死的结局就在眼前。然而此刻的关声闻，脸上除了沉重，还有掩盖不住的愤怒。

看到关声闻身旁高头大马上正襟端坐的李熙然，赤研星驰马上明白了状况。也许这就是今夜关声闻亲临中军指挥，赤铁还是打得一塌糊涂的主要原因。李熙然身负赤研井田的重托，作为监军来和李秀奇共同指挥作战，这个刚愎自用的家伙也不能说是草包，但是显然，他不可避免和心高气傲的关声闻发生严重冲突。

这一刻，他又想到了屠隆，忽然觉得来替银梭营讨要说法这个念头实在有些幼稚，但是他已经没有选择，只能努力振奋了精神，打马向着这两个危险的人物走去。

李熙然穿着白绸大氅，头上兜鍪镶嵌着的红宝石闪闪发光，大军溃败在即，他却一脸骄傲的神色，右手在空中画出了一个弧形，做了一个斩击的动作。

"叛徒赤研星驰！"他遥遥地在马上大声喝道，"拿下！"

六

上百张飞鱼弩机立即对准了这七零八落的小小队伍，龟甲近卫们的巨盾竖在地上，盾面的尖刺闪着寒光，在银梭们周围竖起了一道围墙。

赤研星驰的灰风受惊,昂首长嘶。燕峻则一声怒吼,银梭们兵刃也全部出鞘,背靠背把自己的主帅围在了中间,赤研星驰浑身的血一下子都涌到了头上,他简直不敢相信自己的耳朵!

这些随他在敌人重围中苦苦挣扎的兵士,从鬼门关里爬了回来,历尽千辛万苦才回到自己的阵营中,居然又一次被重重包围,只不过这一次,面对的却是自己人嗜血的眼睛!他终于明白了那些士兵的注视和沉默,显然,在他们归来之前,李熙然和关声闻已经对他有了结论。

"看看你们的刀锋!"赤研星驰怒道,"它们应该对准百步之外的敌人!"

赤研星驰挥动手臂,指着不远处的沸腾的战场。"我统领银梭做前锋,血战到底,有幸带着这些兄弟生还,怎么就成了南渚的叛徒!"他愤怒至极,话音发抖,知道只要对面一声令下,千支羽箭齐发,自己这几十人立刻会变成一团团模糊的血肉。

"还敢诡辩!"李熙然道,"你孤军陷入敌阵,围而不死,不是甲卓航故意放你一马又是什么原因?!"

"那又是谁让我们身陷重围!"赤研星驰勃然大怒,高声喝道。

"依照战前的布置,龟甲就在银梭后队,你们如果不是擅自改变进击路线,怎么会被甲卓航包围?亏关将军一路力主救援,如果不是我不许分兵,龟甲、银梭岂不被我们身后的伏兵截断?作为主将,对自己决策失误带来的严重后果视而不见,反而将舍生忘死前往救援的友军拖入死地,我如何相信,你不是和你的老朋友甲卓航串通一气!"

"你!"赤研星驰气得说不出话来。

李熙然伶牙俐齿,一番话说得大义凛然、气势十足,银梭在黑暗中将平民当作假想敌,遭遇浮火花的伏击,如果不是赤研星驰及时应对,早已经全军覆没,只是此刻,除了和他一同浴血奋战的士兵,已经无人能证明当时情景。李熙然这一番话,既有合理的推测,又红口白牙的污蔑,这人混淆黑白的功夫实在是一等一的。

"为了拯救身陷重围的赤研星驰大将军,我们可是不遗余力啊!"李熙然的话说得斩钉截铁,"可是,为什么甲卓航的帅旗却在另一个方向升起?如果不是我们及时转向奋力攻击,赤铁中军岂不是又遭不测?幸亏我们应变及时,才没有中了你的圈套!"

"看吧!"李熙然的白发在火光中如霜似雪,眼睛里充满了狂热,"甲卓航的帅旗再也撑不了多久了,你是愿意他和你当面对质,还是愿意见一见你老友的人头?"李熙然望着赤铁军和浮火花的部队激战的方向,虽然赤铁军潮水一般一波接着一波漫过原野,但那飘扬着甲字长旗的小小堡垒一直未被攻克。

"以你的智慧见识,恐怕永远也不能见到甲卓航!"赤研星驰向地上啐了一口。这句话让众人脸上都变了颜色。

赤研星驰眼见李熙然不留丝毫余地,心中已经明白,单凭他和关声闻的胆子,是不敢公开指责王族公子、南渚侯爵叛变的,他们背后必定有一个手握无上权力的巨大的影子,想要置自己于死地。屠隆的预感没有错,作为前世子的独子,在遍地血腥的八荒权力之争中,竟能平安活到现在,他已经是个

奔掠火　115

奇迹。

只是他一时还不能断定，那个人是站在李熙然背后的三叔赤研井田，还是站在关声闻背后的二叔赤研瑞谦。当绝望涌上心头，赤研星驰的情绪反而平静了许多。

他挺直了身子，道："李熙然，你算什么东西？当年你在木莲，不过是个飞扬跋扈的荷花大少，你上过战场么？知道什么是敌人的鲜血么？今天在这里的银梭营战士，哪个不是从死人堆里爬出来的？！叛变？！有这样辛苦的叛变么？我有什么理由背叛？"

"大胆！赤研星驰，不要仗着你是洪烈世子血脉，就斗胆放肆，你说我没有上过战场，井田大公上过战场么？谁又敢说井田大公不懂战场，不懂作战？！明明是你，由于失去继承南渚大公之位的机会，心怀不满，阴谋叛乱，只是大公对你严加防范，没有给你这样的机会！即便如此，你尚且内外勾连，想在花渡战场翻盘，如果真给你手握重兵，后果简直不可想象！"

他看了一眼关声闻，继续道："我问你，关氏家族世代镇守扶木原，忠心耿耿，天人共鉴，为何到了你赤研星驰手里，就变成了挟私报复、不听指令？！飞鱼、虎鲨和龟甲三营，兵精将猛，战力八荒无双，为何到了你的口中，竟变成了腐败淫靡之师？！你自己手中没有兵权，为了打击我南渚世家的中流砥柱，竟然单独成立银梭营，招募军中囚徒罪犯、地痞流氓，对赤铁军的将士们横加污蔑，有你这样的大军统帅吗？！"

李熙然这番话显然已经准备了许久，为的就是煽动起赤铁军中早已存在的世家子弟与平民士兵的矛盾。果然，他的话一说出口，那些被赤研星驰挡了路的将领纷纷咒骂，就连士兵们也觉得赤研星驰实在是罪大恶极。战场之上，存亡之间，人本来就情绪激动，李熙然表情丰富，言语铿锵有力，搞得整个场面都沸腾了起来。

面对着山呼海啸的讨伐声，银梭营的残兵们大为紧张，汗水从他们的额头缓缓滑落，明知道反抗没有任何作用，他们还是牢牢握住了刀柄。

赤研星驰面色铁青，道："关声闻，你站出来说话！"

关声闻凝视着赤研星驰，眯起了眼睛，一言不发。

赤研星驰冷笑，道："好，好一个忠心耿耿、天人共鉴！现在前方激战正酣，后方吴宁边步弓手的羽箭正焰火一般坠落，你们却不顾士兵们的死活，在这里审判一群刚刚从血泊中奋战归来的勇士！战场之上，形势瞬息万变，你们看不到数百步外，漫山遍野逃亡的都是你们的精锐之师，如果他们这样英勇顽强、值得依靠，就应该像屠戮南渚和澜青百姓一般，把敌人全部斩杀才是！身为中军主帅，战场上不抓住战机，不能明判形势，在如此紧张的情形下，还在争权夺势，你的覆灭，近在眼前！"

"哈哈哈，真好笑，我们的星驰大将军居然也会转移话题，战机是良将创造的，形势判断确实关乎生死，但是谁又能想到，最想让南渚子弟伏尸异乡的，竟是我们的冠军侯？！试问，内贼不除，任你判断如何高明，怎样才能不落入敌人的圈套？！"

"今天，我就让你死个明白！三年之前，你和吴宁边的这些豺狼并肩作战，结下情谊，阴谋叛逆，所以违背大公声援不战的指示，强迫赤铁军加入战场！数月前，扬觉动来灞桥，你和那个叛逆占祥又力主和吴宁边结盟，诋毁所有戒备扬觉动野心的朝臣!花渡战场,你看无法掌握军权,竟借巡视之机,东渡百花溪,潜入百花村,和飞鱼营大起冲突,直到百花村被吴宁边占据之后,才缓缓撤回,带回澜青奸细丁保福,掳掠民女迟花影!今夜大战,你故意主动请缨担任前锋,临时改变作战方向,致使赤铁军严密的阵型因你断为两截!这还不够,你又假作被围,试图将大军引入圈套之中!我说的这些,你可还要否认么?!"

赤研星驰抿紧了嘴角,恶狠狠地瞪着李熙然,这一番话虚虚实实真真假假,正话反话都已说尽,他已经无话可说,在眼下的形势下,说什么显然都是枉然。

"哼,你的龌龊恶毒,无人不晓!在箭炉,你和扬觉动的女儿私下会面,家有妻小而试图冒犯兄弟之妻;就在适才,那细作丁保福打马逃向吴宁边的队伍通风报信,你竟然也不加阻止;还有,你知道为何救援你的队伍被冲散?是因为你们丢了中军大旗,大喊赤铁军败了!"

"还有什么比赤铁军大将大喊自己的失败,更能瓦解军心的?!赤研星驰大将军?!"李熙然拖长了声音。

"你会付出代价的,你说得没错,在你说这些话的同时,李精诚的后队,就在你身后!关声闻!你是懂兵的,也跟着他胡闹吗!"赤研星驰心中彻底绝望,如此地罗织污蔑,显然不是一时片刻能够完成的,已经有人布好罗网,等这一次他兵败身死的机会,想必已经等了很久了!

"赤研星驰,你放下武器,我保你面见大公。"关声闻终于开口。

他看定了关声闻,终于叹了一口气,放下了手中的长刀,喝道:"我是叛徒逆臣,你们把我押回去吧,不要为难你们的兄弟手足!"又转过身来,对燕峻和银梭营的士兵们道,"放下武器!"

没人响应。

"放下武器!"赤研星驰急了。

长刀稀稀落落地落下来,赤研星驰不去看他们眼中的悲愤和无助,大步走上前去,冲上来两个体型彪悍的士兵,把他按倒在地,牢牢缚住。

"你错了!"李熙然来到赤研星驰的身边,翻身下马,在他耳边悄声道,"我们不会失败,李侯命谢承家待命,他的大军就在我们身后,该付出代价的是李精诚!另外,你实在不应该让他们放下武器。"

赤研星驰猛地睁大了眼睛!

"关声闻!"他猛地吼了起来!

"杀掉他们!"李熙然脸色阴沉,发出了指令。

飞鱼的羽箭在夜空中拉出一道道银亮的线条,顿时鲜血喷溅。

银梭营最后的士兵全部被射倒在血泊中。只有燕峻抄起长枪,刺进自己后腰,虽然被射成了刺猬,却半跪昂然,屹立不倒。

"星驰将军,真是对不起呀,当年在固原,我就很不喜欢你!"李熙然脸上带着笑意,在他耳边轻声说道。

李熙然慢慢退到一边,身旁的军士举起了长刀。

"李熙然!你要做什么!"

他对关声闻的呼喊充耳不闻,把手坚定地向下一挥。

奔掠火

第四章 世子

微风拂动,吹散了室内甘松的香气,陈振戈的嘴角浮起了微笑。

窗上的风铃响了起来,这是宁州贩来的小玩意儿,四只竹筒中吊着不同质地、长短不一的中空圆柱,每个竹筒正中又用丝线坠着一颗明珠,下面再遥遥悬挂一张精雕细刻的木叶,只要些许微风,这明珠便会撞击那些铜柱、铁柱,发出高低不同、空灵悠远的声响来。

一

熹微的晨光笼罩着灞桥，不管灞桥城如何吵闹混乱，在当朝权贵幽深的府邸内，依然是一派天然的静谧清幽。

陈振戈放下手中的《八荒寰宇志》，端起了桌上的茶杯。

吹开杯中那些毛茸茸的细小叶片，呷上一口翠林甘露，那股清甜缓缓流入四肢百骸，好像这个酷暑中的城镇也变得温柔缱绻起来。也许，这感觉并非来自这难得的新茶，他又想起了那个陪他在落月湾漫步的女孩。

"靳思男，思男？"他口中喃喃，靳这个姓氏并不多见，扬一依唯一带在身旁的侍女，难道是随随便便找来的吗？灞桥近来暑热不雨，气候反常，令人烦躁，另一方面，花渡究竟战况如何，也是一丝消息都没有。陈振戈夜中难以入睡，好不容易挨到天亮，禁不住去找出了这本旧书。这是一本地理杂著，疾声闻不但是晴州灵术体系的一代宗主，也是一个好奇心旺盛的博物学家，他四百年前撰写的这部《八荒寰宇志》，将他游历八荒的所见所闻所感一一记录，也成了各州权贵们攀附前朝门第的第一指南。

比如，从小，陈兴家给陈振戈上的第一课，便是青石陈家的来历，可以追溯到两千年的爻王政权，是爻王命名四极八荒时分封的八大诸侯之一、陈澹侯的后人，只是由于战乱，才从北方的分水江流域几经迁徙，来到了这遥远的南方。这样说来，陈氏家族的显贵，要远远早于现今南渚当权的赤研家族，

奔掠火

在书中，赤研一姓不过是天青王朝统治时期南渚崛起的新贵罢了。何况他们篡夺南渚李氏政权的历史，也并不十分光彩。

不过，对于自己的祖上是否有这样的荣光，陈振戈颇为怀疑，他们陈家世代生活在长州边境，眉目之间，都很像黧黑的淳族蛮人，而如今陈姓遍及天下，究竟哪一支是陈澹侯的后人，也早已无法证明。大概是今天青石陈氏显贵了，一定要为自己的来处找一处冠冕的庙堂罢了。

朝姓、陈姓、白姓、季姓……这些上起传说时代，下讫疾声闻封笔的八荒权贵流脉，统统都被这位博闻强识的初代白冠记在了《八荒寰宇志》当中。

不过，陈振戈翻了又翻，在这烽烟遍地的八荒历史上，却并没有"靳"姓的位置。

这个靳思男，到底是什么来头呢？

思男，这两字也挺有意思。这女孩的父母到底是有多想要一个男孩，才会给一个伶俐可爱的女孩，起一个这样不伦不类的名字呢？

她戴上那钗子，倒是蛮好看的。

微风拂动，吹散了室内甘松的香气，陈振戈的嘴角浮起了微笑。

窗上的风铃响了起来，这是宁州贩来的小玩意儿，四只竹筒中吊着不同质地、长短不一的中空圆柱，每个竹筒正中又用丝线坠着一颗明珠，下面再遥遥悬挂一张精雕细刻的木叶，只要些许微风，这明珠便会撞击那些铜柱、铁柱，发出高低不同、空灵悠远的声响来。

陈振戈还记得，他和陈可儿初来灞桥的时候，看什么都新鲜，当他们在鸿蒙商栈里第一次见到这个玩意儿，两个孩子便都再也挪不动脚步了。陈家虽然是青石的贵族，但是青石也不过是南渚边陲的蛮荒之地罢了，说到底，他们还是没有见过世面的孩子，连灞桥的糖人面点他们都觉得惊艳，更不用说这些宁州才有的奇技淫巧了。

尤其是陈可儿，她个子太小，伸出手去想碰碰，都够不到呢。

可是那时候，宁州的精工好贵啊，即便是青石陈家，也舍不得花费重金去给小孩子买这种华而不实的小玩意儿，于是两个孩子在温书后，便常偷偷跑去朱家铺子外听风铃，这叮叮当当的响声，就在他们的梦里，响了整整一个夏天。

在叮当的风铃和喧扰的蝉鸣声中，又传来了一个清脆的声音。

"他在哪儿呢？什么话，起这么早读书吗？"

脚步声越来越近，四时书房的门被推开了，是陈可儿。

"你怎么来了？"陈振戈站起身来。

"今天真稀罕，你居然会早起读书，害我跑老远到这里来。"陈可儿还是穿着她最爱的鹅黄春衫，一头细细密密的汗珠，拿起桌上的茶杯，呷了一口。

慢慢地，翠林甘露流过了喉咙，她的神色有了几分舒缓，便再呷上一口，如是四次，把那小小的杯子喝了个干干净净。

"说啊？你怎么来了？"陈可儿这细致文雅的做派是自小养成了的，再怎么着急的事情，脚步不能乱。如果没事，她大早上从青云坊跑回来做什么？

"出事了！"陈可儿提起裙子，坐了下来。

奔掠火

"出事？"能出什么事？扬归梦已经被送走了，赤研弘和扬一依大婚之后，忙着折腾这位吴宁边的娴公主，对陈可儿也就不再纠缠，而陈可儿和自己不同，是一向不参与朝中政事的，她还能有什么大事？

"是父亲来了吗？"他皱起眉头，实在想不出，陈可儿为什么忽然从青云坊跑回来。

"是三叔，三叔出事了。"

"三叔？"陈振戈一时没有反应过来这个三叔是谁。

"是啊，他被关大山绑进了灞桥，听说，二大公要将他斩首呢！从小阿爸不是就对我们说，我们陈家的人不能被人白白欺负吗？"

"陈兴波？"陈振戈终于明白了陈可儿在说谁。陈兴波是陈家在南渚军中的远亲之一，在灞桥仕途不顺，便投到了关大山的箭炉行营，在月前，曾经被派往紫丘去为李秀奇筹集粮草。也不知是他能力过人，还是有什么其他关窍，陈兴波一到，便使扶木原的局势为之一新，向灞桥发来纷纷扬扬的捷报。

通常来讲，南渚的几大军镇，所辖的营兵自成系统，一般来说，陈兴波若真的犯了事，应该由关大山处置，加上陈兴波与武英公府关系虽远，也总算是陈家的人，关大山不想得罪陈家，没道理会把他绑到灞桥来。陈兴波犯了什么事，连关大山都压不住？

陈振戈道："你从哪里得到的消息？"

他又看了一眼这个鬼机灵的妹妹，陈可儿虽然并不参与政事，但是生在公侯之家，这一点敏感还是有的，要在灞桥公开处置陈兴波，便意味着陈家肯定要牵涉其中。更何况，陈兴波也是个会做人的,他们小的时候,陈兴波但凡来到灞桥,总少不了他们兄妹的小玩意儿,她终究是个念旧的姑娘。

"我怎么知道?你是认真的吗?青云坊里面有了赤研弘,还有什么秘密?上次那个厨房小子偷进陨星阁,差点弄得整个灞桥都知道了!"陈可儿一连串地抱怨。

没错,既然赤研弘知道了,赤研恭更没道理不知道,为什么赤研恭没有把这个消息告诉自己呢?难道他不希望陈家搅到这件事里吗?赤铁和野熊都上了花渡战场,目前稳住灞桥局面的,正是青石的营兵,没有非常的事情,即便跋扈如赤研瑞谦,也是不会公然和陈家翻脸的。

他心下一沉,陈兴波究竟犯了什么事?

"我没见过他,但是见识过赤铁军呀!"没来由地,靳思男的面庞又浮现了出来,"那些将官,为了抢几担烧焦的粮草,杀得百姓尸横遍野。这种事情,我想那卫曜应该是做不出的吧!"

这是那日落月湾漫步时,靳思男亲口对他说的。

是了,她随扬一依一路赶来灞桥,中间穿过的正是紫丘,恰好当时灞桥接连收到陈兴波发自紫丘的捷报,他当时就认为靳思男所指那烧杀掳掠的赤铁军,该是陈兴波属下,不过这之后,箭炉集结、澜青定盟、赤铁内讧等令人震惊的消息一件接一件接着传来,想来就算知道陈兴波这波捷报来得蹊跷,只要没有动摇进军花渡的大局,赤研兄弟也是没空去处理一个有着陈家背景、谎报军功的小小校尉的。

他在紫丘,远离战场,又能犯什么让赤研瑞谦不惜和陈家翻脸的大事?

"到底怎么了?"陈振戈严肃起来。

奔掠火　127

"好像是，他去紫丘，没有弄到粮……"陈可儿蹙眉，"不过，我有听说，这件事好像不应该怪他，烧了粮食的是白安的叛军，那时候他还没到紫丘呢，总不好让他来当这个冤大头！"

"粮食？"陈振戈的脸色一下子变了，就在不久之前，李秀奇曾经给箭炉行营连发四封急信，不断催促关大山的粮草，这件事，灞桥自然知道。而关大山倒也不慌不忙，一一应承，现在十余天过去了，难道时至今日，李秀奇还没有收到他的粮食吗？

陈振戈烦躁了起来，道："你还叫他三叔，他这次不知道触了多大的霉头！父亲和大哥知道了吗？这一次搞不好，整个陈家都会被他拖下水！"按照正常计算，就算白安叛乱席卷了整个扶木原，紫丘和林口的存粮也足以支撑这次南渚的北征。而关大山一而再、再而三拍着胸脯保证的，也正是这一点。

陈兴波是曾表示紫丘的粮仓被乱军烧毁，不过他也报告一到紫丘，便先行镇压了叛军，及时灭火了。且不说紫丘军库那么多的粮食是不是可以被一把火烧干净，再夸张一些说，就算紫丘那么多的粮食被烧得一干二净，还有林口呀。如果紫丘和林口的粮食都没有了，那扶木原的粮食都到哪里去了？！

他忽然想起数月前，赤研恭交待给他的一件事情，他当时并未在意，但是和现在发生的一切串在一起，禁不住让他头皮发麻。

他再也坐不住，腾地站了起来，道："可儿，你马上去找阿公，请他马上去找大公，弄清楚这件事的原委，并一定要拖住赤研瑞谦，在我回来之前，一定要稳住。"

"一些粮食而已，这样的小事，真的要惊动阿爷吗？"陈可儿惊讶地放下了茶杯。

"快去!"

陈振戈顾不得和陈可儿再解释原委,已经冲出了大门。

二

"让开!让开!"一阵急促的马蹄声,陈家的侍卫发起狠来,也不让赤铁,晨起在街道上洒扫穿行的百姓们狼狈地左躲右闪,一时慌起来,还以为是南海侯心血来潮早起巡街了。

"让开!"陈振戈自己也喊了起来,狠狠在他心爱的青花马屁股上抽了一鞭。

长街纵马不是他陈振戈的风格,可是如今他已经顾不得那许多了。

陈家的快马自武英公府一路狂奔,穿街走巷,直奔灞桥东门的阳坊街,晨光中,街旁的含笑花和杜鹃正在盛放,鸿蒙商栈的旗子正在微风中晃来晃去。

"让开!"

"诸位客官,时辰还早,商会还没开门,请您几位过一会儿再来吧。"

鸿蒙商栈转过一个角,便是鸿蒙商会。在灞桥,凡有赊买赊卖、典当质押、大宗交易,都在这不起眼的黑杉木门后进行。此刻,这两扇大门紧闭,门外正在洒扫的伙计,却拦住了脚步匆匆的陈振戈一行。

"打开门,跟朱掌柜说,陈家来人了。"

那在门前洒扫的伙计双手一伸,慢条斯理道:"这位客官,

奔掠火 129

我已经过说了，商会还没开门，您有什么事，也不急在这一时，对不对？"

"你到底开不开！"

陈振戈的随从忍不住，要去推那伙计，却不料那伙计身手甚是灵活，一侧身躲过了，放大了声音，与他们理论了起来。

"哎，客官，如果你来做生意，鸿蒙商会极为欢迎，只是请稍等片刻；但如果您几位是要来寻乐子，请您几位睁大眼睛，好好看看上面这块朱匾。鸿、蒙、商、会，这四个大字，可是老大公赤研亲享的亲笔，您几位，最好先打听打听，南渚朱家是什么样的所在！"

"你他妈的！"这伙计话说得长，已经被揪住了脖领子。

"怎么回事？"

"有人要硬闯鸿蒙商会啊？"

"哎哟，这可是真稀罕。"

"是不是又是二大公的人？"

鸿蒙商栈在阳坊街一头，正是灞桥最繁华的核心所在，只几句话的工夫，陆陆续续就围上来不少看热闹的百姓。

"放开他！"

陈振戈虽然极其气恼，但他也清楚，鸿蒙商会中的这些账房伙计，都是见过世面的，加上朱家在南渚，也是一等一的望族，背后又有赤研井田撑腰，寻常人等，是绝不会放在眼里的。偏生今天这个人又不认识自己。如果真的在这里动起手来，恐怕要不了一时半刻，自己亲来鸿蒙商会的消息就会传遍青华坊了。

他忍住怒气，把腰上一块玉牌扯了下来，道："烦请你把这玉牌拿进去，让掌柜的开个价。"

那伙计整了整衣衫，狐疑地接过玉牌，掂了掂，道："也不见得有什么好。"

陈振戈道："你对着阳光看看。"

那伙计把玉牌举起，对着阳光，只见适才光华如镜的牌面里，竟然缓缓浮出一只惟妙惟肖、尖嘴振翅的鸟儿来。

"哪里来的？"他揉揉眼睛，又举起了玉牌，这下更不得了，随着角度的转换，那鸟儿竟也变换了姿态，只有一对眼睛一直盯着他看。

毕竟是鸿蒙商会的人，他强忍惊讶，吞了一口唾沫，道："你且在这里等着。"

说罢转身匆匆进入商栈里面，不一刻，鸿蒙商栈的大门轰然大开，急匆匆走出来一个青衣账房来，连声道："哎呀，这、这真是，有眼无珠，有眼无珠！"

他吃了陈振戈一个眼色，马上收了后面的话，躬身道："公子，您快请，我已经差人去通知掌柜的了。"

是谁能让鸿蒙商会提早营业？好奇的民众拥了上来。

那账房挥手大叫："散了散了！"说着抬腿给了刚才那伙计一脚，道："还不把他们都请走！"

鸿蒙商会内只有窄窄的高窗，清晨的阳光射在那一格格长方形的薄薄白纸上，留下朦胧的光斑，当两扇沉重的杉木门缓缓合上，内室里一片昏暗阴凉。

"你们都在这里等。"陈振戈留下了他的随扈，跟着账房快步走过一排排封闭的高台，径直向楼上走去。

"所以，我陈家的佩玉价值几何啊？"他还在气头上，忍不

奔掠火　131

住开口揶揄。

"哎呀，罪过罪过。"那账房抹去了头上的汗珠，忙从怀里摸出适才那玉石来，用一方软帕擦了又擦，双手奉上。

"我家下人不认得公子，请公子千万莫怪，就是我，适才其实也听到了外面吵嚷，但真是没有想到，公子会这么早来咱家，一见到这玉，我就马上下来了。"

陈振戈冷哼了一声。

"公子请随我来，这会儿掌柜的应该也收拾妥当了。我见了玉，便知道公子此次不愿张扬，因此敝掌柜就没有亲自出门迎接了。"

这账房一路赔着笑，一张嘴说个不停，都说鸿蒙商会里最不缺的就是人精，果然名不虚传，明明是他们仓促之间来不及远迎，被他一说，倒好像是格外体贴陈振戈一般了。

不过陈振戈现在心中急切，也懒得和他计较，道："朱盛世在不在？"

"回公子，二掌柜不在，大掌柜在的。"

"朱盛世居然不在吗？"陈振戈有些诧异。

"二掌柜如今不是入了青华坊了嘛，每个月总有些公务要事，这边就过来少了些。"账房小心翼翼。

哦，是，陈振戈一门心思想着自己的事情，倒把朱盛世取代占祥成为礼宾典史这件事情忘了。只是朱盛世不在，一会儿这账目能搞明白吗？

陈振戈真是多虑了，站都站不稳的朱里染一听到"粮食"这两个字，马上就知道了陈振戈的来意。

"公子是为了那云锦的价金来的吧？"朱里染说话慢条斯

理，摇摇头，道，"今年鸿蒙海西风大作，去往朱雀航路莫测，这一笔生意，朱盛世是做赔了。"

"什么云锦不云锦的，和我没关系，当初我来找朱盛世，谈的是粮食的事情！"陈振戈心中焦急，也再顾不得什么礼数。

"粮食？"朱里染的眼睛张开了一道缝隙，微笑道，"是了，那还是有些关系，当时公子说灞桥和各地军库有一批将要过期的陈粮，而宁州安乐原去岁大旱，正好缺粮，要借我们的商路走一波，这件事盛世和我说过。我们代购代销这批粮食的本金，就是这云锦应付的十二万金，恰好，他们质押这云锦，也是为了粮食，这不正是两相得宜吗？我们还没有感谢公子呢。"

"朱先生，话不能乱说，"陈振戈脸色铁青，"有滞销的陈粮要你们代销不假，我什么时候说过军库二字！还有，这批粮食的主顾，真的是安乐原的粮商吗！你现在就给我把近半年经鸿蒙商会走粮账本调来，一笔笔查！马上查清楚！我们都摊上掉脑袋的大事了！"

"不会错，朱盛世跟我说的，是军库，老朽经营买卖七十年，凭得就是这把子记性！"朱里染的眼睛彻底睁开了。

"你给我把朱盛世也叫来，今天这件事情不查清楚，我们都得死！"陈振戈是真急了。

"不用，有账本在，他来不来都一样。"老头子说话也不再有气无力了。

朱里染一声令下，十几个账房应声而动，只一会儿，陆陆续续搬上来的账簿竟在朱里染那宽大的台案上堆起了一座小山。

"怎么会有这么多？"朱里染也皱起了眉头。

奔掠火　133

"禀报掌柜的，这半年来粮食进出远超历年，单这十二万金的一笔，就做了小半年。"他面对朱里染迟疑的目光，又补充道："每笔，都不超过二百担。"

"混账！"朱里染猛烈地咳嗽了起来。

"什么意思？"陈振戈莫名其妙。

"陈、腐粮不超过二百担，便不用知会城守，管库校尉可以自行勾销。"

陈振戈心下一沉，完蛋了，也就是说，当日放出去的粮食，放了多少，除了朱盛世和各粮库的具体负责人，没有人知道。

朱里染身体虽然老朽，但是目光如电，他手指沾了备好的清水，把那账簿的页面飞也似的翻着，陈振戈只看了几眼，便眼花缭乱，双目酸痛，干脆闭上了眼睛。

不知道过了多久，终于听不到朱里染的咳嗽声了，陈振戈再次睁开了眼睛，道："如何？"

"你们都出去吧。"朱里染挥挥手，这房间里只剩下了他们二人。

"公子，我能问一下，这粮食……"

"是大公北征花渡的军粮。"陈振戈说话有气无力。

朱里染长长出了一口气，道："我这几年年老力衰，已经渐渐退出鸿蒙商会的经营，这件事，确是我管教无方。我也没有想到，朱盛世会有这样大的胆子。"

陈振戈的心早就已经沉了底，道："朱先生，你说吧，到底怎样？"

沉默了好半天，朱里染才道："这一单买卖始于一个质押云锦的宁州商人，姓卜。他用三百匹云锦做底，仅仅要我们垫付十二万金，恰好，公子你要销粮，他又同意了将十二万金换成粮食，运往宁州，因此……"

"因此，打着你鸿蒙商会的牌号，用这十二万金，买空了扶木原的军粮。"

"不，十二万金远远买不空扶木原的存粮，最后，这笔交易的规模，达到了四十万金！"

朱里染的声音像一个炸雷，把陈振戈震得动弹不得。

"而且，挂牌的，也不仅仅是我鸿蒙商会，还有你们陈家。"

炸雷继续响起。

"朱盛世卖完了这十二万金，本来想要收手，但是，又有人怂恿他继续出售军粮，并且为他大开方便之门。现在，我也可以告诉你这些军粮去了哪里，售罄云锦抵押出的这十二万金之后，继续回到瀰桥的金子，有一部分来自宁州，或者和宁州商会有密切联系的人物，但是至少有大半，来自丰收商会！"

"吴宁边？"

"不错，现在我疑惑的是，朱盛世虽然大胆，但是也没有不要命到这个程度，他怎么会如此糊涂，"朱里染一声叹息，"他这是要毁了我一辈子的心血啊！"

他竟然颤颤巍巍地自己站了起来，道："我又查了这笔款项的去向，公子，有兴趣吗？"朱里染伸出他那枯枝一样的手，牢牢撑住了案板。

"不必了，"陈振戈一把按住桌上的账簿，深深地叹了一口气，道，"我知道这个人是谁。"

奔掠火

三

这个人，正是赤研恭，除了当今南渚的世子，再没有第二个人有这样的野心和冲动，可以做出如此惊天的案子。

而也唯有赤研恭，可以让朱盛世不顾生死，下了如此重注，毕竟，有一天赤研恭是要登临青华坊、坐上海兽椅的，不是吗？

到时候朱盛世所有的冒险，都会换成两个字：值得。

陈振戈十分后悔，当初赤研恭表示自己不便出面，希望他去和鸿蒙商会谈一谈，销掉他手头的一笔存粮。赤研恭四处筹划，谋求金帛，来培植自己的势力，这他是知道的。赤研恭交代的时候含糊其辞，他也就没有太当一回事，不过要自己出个面而已，这样的面，他出过太多了。这样的小事，只要由陈家背书，对朱盛世交代一声，鸿蒙商会自然会做得妥帖。于是，陈振戈便抽空去了鸿蒙商会。很快，扬觉动亲来定盟，白安叛乱、原乡兴兵，炸雷一样的大事一件接着一件，他也就把这件事情忘记了。

然而事实证明，他这次草率的举动，却中了赤研恭的谋算。朱盛世可能早就站在了赤研恭一边，在赤研恭的掩护下，疯狂地掏空了扶木原的粮食，获得了巨额的财富。

而且，自己也实在是过于愚蠢了，这件事赤研恭甩掉他自己暗自进行毫无障碍，要他陈振戈配合的唯一目的，大概就是要把陈家也装进去，与他死死捆在一起，同生共死，动弹不得。如今想到这一层，陈振戈禁不住毛骨悚然。

这也解释了陈兴波和关大山的困境，陈兴波不过是个低级军官,到了紫丘,发现库中无粮,一筹莫展,只能一把火烧了粮库,佯装被卫曜的叛军烧毁。而关大山虽然主掌一地军政,但对属下粮仓的状况也同样摸不着头脑,他被李秀奇几次三番催促,便去调粮,谁知忽然发现府库空空,他不但被朱盛世掏空了粮库,又被陈兴波骗了,到头来,自己也要担上一个杀头的罪名,只能含糊其辞地东挪西借,直到再也无法自圆其说的那一天。

无论怎样,都无法改变的一个事实是,正在花渡战场和吴宁边军队展开搏杀的南渚部队,无粮可吃了。

这会造成怎样的后果,不难想象!

这也是发现了端倪的赤研瑞谦暴怒的原因,只是现在,他还以为是陈兴波巧言犯上,准备杀一儆百,及时恢复原乡至花渡的军粮供应。但只要他追查下去,便一定会查到关大山的军库,有了进出的细账,鸿蒙商会便一定会被牵出来,进而查到他陈振戈、查到陈家、查到世子赤研恭……到这一步,陈振戈已经不敢再想下去了。

他仿佛已经看到了一连串的死亡在向他招手。

完了,一切都完了。

赤研恭为什么要这么做,他就在青华坊内,明知道一切迟早都要暴露。

他不仅掏空了扶木原的军粮,还怂恿赤研井田出兵花渡,将整个南渚的兵力几乎都押了上去,进行一场必败的战争,这样做对他有什么好处!难道他是吴宁边的世子吗?

陈振戈脸上露出了惨笑,他想不通,实在想不通。

也许,他认为掏空了扶木原的库粮并不要紧,只要等到夏

奔掠火 137

末，便可以有新粮补上，而不被发现。是了，一定是这样，只是他也没有想到白安之乱会如此剧烈绵长，当初，也是他极力主张除掉卫中宵，将叛乱消弭于无形的。

就是这样，赤研恭一定也被逼上了绝路，他也没有法子了！

"掌柜的，我先走了。"陈振戈再也坐不住了。

"陈公子，留步，"朱里染苍老的声音从背后传来，"事已至此，这个盖子迟早要被揭开，只是，这究竟是不是大公的意思，世子又究竟为什么要这样做呢？"

"显然这不可能是大公的意思，难道大公要自己把赤铁都送进坟墓吗？"犹豫再三，陈振戈还是实话实说。

"恕朱某直白，我朱家再怎么富甲天下，也不过在大公的羽翼之下挣口饭吃罢了，在这件事上，我们犯的是抄家灭族的罪过，既然朱盛世做了，我也认了，无话可说。只是陈家和我们不同，公子要眼睁睁看着陈家也跌入万劫不复的深渊吗？"

这句话好似有着无穷的魔力，陈振戈铁青着脸，双腿似有万斤之重，再也迈不开步子了。

"可陈家和我朱家不一样，"朱盛世顿了顿，道，"青石城地方千里而拥兵十万，而且，是南渚目前唯一有粮的地方。公子真的应该去和世子好好谈谈。"

"朱里染，你也一把年纪了，你这是要我陈家胁迫世子、公开谋反吗？"陈振戈的声音抖了起来。

"此言差矣，乱党和权臣，其实也只在一闪念之间，不是吗？"

朱里染那被算盘和金银浸淫出的声音平和舒缓，但陈振戈的整个后背都汗湿透了。

灞桥西郊马场绿柳成荫，几匹肥壮的骏马正在悠然地啃食着地上的草皮。陈振戈打马飞奔而来时，世子赤研恭正和他的马术教习们在树荫下有说有笑。

"陈振戈拜见世子！"

"哎？看看，今天谁来了？诸位，你们可不要小看他，你们虽专精马术，但马上功夫，却未必比得上他！"赤研恭心情不错。

赤研恭的夸赞引起了一大堆乱糟糟的恭维，陈振戈心理烦乱，一句话都没回。

"来来来，这几匹都是他们给我找来的良驹，快来帮我看看，哪一匹比较好？"世子笑嘻嘻地道。

"世子的良驹自然匹匹丰神俊朗。"陈振戈耐住性子，没有接赤研恭的话茬。

"是啊，只可惜没有一匹跑得过那阿团。"

"火焰马世所罕有，世子慷慨仁厚，赏给了侯爵夫人，也是美事一桩。"陈振戈笑得勉强。

"哦，"赤研恭看了看身边众人，笑眯眯地道，"那今天我这马，到底是要不要骑了？"

陈振戈知道赤研恭是忤逆不得的，但是事关重大，他也只有豁出去了，拱手道："花渡战场有变。"

"就说是，"赤研恭收了笑容，下面向诸人正色道，"既是这样，你们今天就先散了吧，啊？"

众人识趣，牵上马匹远远退开，偌大的草场，只剩下赤研

奔掠火　139

恭和陈振戈二人。

"说吧，怎么了？"赤研恭拍了拍身上的草梗浮尘。

"世子，李秀奇没有粮食了。"

"哦？花渡来了新的消息了？"赤研恭眼看着天上的浮云，一脸的云淡风轻。

"没有。"

"那你怎么知道李秀奇没有粮食了？难道就因为关大山把陈兴波送来灞桥吗？"赤研恭转过身来，"你去见过朱里染了？"

果然，赤研恭什么都知道。

"是，我还调阅了这大半年的账册，查清了鸿蒙商会经手的每一笔粮食的去向。"

"好，不愧是我的人！"赤研恭面露笑容，道，"反应速度真是一等一的，如果这朝堂上下都跟赤研瑞谦和他的儿子一样蠢，那青华坊才叫没得救了。"

"世子……"

陈振戈踌躇好了半天，却不知道怎么开口，军队断粮，无功而返已是花渡之战最好的结局，这一次的军粮舞弊案必将震动朝野，不但鸿蒙商会和青石陈家脱不了干系，就连赤研恭也一定会被卷入，一旦东窗事发，不但朱、陈两家要就此灰飞烟灭，赤研恭这个南渚世子的位子说不定也要换人了。朱里染暗示得已经非常露骨了，但他的想法还是不敢当着赤研恭说出口。

"振戈，我们相识也有十余年了，你一直替我出头露面、敢作敢为、忠心不二，想不到今天你也有说不出口的话。"

面对阴晴不定的赤研恭，陈振戈感到呼吸不畅。

"有些话要你来说，实在是太困难了些，还是我替你说吧，"赤研恭拍了拍他的肩膀，道，"你既然已经理清楚了整件事情的来龙去脉，那我就慢慢讲给你听。"

"第一件事，如果李秀奇此次花渡大胜，他怎么会听我的话，除掉赤研星驰呢？"

"什么？"陈振戈大惊失色，道，"世子？冠军侯一直是站在我们这一边的啊！"

"是哦，赤研星驰为了掌握赤铁军权费尽心机，还不是我那个伯父堵死了他所有的路？如若不是这样，他又怎么会为求自保，站在我这一边？你有没有想过，如若有一天，他统领了赤铁，而李秀奇掌握了野熊，南渚会发生什么？那李秀奇可以为了他的父亲下狱就死，如果有一天大公不在了，你觉得以冠军侯的才识能力，他会让我稳稳坐在麒麟座上吗？"

"这……可是，李秀奇这样执拗的人，怎么会转投我们？"

"他有得选吗？"赤研恭眉毛一扬，道，"他的大军深入澜青，身旁的赤铁蠢蠢欲动，难以弹压，而我父亲又派了一个李熙然去监军，让他束手束脚。这时候，本来作战就异常艰难，谁又能想到，哎呀，连粮草都没有了！你猜他会怎么做？"

"只怕李侯会马上退回箭炉行营。"他愈发小心翼翼起来。

"哇，你说得对。不过，当他饥饿的大军回撤到淡流河畔的时候，突然，"赤研恭微微躬身，两手一合，道，"他发现关大山关上了箭炉的大门。"

"可是，关大山又怎么会扼守箭炉，把李侯挡在扶木原外呢？"

"因为，关大山卷入了军粮舞弊案，他和你一样，要求生

奔掠火　141

呀？"赤研恭笑嘻嘻的。

原来赤研恭才不在乎，一切都是他一手导演的。大热的天气，陈振戈出了一身冷汗。

"可大公和威锐公还在……"

"是啊，好麻烦，"赤研恭抹了抹额头，道，"所以，在李秀奇能够掌管整个局面之前，他们便不能存在了。"

"啊？"自己吞吞吐吐不敢说出来的谋逆之言，赤研恭竟然说得轻轻巧巧，无事人一般。

"可是，这，如何做到？"

"整个赤铁都是赤研瑞谦的人，李秀奇则效忠于我父亲，但是，他们都远在花渡战场，关大山够胆放他们进入箭炉，一定会被他们撕成碎片。所以，他们一时是过不来的。你猜猜，扶木原以西，能够左右灞桥时局的，又是谁呢？"

陈振戈张口结舌，说不出话来。

"振戈啊振戈！你真是一个忠厚君子啊！你不知道赤研洪烈当年是怎么死的吗？"

赤研恭亲昵地搂了搂他的肩膀，道："我还有很多很多故事，以后慢慢讲给你听。"

四

"说！到底谁给你的胆子，谎报军情！"

赤研井田两只眼睛里冒出森冷的光来，一只手重重拍在面前的桌案上。这砰的一声，在鸦雀无声的青华坊大堂蔓延开来，每个人都感到了一丝凉意。

"回禀大公,我没有谎报军情!"在回阶下被捆着的,正是驻扎紫丘的箭炉行营校尉陈兴波,此刻两个身强力壮的赤铁用尽力气,还是压不住他的挣扎。

"他妈的,阿叔这里也有你说话的份!"赤研井田还没说话,南海侯赤研弘已经走了上来,砰的一声,一拳打在陈兴波的脸上。

赤研井田显然也没料到这当口居然会窜出一个赤研弘来,一愣,那边赤研瑞谦已经开口道:"弘儿,回来,不得无礼!"

赤研弘捏捏拳头,呸地一口啐在陈兴波的脸上,悻悻走回朝臣的行列之中。

"大公,你也看到了,灞桥这群王八蛋,就是如此对待我们在前方拼死拼活的将士的!"陈兴波也是硬气,一口血沫吐回去,只是他跪人家站,天然地处于劣势,这一口老血飞了不过三尺便落在了地面上。他被这一拳打歪了鼻子,嘴唇也肿了起来,加上他沙哑的嗓音,这形象真是说不出的狰狞可怖。

陈兴波是本家,陈穹和陈振戈都不好说话,还是年迈的镇南公李楚走上一步,道:"陈兴波谎报军情、私贩军粮一事,兹事体大,关系到花渡前线万千将士的生死存亡,老臣以为要彻查到底,也不宜草率作出定论。"

赤研井田强压怒火,缓缓点了点头,道:"陈兴波,我给你说话的机会,你且说说,白安叛军的一把火,就烧了紫丘和林口的所有粮食吗?现在李秀奇的急信已经到了灞桥,称已经十余日没有一颗军粮北上原乡了,这是怎么回事?"

"放开!"陈兴波猛地挣开压在身上的四双大手,"大公,我报给箭炉行营的表书上,已经对紫丘大火的情况做了详细的描述，我从没说过所有军粮全部烧毁，而且，所剩的军粮，我已经全数运往箭炉行营了！"

赤研瑞谦冷哼了一声，道："陈兴波，你知道必死，所以在这里胡说是吗？我接到的表书上面，可不是这样写的！"

"赤研瑞谦！向箭炉行营如实汇报，是我陈兴波的职责，但关大山如何向灞桥汇报，便是他的拿捏，这朝堂上，谁不知道关声闻是你的得力下属，就因为这样，你就要着力为关大山脱罪，把我往死里整吗！"陈兴波扯着脖子喊起来。

"你！"赤研瑞谦看到赤研井田的眼神里飘过一丝怀疑，顿时气急败坏。

"威锐公，稍安毋躁嘛！"年迈的镇南公插不上话，只好走上一步，想要赤研瑞谦冷静下来。

陈兴波这人说话毫无顾忌，又冲又硬，按他的罪责，可以说现在已经死了九成九，但他这样气势沛然地和一众朝臣对吼，反而让大家对他的指控迟疑了起来。

"如果关大山没有骗人，为什么他把我绑了来，而他自己不来！他个狗日的，把所有粮食都屯在了箭炉，不往前面送，却把责任都推在了我身上，哪有这种道理！"

陈兴波奋力挣扎，还要往起跳，歇斯底里地大叫："放我出城，我回到去砍了这个王八蛋！"

"陈兴波！紫丘和林口的军仓早就无粮可运，我问你，且不说你是否有往箭炉运粮，现在整个扶木原上，流民百万、饿殍遍地，这又怎么说！"赤研瑞谦厉声呼喝。

"怎么说？威锐公，你不要揣着明白装糊涂，卫曜的白安叛乱，和赤研野有没有关系？！只这一战，又荒了多少良田！军粮军粮，当然要优先供给前线士兵，我陈兴波是个粗人！不懂怎么施粥救难！"

"你他妈的！"赤研弘终于又忍不住，窜上前来，拉开架势，砰砰又是两记重拳，这回他有备而来，特地套上了手甲，因此这两拳打得格外沉实，陈兴波竟然被打得当场昏了过去。

陈振戈看到赤研恭的脸上出现了一丝不易察觉的笑意，心中叹气，这个赤研弘性子莽撞蛮横，实在也太过分了些，赤研井田还没有发话，他这举动和动用私刑无异。

对陈兴波的质问被赤研弘强行终止，场上气氛一时尴尬。

陈振戈小心翼翼地上前一步，道："启禀大公，臣以为，陈兴波的一面之词不可尽信，自关大山主政箭炉以来，陈兴波一直是他的心腹，此刻关大山以军务推脱，不肯前来灞桥，只是绑了陈兴波来胡搅蛮缠，难保没有投石探路的心思。"

赤研井田转过身来，道："武英公府终于出来说话了？这陈兴波是不是你的本家叔伯？"

陈振戈嗓子发紧，道："回大公，陈兴波是振戈远房的三叔，但他应担的罪责，与他和陈家的渊源并无关系。如果陈兴波所说是实，还是应该尽快催促关大山为花渡发粮，以免影响前线战况。如果陈兴波一派胡言，那关大山治下，离火原粮食莫名巨额亏空，影响战局，此罪非小，是否定论，也有待查探。"

镇南公李楚再次拱手道："大公，刚才老臣的话没有说完，这关大山目前盘踞箭炉要塞，易守难攻，又恰好掐住了李秀奇大军回撤的道路，这点不得不防。此外，正在花渡战场的赤铁军副都统关声闻，正是关大山的亲弟弟，当此关键时刻，似乎不宜对其过分刺激。我看,还是尽快派人前往箭炉一探究竟,再做定夺为宜。"

"有什么好看的,如果事实便是关大山徇私舞弊,常年贪墨军粮,以致今日不可收拾的局面,便又如何?难道我们就对他放任不管?还有,关声闻我很了解,子虚乌有的猜测,大可不必!"

赤研瑞谦嗓子浑厚,一字一句。

"是,威锐公说得对,是我失言了。"李楚也不争辩,转身回到了自己的位置。

果然姜是老的辣,陈振戈对李楚这一番表演佩服之至。赤研井田生性多疑,你和赤研瑞谦争辩,他要考量你和他是否有利益冲突,但若越是云淡风轻以退为进,他便越是多信你几分。

果然,赤研井田沉吟片刻,道:"你们都有些道理,我看这样,现在前线缺粮,但关大山也依然在努力筹措,是不是真的无粮可输,我们暂且也要打一个问号,就按李公的意见,把这个陈兴波暂且收押,选派专使去箭炉,督查军粮输送情况,催促关大山尽快发粮。"

"阿叔,我愿意去!"赤研弘抱拳而出。

赤研瑞谦哼了一声,赤研弘终于改口道:"阿爸,我愿意去。"

因为要迎娶扬一依,他被赤研井田收入大宗正脉,入住青华坊,但是也不知为什么,这口就是改不过来。

赤研井田摇摇头。"有人更适合。"他用手向人群中一指,道:"朱盛世,你去好了,你算账是一把好手,这次去,就把箭炉粮秣的这笔账，一五一十给我算个清楚明白！"

朱盛世匆匆忙忙出列，擦了擦额头上的汗水，道："谨遵大公谕令！"

"不要等了，现在就去，"赤研井田挥挥手，"挑几匹好马！"

"明白。"朱盛世低头，小心翼翼地退回到了朝臣的班列里。

"我说现在，你听不懂吗？"赤研井田的眉毛竖了起来。

"啊？是！是！"朱盛世回转身去，撒腿跑起来，他走得过于急切，还在门槛处跌了一跤，轰的一声大响，甚是滑稽，只是此情此景，再也没人笑得出来罢了。

"武英公。"

"老臣在。"

果然，刚才听陈振戈和李楚讲了半天的利害关系，赤研井田大概已经发现，如果关大山将箭炉一关，李秀奇无粮可吃又无路可退，这灞桥岂不就成了空心地带？而且经由关声闻和关大山的关系，也许箭炉的关口，此刻已经掌握在了赤研瑞谦手里，他要给自己留下后手了。

"青石目前安稳，我想要调陈兴家带两万兵力北上灞桥暂驻，不知道你意下如何？"

"陈家但凭大公吩咐！"

"嗯，"赤研井田微微点头，"这样好。"

"大公，不可。"赤研瑞谦站了出来。

"花渡战场前途未卜，此刻调青石兵力进驻灞桥，如若生变，你我都掌握不了局面！"

到底是赤研井田的亲兄长，这话说得直白赤裸，只是这话背后的意思，便是这局面应该掌握在他赤研瑞谦留在灞桥的四千赤铁的手中吧。

知父莫若子，被赤研井田掌嘴掌到大的赤研恭，果然最了解自己的父亲，赤研井田的每一步，几乎都踩在他的算计上。尤其是能够让镇南公李楚为他说话，实在难得。人人都知道，李家的根基在木莲，李楚不过在南渚故乡养老而已。

不过，即便陈兴波依约死不认账，箭炉行营的核查使派了走私贪墨当事人朱盛世，箭炉的真实情况还是一捅就破。因为算算时间，花渡战场的厮杀，应该已经开始了，没有粮食，李秀奇回师的日子也不远了。

李秀奇是否真正站在赤研恭一边，还要看赤研恭能否握住青华坊。

赤研井田还在沉吟，陈振戈的心却在剧烈地跳动，几乎要从口中蹦出来。

青石驻军如果不能北上，这灞桥便依旧牢牢掌握在赤研瑞谦的手中。而如果父亲率军进驻灞桥，那么大概这一条死线上串起的蚂蚱，便都可以逆风翻盘、绝地重生了。

他太过紧张，终于还是忍不住偷偷看了赤研恭一眼。

这次朝会，南渚世子全程未发一言，此刻他一脸温和谦恭，平静得好像一切都与他完全无关。

第五章 阿团

"你不知道，你到青华坊那天，虽是大雨，但青华坊前的白木槿都争先恐后开了花。我远远见到你，也看到了你身上黑色的翅膀。知道你心里的不甘和怨憎，终有一天会慢慢长出羽翼。那时候，我就觉得你很亲切，因为，我也是这样过来的。"

扬一依的笑容还未褪去，道婉婷手上的那股冰凉已慢慢浸入了心中。

一

茶盏里一抹浅绿，翠林甘露的嫩叶正随着水流上下沉浮，窗外知了叫个不停，夏日正长。

"公主、公主，世子快到了。"是靳思男在耳畔轻声呼唤。

扬一依努力睁开双眼，缓缓舒展了一下双臂，近几日她觉得身体格外倦怠，每到天中，才起床不过个把时辰，竟会又沉沉睡去。

进入灞桥不过十余日，吴宁边的娴公主已经无人提及，特别是最近满城都在疯传，说四马原上南渚与吴宁边已经展开激战，李秀奇大将军横刀立马、跃阵斩将，杀得百花溪畔血流成河，不日即将得胜归来。

对于这样的传闻，扬一依只能一笑。既然两州开战已成定局，那么她的履约也不能说是全无意义，起码，她让整个赤研家族背上了背信弃义的沉重负担。人心向背决定兴衰成败，自古皆然。无论哪一州，百姓们总是相信朴素的道理，也正因如此，八荒权贵们不管背地里如何践踏人间道义，但却一定要摆出一副大义凛然的样子来。

这一次赤研井田之所以敢冒天下之大不韪背约毁盟，无非是相信，他赢定了。

花渡战场出来的，绝不是什么好消息。如果是，赤研弘便不会如临大敌，日日跟着赤研瑞谦去巡视灞桥赤铁了。

扶木原的烽烟还没有平息，据说近日来，凡从箭炉来的驿

奔掠火

马都可以直上青华坊。她相信,这样的时刻,赤研家族的每一位都比她更为紧张。

战局遥远,她已经做了能做的一切,现在她担心的,是另一个问题。

"公主,你没事吧?"靳思男蹲下,亮晶晶的大眼睛望着她。

看着靳思男关切的眼神,她露出了一丝微笑,靳思男已经知道了自己的秘密,随着时间的推移,这个秘密很快就不再是秘密了。

没错,她怀孕了。

从吴宁边出发之前,疾白文告诉了她这个消息。

"公主既然已经决心去南渚赴约,有件事情便一定要处理了。"

大朝会之前,私下来找她的,不止扬丰烈。

一张花梨木的云纹长几挡住了疾白文,两个人中间还隔了一壶新茶。

"公主的脉象往来流利、如盘走珠,加上血月失期、体有寒热……"疾白文语带迟疑。

"这是什么意思?"扬一依隐隐感到哪里不妥,疾白文说话,从来不会这样拖泥带水。

"公主,你有身孕了。"疾白文松开了她的手腕。

"什么?"在正式许婚豪麻之后,扬觉动曾要她移往豪麻所在的南舍小住,豪麻生性拘谨,不敢越雷池半步,倒是她自觉以女主自居,为南舍山下整修铺陈一番,并将中州贵族的那些礼乐歌诗向他慢慢说明，在这短短的相处中，两人也曾春风几度。只是，这样便有了身孕吗？

"公主若要南下，必定要移去腹中胎儿，"疾白文沉默了片刻，道，"如若不然，到了灞桥，过不了几日，公主的身子便会显形了。"

扬一依愣了一刻，这件事于她本就突兀，父亲突然失踪这件事，她左思右想，已把一切可能的情况都计算周全，却怎么也想不到会有这个孩子出现。

"如若不做处理，公主一路车马劳顿，也许会造成小产，对身子极为不利。"

扬一依咬住嘴唇，道："依你所说，如果现在处理了这孩子，便无事了吗？"

疾白文道："公主刚刚有孕，现在处理无碍，当去了身孕，公主也要静养十日，才好出发。"

"十日，我们还有十日吗？"

疾白文把手缓缓拢回袖中，道："公主，此去路程遥远，若是途中血崩，怕会有性命之危。"

"吴宁边没有了，我身子好不好，又有什么要紧呢？"扬一依脸上习惯性地浮出一抹微笑来，"父亲已经失踪了，看眼下的朝局，左右都是一个分崩离析。我留下，也不过成为他们的猎物，在南渚，我至少还是吴宁边的公主，你和李精诚他们，也有还有一线希望。"

疾白文摇摇头，道："公主，算算时日，到了灞桥，你也是瞒不住的。"

"我若不去，南方三镇进击的计划必要全盘落空。我的这个

奔掠火　153

叔叔，我对他实在是没有什么期待的。"

"如果事情在灞桥败露，就算你是吴宁边的公主，赤研家也会把你绑上石头，沉到青水里的。"

"赤研井田不傻，只要吴宁边还在，他便不会对我怎样。"

疾白文注视着扬一依，叹了一口气。

"疾先生，你不要再说了，作为扬家的女儿，我不能让大安城落入澜青之手。"

疾白文依旧没有放弃，道："公主，你只要留下，就算大安陷落，局面不可收拾，你还是可以和夫人一起退入白吴的，白有光毕竟是你的亲舅舅。"

扬一依道："疾先生说的不对，母亲去得，我却去不得。我是扬家的继承人，父亲不在，我便一定要守住大安城。"她脸上显出一丝倔强来。"我也不会让母亲去的，她也是扬家的人！"

她停了片刻，又道："白有光虽然是我的亲舅舅，但是我看不起他，当年他为何要母亲出面，保他在重华、桃城那尺寸弹丸之地称王称霸？他若有血性，又怎会任一手拉着自己长大的姐姐留在杀兄仇人的身边，孤独终老？"

看到疾白文惊诧的眼神，她竟感到了一丝丝快意，能够大大方方说说心里话的机会，实在是太少了。

"你以为，我不恨她吗？"扬一依倏地站了起来。

"从小，我就没有母亲。"

"公主……"疾白文也站了起来，想说些什么，却终于没有开口。

一阵阵倦意袭来，阳光穿过窗外的万竿翠竹，落在她眼前，那些摇晃的影子，让人心绪烦乱。在进入灞桥之前，她的心思从未落在腹中的这个未成形的孩子身上，可是赤研弘让她终于意识到了这个生命存在的意义。

她对这个男人是如此地厌恶，当然更不想和他发生任何血缘上的联系。这样看来，纵然那个不苟言笑的男人不知生死，也依然还在某种程度上护佑着她。

这种感觉也很奇怪，当那个差一点成为她丈夫的男人离她越远，她好像反而离他更近了。

杜广志和靳思男时而带来远方的消息，这些消息虽然模糊，但她依然可以从中查探到八荒局势的蛛丝马迹，哪怕是在现在的处境下，她仍坚信自己有一天会回到大安城、走进祥安堂、坐在属于自己的麒麟座上。

然而，这样的岁月，实在不知道什么时候才是尽头。以前在大安，她纵然孤独，却不觉得寂寞，娴公主身旁从不缺有意无意围绕在周围的男女，很多事，她只要略想一想，流露出一丝端倪，自然有人便为她做好了。而今在南渚的扬一依，身份也不能说是不显贵，却像个透明人一般，就算任她再如何挣扎呐喊、痛苦彷徨，也不会有人看得到了。

既然这样，挣扎和痛苦还有什么必要呢？

隔了这许多日子，若即若离的赤研恭忽然想要和自己见上一面，她猜不透他的心思，当然也没有必要去猜。她也有些思念这个和她在扶木原并肩打马、殷勤笑语的翩翩公子了。不，不是公子，是世子。

脚步声响起，扬一依起身，拂去了袍袖上的微尘。

推开门的，却是一个一袭紫衣的女子。

扬一依一愣,青华坊是南渚理政重地,不便进出,这青云坊便是她仅有的可以自由往来的地方,而海潮阁则是青云坊中专为赤研家族休闲小憩的场所,寻常人等是不可能进得来的。

她是谁?

"娴公主吗?"对面的女子柳眉微蹙,紧抿着嘴角,"我是道婉婷,知道你在这里,特地来看看你。"

"道婉婷?"

扬一依脑中轰的一声,那日箭炉城中与赤研星驰的匆匆一会又出现在了脑海中。

"是……冠军侯夫人吗?"扬一依小心翼翼。

"娴公主不用客气,今日四马原传来了大消息,现在世子还在明堂上,知道你在这里等他,我便先过来,见见你。论辈分,星驰要比赤研弘年长些,我身子不便,就先坐了。"

道婉婷微微摇摇头,扶着椅子坐了下去。

原野上白云的阴影,吱呀作响的锁链,还有将汗水吮吸的燥热的疾风,极度疲惫之后的狂乱,扬一依不自觉拉拉衣襟,她又想起了赤研星驰那充满力量与活力的身体来。

道婉婷到底来做什么呢?她心中忐忑,禁不住有些口干舌燥。

"娴公主,我也许没有太多时间,就在这里和你开诚布公地聊一聊好了。"

"夫人有什么话,请讲便是。"自嫁给赤研弘以来,除了靳思男,再没有人称呼过她公主,这个道婉婷蛮奇怪的。

"公主只身来到南渚,见识非凡、勇气可嘉,只是受委屈了,"道婉婷接过靳思男递来的茶,道,"我这次来,第一是要感谢前些日子在陨星阁,你对萨苏施以援手,若不是你拖了那一时半刻,也不会有世子出手,救了他一条性命。"

原来是为了这件事,扬一依心里一松,道:"他下手是太重了,无论那个少年犯了怎样的过错,原也犯不着在众人面前那样折辱他。"

道婉婷摇了摇头,道:"你不知道他是犯了怎样的过错。"

扬一依微微侧头,道:"夫人这话怎么说?"

道婉婷微微一笑,道:"他是受我指使,去陨星阁偷拿南山珠的。"

南山珠?扬一依皱起了眉头,关于灵师的传说她自然听过,可是,这世上真的有这织云唤雨、应人悲喜的神物吗?道婉婷的突然出现,到底有何用意?

二

"恕一依冒昧,这南山珠是人间至宝,如果真的藏在青云坊中,必定极其珍贵,又是夫人命人去取,这样的秘密,夫人为何要对我说呢?"

"因为公主和我的关系着实不一般。"道婉婷虽过于瘦了些,但两只眼睛大而明亮,里面不知藏了多少内容,让人捉摸不定。

如果说扬一依的温婉有心中的执拗打底,道婉婷的随和中则带着一丝冰冷。没来由地,扬一依忽地想起了妹妹的那个心比面更冷的老师,道逸舟。

"我猜猜,是为了道逸舟先生吗?"

奔掠火　157

道婉婷的脸上终于浮现了一丝笑容，点头道："八年前，朝堂之乱波及南渚，大公借机将我道家连根拔除，我也是很久以后才知道，小叔是去了大安城。"

扬一依点点头，道："道家的遭遇我略有耳闻，道先生却是从来不说的。"

"先公曾是晴州十二羽客之一，这一次族灭，也确有不少人关注。"道婉婷把茶盏放回桌上，一声轻响。"我父亲为人迂直，不会变通也不改初衷，那时候洪烈世子之死已经过去了五年，他却还揪住不放，这灭顶之灾也是他自找的。"

"夫人慢讲。"扬一依挥挥手，靳思男也识趣，退了出去。

道婉婷面容姣好，但是总带着一股压抑肃穆之气，让人亲近不起来。当年南渚道家被赤研家族连根拔起，是震惊八荒的一桩大事，扬一依见她想要说话，便耐心听下去。

"大公兄弟当时真是同心协力，携手覆雨翻云，雷霆霹雳一般，将我道家打了个措手不及，除了小叔道逸舟本领高超，得以脱身，便是我因为已经嫁给了赤研星驰得以幸免。当整个家族尽皆覆灭，茫茫八荒，能够顶着木莲的压力，不在乎赤研家的威胁，给小叔一席教席的，就是令尊，这自然是我们之间的微妙联系了。"

扬一依不自觉地点点头，在大安，人人都说道逸舟为人不近情理，可但凡任何人经此巨变，大概都会有所变化吧。

"那一年我十六岁，正懵懂不晓世事，"道婉婷语调温柔，细长的手指却紧紧抠住了桌角，"恰逢相思节令近了，我闹着要回家找哥哥们一起去济山采薇，不承想清晨还没睡醒，便被武英公派人接走。后来我才知道，原来那一天，滂沱大雨中，我家一百三十余口都被杀掉。我也是听人家说起,那一日血水混着雨水,从道府的门口漫过了画舫街,一直蜿蜒流到了青水里。后来,又有人说,那一年,青水里的细鳞鱼,特别地鲜。"

听到这里,扬一依的一口茶就端在了半空,再也喝不下去。

"对了,当日在武英公宅邸,抱住我的腰不让我回去的那个孩子,你也认得的,他叫陈振戈。"

道婉婷用手比了比,道:"那年他十二岁,只有这般高!"

道婉婷的语气平淡,如此腥风血雨惊涛骇浪的经历,在她的讲述下波澜不兴,但扬一依却听得惊心动魄,升起一阵阵寒意。她在意的倒不是这抄家灭族的惨祸,这样的故事,在父亲的治下也并不陌生,作为扬觉动的女儿,她很清楚这样的生杀予夺不可避免,但这一次,却是她第一次孤身一人在异乡,以一个被屠戮的家族角度,来感受这样的故事。

他勘定了道婉婷,那时候,对面这个女子,也只有十六岁啊。

"再后来,你大概也知道了,小叔带着梦公主来到了灞桥,说是要渡海而去,"道婉婷叹了一口气,道,"我一直盼他再回来看看的,却不知道他停留在灞桥的那些日子,有没有再去画舫街。他乘牙船出海远航的时候,有没有再看看灞桥。"

"夫人不要再难过了,听说,归梦在灞桥的时候,你曾和可儿郡主一起,想要对她施以援手,"扬一依站起身来,拿起茶盏,道,"这更是天大的情分,扬一依一直还没有机会道谢呢。"

道婉婷扶住了扬一依的手腕,道:"公主何必多礼呢?你的

奔掠火　159

处境,我最了解,毕竟,从十六岁那一年起,我就是叛臣之女了,比你这个敌酋之后也不差几分了。"

道婉婷的话说得妥帖,来到灞桥之后,扬一依的心底第一次暖了起来。

"你不知道,你到青华坊那天,虽是大雨,但青华坊前的白木槿都争先恐后开了花。我远远见到你,也看到了你身上黑色的翅膀。知道你心里的不甘和怨憎,终有一天会慢慢长出羽翼。那时候,我就觉得你很亲切,因为,我也是这样过来的。"

扬一依的笑容还未褪去,道婉婷手上的那股冰凉已随着她的言语慢慢浸入了自己的心中。

自离开大安,她心中便有一股不平之气,她的温婉柔和之下,是一层又一层的淡漠和不甘,这她是知道的。也正是这样一层冰甲,帮她抵御了世俗的羞辱和摧折,让她可以无所畏惧,然而这样的扬一依,还是真正的自己吗?

她从未想过,在这个酷热的夏日午后,她这层厚厚的甲壳,被一个更加可怕的人击碎了。

道婉婷眼睛看向窗外的柳枝,道:"还有一件事,我想你也应该尽早知道。"

腕上那股冰凉还没退去,扬一依已经预感大事不妙。

道婉婷细长的手指转着那莹白的茶盏,慢声道:"我的丈夫赤研星驰死了。"

"啊!"扬一依一时手足冰冷,僵在了原地。淡水河畔的那个英武青年,身姿挺拔;箭炉城上,他们极目远眺时,他意气风发;她主动投怀送抱时,这个男人当时的腼腆和事后的慌乱不舍是如此生动。这一切的一切仿佛就发生在昨天,而今,这个本应该横刀立马、纵横天下的男人，竟然死了吗？

"冠军侯，他，战死了吗？"什么也不说是不合适的，扬一依尽量掩饰自己的慌乱。道婉婷为什么专程跑来，若无其事地和自己聊天，然后突然抛出赤研星驰的死讯？

她知道什么了吗？

扬一依已经很久未有这样的感觉了，到南渚后，她第一次感觉失去了对自己的控制。

箭炉城墙上的那场云雨，的确不是兴之所至。自小生活在万人中央的她，对自己的身体和容颜从来都有十足的信心，最重要的，她还有一个可以撩起赤研星驰野心与不甘的身份。那时她心中所想的，是要借着赤研星驰的身份，为腹中的孩子竖起一面坚盾，哪怕将来秘密败露，如果因此引起南渚朝堂的混乱，也可以算作扰乱南渚朝堂的意外收获。然而此刻，她只希望，赤研星驰的英年早逝与此无关。

两个人一时都沉默无语，只有窗外的知了起劲地叫着。

自大安出发前，疾白文详细向她介绍了青华坊的权势格局。当年南渚一场内乱，赤研瑞谦兄弟二人曾一度联手，共同除掉大哥赤研洪烈，联合执政。如今这二人都正当盛年，各自拥有忠心的拥趸。而赤研洪烈死而不僵，在两个弟弟之间，还留下了一个已经成年的儿子——赤研星驰。

按理说，赤研星驰是在赤研瑞谦兄弟的庇护下长大，本应和扬慎铭一样，成为一个无害摆设，但偏偏长大成人的星驰公子虽历经坎坷，却文韬武略，更成为当下南渚公室的潜在威胁。他曾被两个叔叔送入木莲、幼年为质，却又被他的表兄、日光王朝守谦送回了南渚，还带着一个近乎符咒的约定，如果

奔掠火　161

赤研星驰发生意外，木莲必将大军压境，击破南渚繁华。这一切，自然是因为朝守谦无一日不想实现八荒的真正统一，当然也因为赤研星驰身上带着朝家的王族血脉。他那从未踏上过南渚一寸土地的母亲，正是朝守谦的姑姑，第二代日光王朝光孝最小的女儿朝婉仪。

木莲立国已逾七十年，朝家没有放弃朝崇智一统天下的遗愿，赤研家同样没有放弃北进中州的梦想。在以澜青和旧吴为代表的中南诸州连年混战中，赤研家族精心算计、左右平衡，好不容易才站稳了脚跟。更由于木莲的背后扶持和赤研洪烈旧部的存在，让赤研井田花费了十年的时间，才终于敢放开手脚，借花渡之战逐鹿八荒。

然而毫无疑问，赤研星驰永远是赤研井田称霸之路上尚未解决又必须解决的第一个难题。

"我明白了。"扬一依点头。

在南渚权力的微妙平衡中，无论是赤研井田还是赤研瑞谦，他们的地位都极难动摇，但若要掀动南渚的朝局也非不可能，失衡会带来混乱，混乱会带来变化，让南渚乱起来最有可能也是唯一的方法，就系在一个人身上。

那就是亲往箭炉迎她的南渚冠军侯，赤研星驰。

关于那一场风流聚散，扬一依曾设想过许多种结局，只是她绝对没有想到今天必须面对的这一种，赤研星驰居然死在了花渡战场。

道婉婷的注视让扬一依有些慌乱，她不能让沉默再继续下去。

"在箭炉，我曾和冠军侯匆匆一晤。星驰将军儒雅温和，又有包举八荒的壮志雄心，我只是感佩。这个消息，真是让人难过极了。"扬一依尽力不动声色。

倒是道婉婷轻轻吹开盏中浮茶，道："他不是沙场战死，他是被赤研井田以临阵倒戈的谋逆重罪，斩杀军前的。"

"啊？"扬一依心中一颤，震惊无以言表。

"今天，李秀奇的急表到了青华坊，现在为了这件事，明堂上正吵作一团。他本人的灵柩，正由米勇率淳族骑兵护送，西归灞桥。"

说到此处，道婉婷端茶的手，终于有了一丝颤抖。

现在轮到了扬一依紧紧握住了她冰凉的手掌。

此刻扬一依的心中百感交集，她虽消息闭塞，但此次花渡之战，赤研星驰带领赤铁军充作前锋部队，这是大家都知道的事实。两军对垒，大将先亡，这意味着什么？是不是南渚开局不利？在澜青和南渚联手合围的这场战斗中，李精诚的部队竟创造了奇迹吗？

还有，赤研星驰之死并不简单，他身上有着朝氏王朝的血脉，这件事到底是谁所为？他已经得到了朝守谦的首肯吗？此次南渚主力倾巢而出，大举北上，坐镇中军的李秀奇正是赤研洪烈旧部，他居然放任，让人在军前斩了赤研星驰，这不可能是个意外。

难怪今日的道婉婷，称自己娴公主，对整个赤研家族都直呼其名，丝毫不见顾忌避讳，她应该是把青华坊的男男女女都恨进了骨子里吧。

"公主，时候不早了，我该走了。我这次来，不过是想要告诉你，在灞桥，你并不孤独。"

道婉婷慢慢站起身来，想了想，又道："对了，这次吴宁边在花渡战场的统帅，前些日子跟着扬大公来过灞桥。因为可儿曾经给他抛过一个青橘，所以我对他的名字也有些印象，他的名字叫作甲卓航。"

甲卓航，扬一依腾地站了起来。他不是和豪麻一起跟着父亲在小莽山中失踪了吗？如果他已经回到了吴宁边，并且主持部队参与了花渡之战，那父亲呢？豪麻呢？

她的嘴唇还在发抖，道婉婷已经推门走了出去。

三

"思男，杜先生那边有什么消息吗？"

震惊过后，千头万绪。扬一依再也坐不住，推开门，暑热和日光一股脑地都涌进这小小的茶室来，她面前层层叠叠的，都是些极尽巧思的水榭花台、假山湖石，这精巧的园林挡住了她的视线。她多么希望这里是高高的箭炉城楼，抬眼就可以望见辽阔的大地山川。

靳思男抿住嘴唇，摇摇头。

"你刚才听到了吗？她说甲卓航在花渡。父亲没事，他回去了！"她转身握住了靳思男的肩膀，手中用力。

"公主，你不要太过激动，小心身子。"

扬一依意识到了自己的失态，松了双手，道："我哪里就那么娇贵了，我现在好得很。"

靳思男被她的情绪感染，也道："大公回去了，也许过不了多久，我们也就可以离开灞桥了。这地方，真是又脏又乱，赤研家的人也是一些禽兽，居然冠军侯那样好的人，也死了。"

微风拂柳，海潮阁前的回廊上，几只翠羽的小鸟在叽叽喳喳叫着。远处可以望见南渚太庙中伫立的那头黑色海兽。扬一依又想起道婉婷刚才的话，赤研星驰的灵柩正在西归灞桥。

靳思男还是想得简单，离开灞桥，哪有那么容易呢？

扬一依摇摇头，道："我也真是想不通，论才具人品，赤研星驰都是好的，只是因为他是前朝世子之子吧，所以这灞桥城里真的容不下他。"

"就是啊。"靳思男随声附和，还叹了一口气。

"你为什么叹气？"

"不怕公主生气，我刚才只是觉得，豪麻将军是好的，冠军侯是好的，恭世子也是好的，这几位都是人中龙凤，但是为何偏偏造化弄人，最后却是那个赤研弘呢？"

是啊，为什么偏偏是赤研弘呢？如果，扬一依确实需要一场名正言顺的盛大婚礼的话。

她也禁不住在心中把这几个人过了一遍，豪麻冷峻血勇，却失之木讷，赤研星驰英挺谦和，不过萍水相逢，赤研恭呢？想到赤研恭，不知为什么，她的心底总有一隐隐的不安，无论从哪个角度来说，南渚世子这个人都可称得上风趣优雅，只是偶尔相对于他的身份，他不免略略有些殷勤浮夸了。

至于赤研弘、蛮横跋扈、冲动野蛮，人又粗鄙不堪，无论如何遐想，她的心中并没有这个人的半分位置。说到底，虽然她现在的身份是赤研弘的妻子，却从未把这个名正言顺的丈夫放在心上。

她心里正想着赤研恭，赤研恭就这样出现了，跟在他身后

奔掠火　165

的，还有那个陈家的公子，陈振戈。

"公主，我来晚了。"一片灿烂的日光中，赤研恭迈着方步，米白的中衣外面罩着极为轻薄的浅绿朝服，手里拿一把折扇，人还没到，他轻轻一甩，那折扇噗噗轻响，上面写着的"百望流光"四个大字便渐次展开。

扬一依的脸上一热，刚刚还在心底觉得这个人浮夸，他便浮夸给你看，这"百望流光"四个字，一般人不明就里，但他分明是写给自己看的。

"百望台上流光暖，春衫一曲万人倾。"这是扬归梦对自己的打趣之言，世上本也没有几个人知晓，如今赤研恭却要宣示一般，大喇喇地写在这折扇上。

这人实在是有些意思，从青水长亭外的郊迎，到青华坊上的眉眼，虽然在场面上做得滴水不漏，但是分明就是在不断试探自己。他这一把折扇，极度危险，万一被赤研弘看到，那就是一场难以避免的官司。他摇着这把扇子，就像在离火原秋天的草场上掏出了火折子，在那万顷枯草中，只要溅下一点火星，便会燃起一场浩大的野火。

即便他是南渚世子，但自己毕竟是赤研弘的妻子，这样不伦的纷争，他不怕吗？

"恰好公主有空，本来是想约公主一起去看看阿团，不料今天青华坊上出了大事件，看来这一计划只能取消了。"

扬一依不知他的来意，便道："世子想看阿团，随时都可以去，何必找一依作陪呢？"

赤研恭歪头想了一刻，提起衣摆，在回廊的长凳上坐下，道："自然是我的心底，也在牵挂着公主了。"

这句话过于直白,从赤研恭的嘴里说出来,扬一依整个人顿时紧张起来。刚才自己真的是头脑发热,这赤研恭第一句话,便和道婉婷一样,称自己为公主,这又意味着什么呢?道婉婷是对赤研家恨之入骨,那他赤研恭呢?总不会是要反叛自己的家族吧?

"世子,你这样说话,恕一依先行告退了。"扬一依的口气冷淡了起来。青华坊中,绝无一句随意言语,这是疾白文的忠告。她警惕起来,刚刚想起赤研恭那一点若有若无的暧昧和亲切,此刻已经完全消失无踪。

"公主不想知道现在花渡的战况吗?"赤研恭折扇轻摇。

好个赤研恭,开口便打到人的痛处。

扬一依收住了离开的脚步,回过身来,道:"世子,如今我是南海侯的夫人,你堂弟的妻子,不再是什么吴宁边的娴公主,花渡战场究竟是何情况也与我无干,还请你自重。"

好像看穿了扬一依的心思,赤研恭并没有被她的疾言厉色影响,而是对陈振戈使了一个眼色。

陈振戈会意,上前一步,对靳思男道:"靳姑娘,我有几句话想要私下和你说,不知道合不合适呢?"

陈振戈的话让靳思男飞了一个大红脸,但她多少也察觉到了情形不对,没有理会陈振戈,而是走上一步,对赤研恭道:"我不会离开公主的。"

扬一依的心渐渐沉了下去,青云坊本是南渚重地,这海潮阁更是坊中禁地,当此之时,日近天中,如果赤研恭有意选择这个时辰和自己相会,想必已经做好了屏退旁人的工作。也就是说,此时此刻,无论这里发生任何事情,自己都不会有选择

奔掠火 167

的可能。

他到底想要做些什么呢？

扬一依站起身来，拉住了靳思男的手，道："去吧，陈公子不来，你倒是把他挂在嘴边。你和他四处转转，一会儿再回来。"

陈振戈也识趣，走过来伸出手，道："你还信不过我吗？"

"去吧去吧。"扬一依分明看到了靳思男眼里有光。

看两个人的背影消失在假山之后，扬一依才道："世子，有什么话，你现在可以说了。"

赤研恭一笑，道："我便知道，公主最是磊落，当日一别，竟再没有独处之机，我心中实在是至为遗憾。因此一定要抓住机会，和公主进行一次倾心之谈。"

扬一依也是一笑，道："我也是着了你的道，总想着你是赤研家的异类，和他们不同，才会来这里等你。无论你有什么事，不妨快讲，说不定一会儿我那丈夫就会来这里找我了。"

摘了面具说话，总是比较爽快，扬一依的目光，落在了那"百望流光"之上。

"娴公主，"赤研恭加重了语气，"你若以为赤研恭只是想要和你求索男女情事，那真是把我这个南渚世子瞧小了。我今天要和公主聊的，是八荒的未来。至于赤研弘，公主也不必担心，他现在忙得很，根本顾不上来找你。"

"哦？八荒的未来吗？"赤研恭的一句话，又勾起了扬一依的兴趣，她虽是吴宁边的继承人，但从来没有人认为她一介女流也可以左右八荒的未来。只这一句话，赤研恭与那些好色之徒究竟不同。

她轻轻在原地绕了两步，道："我很好奇，我那夫君从来是我行我素，无人可以制约的，有什么事，又能捆住他的手脚呢？"

"今日花渡战场传来消息，赤研星驰死了，"赤研恭注视着扬一依，道，"公主和冠军侯渊源颇深，不是吗？"

这个消息扬一依刚在道婉婷那里听过了，因此，她才可以若无其事地皱起了眉头，道："世子是不是搞错了，我和冠军侯不过在箭炉匆匆一唔，哪里称得上有什么渊源呢？"

赤研恭眼中尽是欣赏神色，又把那扇子轻轻扇动，道："百望台上流光暖，春衫一曲万人倾。这世上，难道真的有不仰慕公主的男人吗？哪怕是我们赤研家的男人？"

"你在说些什么，我不懂。"扬一依看似轻松，心中却一直在紧张地观察着赤研恭。

"公主血月失期，已经有一段时间了吧。多亏有你的侍女帮你遮掩，不过，算算日子，再过几日，便是想遮也遮不住了。"赤研恭缓缓站了起来，道："偏偏这个关头，冠军侯突然去世，接下来，我一想起公主在灞桥的日子，便会暗暗担心啊。"

扬一依脸上终于变色，道："赤研恭，你到底想要做什么？"

赤研恭的嘴角上翘，道："公主，我私以为，我们都是一样的人，关心的都是八荒、天下，你能够为了吴宁边一线生机亲入灞桥，我赤研恭难道还会在乎你腹中的一个野孩子吗？"

"你知道赤研弘为什么顾不上你，因为赤研星驰死了，我父亲和我二伯都以为是对方下的手，两个人之间的嫌隙一下子变得深不可测，前些日子的朝会上，我父亲已经征调青石的

奔掠火　169

营兵进驻灞桥。今天，恰好冠军侯的死讯传来，陈振羽率领的六千青石营兵已经抵达城外，现在赤研瑞谦父子带着留守灞桥的赤铁们正闸住了甘渊门，与他们两相对垒，禁止他们入城接防呢。"

"啊？"这个消息实在出乎扬一依的意料之外，"真的可以这样吗？他们父子违反大公的调令，这岂不等于谋反？"

"那倒不会，冠军侯之死扑朔迷离，四马原的战事未分胜负，大公自然也不能轻下决断，青石营兵暂不入城，自然也是他们兄弟商量好的。"

四

看着赤研恭成竹在胸的嘴脸，扬一依渐渐冷静了下来，道："这时候，青华坊上想必已经乱作一团，你到来找我，我一个外州女子，又能做什么呢？"

"公主，你可千万不要看轻了自己，这绝对不是你的真心话，"赤研恭晃晃脑袋，道，"你可是扬觉动的女儿，我想公主是不是还不知道，你的父亲已经平安无事地回到大安了。现在的你不但重要，而且比以往任何时候都更重要了。"

"还有，我在这里给你交一个底。花渡战场，赤铁首战失利，又死了一个赤研星驰，吴宁边的战士，真的是名不虚传啊。公主可以想象一下，如果他们最终攻下花渡，徐昊原兵粮不接，势必无法攻下大安，荡平吴宁边更是无稽之谈。如果这样，那么中州称雄的，依旧是你东川扬家，这样的结局，对扬大公来说，是不是很理想呢？"

"但是花渡决胜还有一个条件,就是南渚的意愿,目前虽然甲卓航在花渡小胜,挫了澜青和南渚联军的锐气,但是他们孤军深入,作战艰苦而不能久持,而南渚虽然首战失利,但损失的只是赤铁,李秀奇的野熊兵还未真正登场,未伤根本,这样一直打下去,恐怕吴宁边还是凶多吉少。"

"说白了,这一次八荒战事是否逆转,还是要看青华坊的态度。而我父亲的态度,你已经知道了。"

"世子的意思是,你可以说服大公,帮助吴宁边渡过这一次的难关?"

赤研恭摇摇头,道:"公主,这才是我要和你谈的。天下。"

"对令尊的态度,青华坊已经纠结多年、摇摆不定。说出来也不怕你笑话,就在令尊来到南渚之前,赤研井田还是决定定盟履约,站在令尊一边,将澜青从八荒神州上抹去的。"

"为什么?"

"很简单,因为扬觉动统御的吴宁边,我们自问惹不起。这样一来,澜青溃败之后,木莲南下的意图便化为梦幻泡影,而南渚和吴宁边的联盟,却可以成为我们北上中州、问鼎天下的基础。"

"但是没有扬大公的吴宁边则纯然又是一样,对不对?"

"不错,因此这一次,我们选择了背盟,站在澜青这一边。说白了,没有扬大公的吴宁边,就是一盘散沙,而井田大公从来没有把你们当作可靠的盟友。"

赤研恭走到扬一依的身前,道:"可是将来就不同了。"

"哦,将来如何不同?"赤研恭站得太近了,但是扬一依没有躲开。

奔掠火 171

"将来扬大公继续主掌吴宁边,而赤研恭和娴公主佳偶天成,以南渚之富饶和吴宁边之凌厉,横扫中州,囊括宇内,不是正合适吗?"

"你和我?佳偶天成?"

"不错,公主若非有坚定的决心和超人的热望,怎么会为了吴宁边一息尚存而孤身至此,赤研恭若非早已准备好君临八荒、囊括宇内,又怎么有胆量,把对公主的仰慕与钦佩写在这扇上,招摇过市呢?"

"你的这些心思,赤研瑞谦那里,如何通得过?"

这样的距离,赤研恭身上的气息扑面而来,扬一依可以清楚地看到他眼内的狂热。

"我可能没有说清楚,我的意思是,将来的灞桥,不会再有赤研瑞谦,也没有赤研井田,赤研家,只有一个南渚大公赤研恭!"

赤研恭的声音冷冷的,迈开步子,带着他的狂热,从扬一依身边走过。

这一次密会,至少有一句话是真的,赤研恭真的没有半点轻浮的心思,还真是正儿八经来和她讨论掉脑袋的政事的。

赤研恭走开,扬一依压力骤减,她长长呼了一口气,道:"我还是不明白,井田大公目前正当盛年,南渚又政通人和,只要世子无病无灾,过上一二十年,这大公的位子迟早是你的,你为何要现在冒杀身的风险,来夺位登基呢?"

"政通人和?"赤研恭冷笑一声,道,"公主从毛民穿过扶木原,一路而来,可曾见到南渚的繁华富庶?"

想到紫丘的那一场残酷屠戮和处处烽烟的扶木原,扬一依不得不摇了摇头。

"南渚这二十年来，为了一个大公宝座，兄弟纷争，手足相残，臣子各立山头，互相攻讦，可以说是国无宁日；而贪官污吏勾结奸商巨富，上下其手，灞桥城内，穷的穷死，富的富死；朱门高户，一墙之隔，天渊之别；军纪不修，纲纪不振。大概从先公赤研享开始，便有这样的苗头，我虽是赤研井田的儿子，却可以大胆说一句，如果当年洪烈世子不死，成功继位，南渚今天便会是另一番景象！"

赤研恭转身去面对那一树繁花，把那花枝轻轻一拉，花瓣便撒了满地。

他缓缓道："也许你想象不到，我虽是南渚世子，但在朝堂上下，也和泥塑木偶无异。青华坊上下都是豺狼虎豹，空有一个温良恭俭的好口碑又有什么用呢？说到耐心，我那堂兄幼年丧父、十六岁孤身入质木莲，这十几年来，内有对其父忠贞不贰的家臣，外有日光王的威势加持，却依旧在这青华坊内勤勤恳恳，可谓有耐心了吧？灞桥上下，谁不认为他深具才华能力，可是结果又如何呢？本来的一代名将，却于内乱中凋零。如今，令尊和徐昊原这样的枭雄正在虎啸八荒，这样的一个南渚，如果不立即进行变革整饬，还会有十年二十年的时间，来让我接任这个大公吗？"

赤研恭的这一番话，声调不高，却情深意切、言辞愤激，倒颇叫扬一侬另眼相看。

她也是自小生在王霸之家，一路走来，对那种身不由己、小心翼翼的生活深有体会。加上这一次孤身来到灞桥，对那些平民疾苦、世相百态的体察，更好像打开了新世界的大门。否则她从来也不知道,为了一捧粮食,也会有人搭上身家性命;为了个人仕途,更会有人铤而走险、滥杀无辜。这一段时日,两相对比,扬一侬对赤研恭的这一番话体会更深。

如若不然,为何白安叛乱,数百人带起的野火,竟会延烧整个扶木原?精明强干如李秀奇,何以会在花渡战场处处掣肘?而颇有将才的赤研星驰,竟会莫名其妙死于自己人之手?

至少有一点赤研恭是对的,对于这样的南渚,修修补补是没有用的,大概真的需要刮骨疗毒、大破大立才可以基业永延。只是想不到父亲对南渚反复勘察研判十几年,竟然漏了这样一个深藏在青华坊内、野心勃勃的年轻人。

"其实我也很痛苦,一方面,父亲和二伯都才具有限,我庆幸赤研星驰死了,他不死,将来的南渚未必属于我。坦白说,另一方面,他的死,我也觉得非常可惜。或许你不知道,在这偌大的青华坊上,最为亲近的就是我们兄弟!而我这个世子,也还常常羡慕他的自由。我身为大公长子,这些年战战兢兢、苦心经营得来的支持,偏偏他自小就有。如果真像他说的,他对这铁木海兽椅毫无兴趣,将来我主政南渚之后,他一定是我最为倚重的八荒名将!而如若我们身份互换,我也一定会助他早登大位!可惜,他真是太过温和敦厚了,也是我不够果决,以至于就在这一次次的踌躇嗟叹中,我竟失去了这样一个南渚中兴最得力的助手。"

赤研恭长长叹了一口气。"时也,势也,命也。我那堂兄一直在犹豫,不过我和他不同,我绝不认命,自然也敢于冒些小小的风险。所以,我常常想,赤研恭这样的人,星辰众神,也应该给他些奖励吧!"

他转过身来，正色道："不知道，你现在还认为我在拿你打趣，开玩笑吗？"

扬一依看着赤研恭，他有一双熊熊燃烧的眼睛。

"而且，坦白说，豪麻、赤研星驰、赤研弘，有一个算一个，我觉得他们根本配不上你！"赤研恭这一句话说得斩钉截铁。

沉默了良久，扬一依被他看得眼热心跳，终于开口，道："你便如此信我，知道我不会把这些话告诉别人，让你万劫不复？"

赤研恭大笑起来，好一会儿，才道："扬一依，放眼整个南渚，谁会去赤研井田面前说他这个儿子等不了了？这样话，我自己都不会信。何况，那也意味着你这一生，便真的要和赤研弘在那张回雪流霜上度过了，不是吗？"

他挺直身子，把袍袖一挥，好像面前的亭台池榭便是八荒的万里江山，道："赤研恭不才，也曾悠游四极，这八荒江河万里，壮丽如诗，公主选择站在我的身边，任你信马由缰，不好吗？"

不得不承认，这一刻，扬一依的心有些松动了。没错，赤研恭离经叛道的言语中，蕴含着极度的危险，然而透过这些炽热疯狂，他也展现了统御天下的热望与野心，或许，还有一种不择手段、哪怕粉身碎骨也要奋力一跃的进取精神。

换句话说，跟她之前见过的那成百上千身世显贵的世家子弟相比，并不强壮的赤研恭身上，真的有一种邪魅的王者之气，危险而又迷人。

这看似平静无波的夏日午后，却是自己人生的一个十字路

奔掠火　175

口：若和赤研恭一起踏上一步，不是粉身碎骨便是一步登天；而若是自己后退一步，虽可求得一生安稳，却要像母亲一样，沉入无尽的深渊。

这不是一个很容易回答的问题吗？

扬一依长长出了一口气，道："我一直很遗憾，没有心爱人给我一场真正的婚礼，赤研恭，你愿意娶我吗？"

赤研恭点点头，无比认真地悄声道："你会拥有八荒有史以来最宏大华丽的婚礼，这天下欠你的，我都还给你！"

她摸了摸自己的小腹，道："这个孩子呢？"

赤研恭轻松一笑，道："如果是男孩，就让他做南渚的世子，如何？"

"要是女孩呢？"扬一依的嘴角流露出一丝笑意。

"那就嫁给八荒的王。"

扬一依轻轻摇了摇头，道："做世子、做王后，又有什么值得羡慕呢？"

"世子、王后，当然值得羡慕，"赤研恭仰起脸来，道，"将来你在百望台上抚琴的时候，我便会点出一万人来，去列队听你的琴声！我不要这故事只停留在扇面上！"

他轻轻合上手中的折扇，温和而执拗地看着她的眼睛。

原来言语是真的有魔力的，哪怕她是如此见多识广的姑娘，也忍不住被这样的激情和热望所蛊惑。毕竟，现实的那个世界，实在是太过平淡凉薄、波澜不兴了。

"所以，你到底需要我做什么呢？"

在盛夏的一片蝉鸣声中，海潮阁前的扬一依，向赤研恭伸出了她如玉的手。

五

"关声闻若是敢再回到灞桥，我就把他一刀砍了！"

威锐公府的明堂上，赤研弘的脸涨成了猪肝色，抓起桌上的茶盏，砰地掼在了地上，当即一地晶莹的粉末溅起。

"南海侯，关将军回不来，也许并不是故意躲避，可能确实是被战事拖住了！"在苦口婆心规劝赤研弘的，是留在灞桥的赤铁军四门守备校尉文兴宗。

"放屁！我赤研家于他，恩过百重！若没有威锐公府的支持，他关声闻别说都统赤铁，早被赤研星驰踩到淤泥里面去了！而且若说李秀奇被关大山拦在了箭炉外也就罢了，他是关大山的弟弟，他也过不来吗！妈的，都是放屁！枉我们还在青华坊上为他说话！"

扬一依就坐在赤研弘的身侧，这热茶四散飞溅，倒有一多半扑到了她的曳地长裙上。

"好了，你不要闹了！"赤研瑞谦烦躁地摆摆手，"米相还在这里。"

赤研弘气哼哼地，扑通坐回了椅子上。

"米相，这次是米勇受命扶柩归来，不知道，你那里有没有什么消息是我该知道的？"赤研瑞谦举起茶杯，抿了一口。

"威锐公，米勇不过是依附于米家的改姓子弟，又常年驻防长州边境，我实在也没有更多的消息。"

米容光还穿着朝服，地面已是一片狼藉，但他面前的茶水仍是纹丝未动。

"这就怪了，每次那个米勇路过灞桥，我看都没少拿了东西

奔掠火　177

去你府上啊？"赤研弘忍不住插话。

米容光倒是好性子，微笑道："他是一定会到我那里去坐坐，但若说我米家对他到底有多了解，实在也说不上。若不是他久守边塞，想要找机会回到主城来，恐怕也不会来有意攀附了。"

"米伯，说了半天，你的意思，就是这件事和你无关是不是？"赤研弘这几个月来升格为南海侯，计较起来，更加轻车熟路了。

这次赤研瑞谦却没有说话，只是远远看着米容光。

"南海侯，老朽实话实说，这件事朝野也吵了好几日了，现在李熙然支支吾吾说不清楚，据我所知，大公确实没有杀掉冠军侯的意思，而李侯选择让米勇带人扶柩归来，大概是觉得他那两千矮脚马在花渡战场实在是发挥不了什么作用吧。"

赤研瑞谦以手扶额，道："我和大公相爱相亲，兄弟之间并无嫌隙，关于这一点，米相应该也知道，只是如今朱盛世受命去了箭炉也有些日子了，现在竟是毫无消息。坊间有流言，说青石营兵屯驻甘渊门外不得入城，是我不愿意让了灞桥的守备之权，别人不知道，米相你应该清楚，这也是大公的意思。"

"自然是这样，威锐公说得没错，青石陈家怎么可以和威锐公比起远近来，从始至终，大公都是倚重威锐公的。这一次花渡战场……"他看了看扬一依，欲言又止。

扬一依这边识趣，正要起身，赤研弘却道："不必，米相有什么话，但说无妨，内子聪慧，一向懂得进退。"

扬一依心中生起一阵厌恶，只好坐了回去。这赤研弘有一种残忍的本性，任何可以戳痛或伤害别人的机会，都绝不放过。这一会儿,想必是对南渚在花渡战场的辉煌战果有所期待,因此,硬要自己留下,来分享南渚赤铁的荣光了。

米容光略一思忖,道:"南海侯说得对,是我多虑了,请夫人见谅。"

扬一依只好微微点头。

"花渡初战,文拔都的永定骑兵和冠军侯统领的赤铁都投入了战场,却受到了吴宁边的算计,对面趁月黑风高,驱赶大量的澜青百姓渡过百花溪,填到了李侯和澜青共同织起来的袋子里,在敌情不明的情况下,冠军侯率银梭营一马当先,投入战场,但被错误的目标吸引,造成了本队的混乱,而李侯派出的另外一路轻骑,意图抢过百花溪去截断李精诚粮道,可是也被阻击,因此战果不彰。这也是银梭营全军覆没后李熙然向冠军侯阵前究责的依据。这一战赤铁本队一万四千余人,银梭营全军覆没,龟甲、飞鱼伤亡惨重,只有虎鲨一营较晚投入战场,受伤不重,总计起来,伤亡过半。"

"那我们这一仗算是胜了还是败了?"赤研弘第一次听到如此直白的战果,不禁愕然。

米容光想了一会儿,才道:"回南海侯,花渡战事仍然胶着,这第一次接触,虽然吴宁边小胜,但我军主力并未受损,因此胜败尚未有定论。"

"啊,两个打一个,居然也会败吗?"赤研弘觉得不可思议。

"南海侯说到了点子上,"米容光不亏为官场老手,极会说话,"此战虽有永定骑兵参战,但是澜青花渡镇的统军大将徐前龟缩不出,并未向战场投入一兵一卒,可以说,我们首战不利，并非完全是冠军侯的失误。"

"是啊，"赤研瑞谦接了话，"我也觉得星驰太可惜，他身先士卒，带着银梭最先投入战场，听说战到最后，一营仅剩不到三十人，还能挣扎回队，虽不能说是虽败犹荣，但至少也不可以说是非战之罪。说实话，我也在纳闷，为什么李熙然竟然会在军前发起疯来，而李秀奇竟然也听之任之呢？"

米容光当然听出了赤研瑞谦的话中充满疑惑，只得把刚才的话又说了一遍："威锐公，大公并没有除掉冠军侯的意思。"

"这个自然，"赤研瑞谦的两道眉毛紧紧拧在了一起，"既不是我，也不是大公，这南渚谁还有这样的本事，让李秀奇背叛了他的少主，让我和大公失信于日光王呢？"

扬一依听他们说得热闹，心思却早已涣散了。原来在花渡战场，三州初战，南渚押上了最为精锐的赤铁，却遭到了空前惨败。毫无疑问，借由这个机会，冲锋在前的赤研星驰便成为了这一场失败的牺牲品。

兵者，国之重器，大战当前，大败之际，南渚军队非但不能团结一致，努力扭转危局，反而借机挥起军刀，铲除异己，真真正正令人匪夷所思。赤研恭说得没错，在外人看来，南渚百年承平，繁华富庶，但盛名之下，其实难副，青华坊从根茎到枝叶，都已经开始腐烂了。

是谁杀了赤研星驰，这问题简单到可笑，也无需追究，在如此糜烂的时局中，赤研星驰的忍耐和努力，不过是一个笑话罢了。这一刻，她竟开始隐隐认同起那个疯狂的赤研恭了。

几个人的对话还在继续，但是扬一依已经没有耐心再听下去了。今天的灞桥，就像一座熔炉上的城市，随时可能毁于烈焰刀兵。赤研瑞谦口口声声说他和赤研井田并无嫌隙，但找来赤研井田的心腹米容光打探，便是因为有些话，他已经无法和赤研井田面对面地交流了。这两个人你来我往，亲情大义，看起来亲密无间，但是只要青石营兵还被赤研瑞谦挡在甘渊门外，赤研井田便永远无法相信赤研瑞谦，就像赤研瑞谦一样并不相信赤研井田。

赤研星驰，果然是南渚权力平衡上的最关键的那枚棋子。即便他死了，也还在搅动整个灞桥的政局。

米容光已经起身离去，他今天来，是因为赤研井田已经决定要给死去的赤研星驰举办一场盛大的葬礼。因为花渡前线的赤铁已经陷入严重的混乱，他们本来就对作为前锋押上战场颇有微词，现在，承担恶名的赤研星驰已被军前正法，他们的怨气便都冲着野熊们发了出来。不怪此刻关声闻不能响应赤研瑞谦的召唤，及时赶回灞桥匡正时局。而是在花渡，连赤铁余部他也很难控制了。

赤研恭的消息总是要比所有人更快一步，与他相比，赤研瑞谦和他的儿子，更像两只身披金甲的无头苍蝇，只能嗡嗡乱撞罢了。

"大公已经决定要除掉赤研瑞谦了。"再惊悚的话语，从赤研恭的口中讲出，也总是那么轻描淡写。

"是吗？"扬一依还是有些怀疑。

"是啊。"赤研恭缓步站在了她的身边，在夏日黏稠滞重的空气中，南渚世子周身散发着迷迭香那浓烈辛辣的气息。

"前阵子，大公已经派礼宾典史朱盛世前往箭炉秘密调查。是赤研瑞谦命令关大山将李秀奇拒在箭炉以北，并设计杀了赤研星驰。这灞桥，早已是他四千赤铁的天下，赤研弘娶了你，又被收入了正脉，只要灞桥发生一些意外，比如，世子谋反、大公暴毙之类，赤研瑞谦便可顺势登基，到那时，想必远在花渡的李秀奇也无力回天了。"

"你知道的，冠军侯的灵柩就快回到南渚了，而这灞桥城中，怀念洪烈世子的，还大有人在，"赤研恭双手握在身前，道，"真是太令人遗憾了。"

"大公想要见见你。"赤研恭托起她的手慢慢放在自己的掌心，露出了一个顽皮的笑容。

六

昨夜饱睡了一觉，精神好了些，但是身子更重了。扬一依以身子不舒服为名，连续几天拒绝房事，赤研弘已经疑心大起。就像赤研恭所说，这个秘密再也瞒不了多久了。

昨日赤研弘回来，一身血污，倒头便睡，随后她便听说甘渊门外爆发了激烈的冲突，而有冲突的地方，必定有他南海侯。也许是一种错觉，扬一依在他的身上，闻到了这城市的味道，一种混合着绝望和死亡的危险味道。

没错，这些日子，惶惑不安一直笼罩着灞桥城。

扶木原上烽烟未止，也没有人知道那些北上远征的部队境况如何，而自六月那场奇特的风暴后，大火后的灞桥便一直晴旱无雨，不仅天气格外炎热，持续的时间也格外漫长。这个夏季，不要说没有了扶木原的新粮，连顺着青水贩来的浮玉稻也格外地少，加上跟着大军东进北上的食物一去不返，本来就拥挤混乱的灞桥更是到处充斥着衰败的气息,越来越多的人因为饥饿而变得有气无力了。

著名的酒楼兼味斋第一次开始提前打烊,而阳坊街的贫民们,为一口吃的可以红了眼、豁出命去抢。那些留在灞桥饿得奄奄一息的男人都在后悔,为什么当时没有买一身行头,跟着野熊兵们去四马原试试运气。也难怪大家都觉得这日子过不下去了,这百年来,灞桥城的百姓,不管生活好坏,大抵是不会饿死人的;然而现在,这里就像一池长满青苔的死水,每一点关于食物的消息,都会激起无穷无尽的波澜。

这池塘中最新的一颗石子,来自青石。

消息正在大街小巷疯传,说青石陈家已将青沼种出来的粮食运到了甘渊门外,但是威锐公就是不肯打开城门。这些天,每天都有人倒在阳坊街边角的阴影里,再也不会起来。阳坊街的流言总是生动的,酷烈的高温下,灞桥城已经成了天地这大蒸笼里泛着馊味的肉馅儿大包子了。

在海潮阁前,扬一依拾起了一颗鹅卵石。它灰白中带一点青色的纹路,被太阳晒得滚烫,她带着它走进回廊的阴影中,很快,它就变得温润起来。是啊,无论街市上有多么混乱,都不会波及青云坊内的世界,这个世界中的人,也从来就没有人想要走到那些肮脏混乱的街巷中去看一看。

"你们青石的营兵呢?"赤研井田的声音隔着纸窗清晰可闻。

海潮阁的花荫堂,听说以前是大公的后宫别院,已经很久没有启用过了。

这里一路静悄悄的,连个侍者都没有。扬一依想了又想,整了整衣衫，伸手推开了大门。

吱呀一声轻响，屋内的巨大铁尺上，一整块巨冰正散发着白色的雾气，在这屏风一样的巨冰后面，站起了一脸冰霜的赤研井田。

赤研恭就在赤研井田的背后肃立，双手掌心朝上，恭敬地叠在身前。房间的另一侧，是昨日与赤研瑞谦侃侃而谈的米容光和那个一贯潇洒风流的陈振戈。

"你哥哥呢？"扬一依的到来并没有影响赤研井田的发问。

"大公，灞桥城高池深，甘渊门不开，实在难办，除非……"

"除非什么？"赤研井田语气凌厉。

"除非和守城的赤铁正式开战。"陈振戈终于把话说了出来。

"哦，那倒不必，"赤研井田露出了一个诡异的笑容，道，"我告诉你们一个法子，马上，等赤研星驰的尸体回到灞桥，在他那隆重的典礼上，我们会大开四门，到时候，你那个古板老爹率领的青石营兵们就可以堂堂正正地进来了。"

"这……"赤研井田的语气就不对，陈振戈正在惶惑，一抬头，鼻尖前竟然横着一把利刃，是赤研井田拔出了佩刀，正歪着头眯着眼看他。

"到时候烦请你和贵兄和令尊说一声，请他们来给我收尸！"赤研井田瞬间开始了咆哮，手一甩，咚的一声闷响，那长刀已贯入了地板中，晃动不止。

屋子里所有的人都僵住了，赤研井田走回自己的座位，长长舒了一口气，过了半响，才对扬一依招招手，道："娴公主，我碍于身份，一直都没能和你单独聊聊，今天，想要向你征询几件事，还请你如实以告。"

这世界到底怎么了？赤研井田居然也称呼自己娴公主了？

扬一依深深吸了一口气，道："大公想知道什么，一依知无不言，言无不尽。"

微风浮动两侧高大的帷幔，露出了闪着寒光的利刃。

赤研井田睁开了他那细长的眼睛。

"我的第一个问题，吴宁边南方三镇，敢于如此冒险进击花渡，是不是令尊早有计划？"

鸦雀无声的花荫堂内，只有赤研井田干瘪的声音在回荡着。

"据我所知，进击花渡的计划，是扬大公失踪后，才由他幕中的佐参疾白文提出的。"

"是了，我问得不够明确，"赤研井田厌恶地摆摆手，"李精诚敢于率领大军，长途奔袭花渡，他的军粮哪里来的？"

"主要来源有三处，第一是离火原去年的存粮；第二是用四马原抢割的粮食来以战养战。"

赤研井田坐起身来，微微前倾，道："还有呢？"

"第三，来自丰收商会从扶木原采购的南渚军粮。"扬一依的声音平静如常。

这次见面前，赤研恭并没有对扬一依做任何的提前布置，他的意思很简单，赤研井田疑心极重，观察细致入微，哪怕一丝做作，都会引起他的警惕和怀疑，所以，只要放开了如实回答，总不会错。

"你倒是真的放得开。"扬一依摇摇头。

"知父莫若子。"赤研恭也摇了摇头。

奔掠火

赤研井田看向了米容光，米容光上前一步，道："这和朱盛世的密报相合，他到了箭炉便即刻展开调查，关大山举证，曾有大量的扶木原存粮，通过化整为零的方式流入吴宁边，他亦不讳言负有失察重罪。这一批存粮购买的最初本金，来自一位宁州商人抵押给鸿蒙商会的云锦，而鸿蒙商会支付本金后，将本金换成粮食，运往吴宁边的经办，挂的是威锐公的牌号。"

赤研井田闭上眼，缓缓道："那么这个宁州商人，他的人呢？"

"回大公，这个人在质押云锦后，打算东渡朱雀，但赤铁飞鱼营的校尉戴承宗得知消息后，带领两条红船出海，已将此人击杀于海上。"

"嗯，也就是说，办完这件事，这个人已经不存在了。"

"是。"

"第二个问题，令尊来到南渚之后，是在我青华坊的欢宴之上将你许给赤研弘的，我一直以为他是迫于形势，而我因为急于和令尊联合，也便默认了这门亲事。这门亲事对我南渚有两个后果，一是赤研弘名正言顺入我大宗，二是威锐公府成为和吴宁边联姻的南渚豪门。也不怕对你讲，这也是在令尊失踪后我决心接受木莲的建议，要联合澜青，将吴宁边在八荒抹去的最重要的原因。"

"今日回过头来，我想问问，这件事，令尊事先跟你提过吗？"

"没有。我们三姊妹的姻亲大事，从来都是父亲一个人做主，他从未征求过我们的意见。"

"好。"

良久,赤研井田才面无表情地道:"第三个问题,在你定盟履约到达箭炉后,有没有和我那个侄儿赤研星驰行苟且之事?"

这一问像一个惊雷,在扬一依的头脑中炸响,让这间本就沁着寒意的房间更加冰冷。像被这句话剥去了所有衣衫,那些若有若无的羞耻感夹杂着强烈的痛苦,又有一点点的爽快,扬一依的心在剧烈地咚咚跳动着,掩盖了这世间一切的声响。

她看定了赤研井田的脸,良久,才开口道:"一依和冠军侯,曾在箭炉春风一度。"

此言一出,众皆哗然。

赤研井田抿起嘴角,道:"果然是扬觉动的女儿。"他右手从身侧拿出一样东西,一抖,那轻薄的衣料在高窗打进来的日光中缓缓展开。

扬一依强行压住了抱住自己的冲动,连手指都在微微颤抖。赤研井田手里的,正是那日在箭炉城墙的风洞中与赤研星驰合欢之后,她被风带走的那一件素青裹衣。

"这怎么说,我这个儒雅温厚的侄子心中到底是有多少不甘,竟然抢先要了他堂弟的妻子?"他手一松,那裹衣就软软滑落在了地上。

扬一依紧抿着嘴唇,长久地看着地上那一团小小的云锦,虽然也不是什么心爱之物,但它曾伴她入眠,与她亲密无间,带着她的体温和味道。如今,它却不知道经过了多少陌生人之手,最后又被嘲弄般地遗弃在这冰冷的地面上。她此时竟有一丝后悔,后悔那时在箭炉酷烈的大风中,她有意松开了自己的指尖。

奔掠火

"启禀大公,如此,威锐公府必要借李熙然之手,将冠军侯置于死地的理由,也很充分了。"

赤研井田却举起手来,止住了米容光的继续发言,道:"最后一个问题,我那兄长和我的侄儿,有没有密谋筹划,要代我坐上那铁木海兽椅?"

扬一依微微摇了摇头,道:"没有,或者,即便有,他们也并没有在我面前露出这样的心思。"

她与赤研井田四目相对,不知道过了多久,直到赤研井田挪开了视线。

"很好,这说明赤研弘也并不是一个全然不知进退轻重的人,不过,连他都学会了隐忍,这事情就更难办了。"他转过头去,看着赤研恭,道:"怎么办,我要怎么对待我的兄长?我日思夜想不敢肯定的事,居然被你说中了。"

他长身站起,口中喃喃道:"我该怎么办呢?"

第六章 米渡

　　日光隐没，松鸦和榛鸡已经归巢，稍稍深入林中，便可见到零落的漂木，地上的腐叶也被冲出道道细沟，还有一缕缕的干草挂在矮树的枝桠上，再加上脚下松软的泥土，一切的一切都预示着，这里不久前刚刚被溪水漫过。然而让丁保福更加不解的是，褐皮野猪，这些称霸百花溪两岸的猛兽却消失得无影无踪了。

一

水声激荡，百花溪深处的这一片湿地上，苇草在随微风摇晃，丁保福以极慢的速度从背囊中抽出箭来，两支咬在嘴里，一支搭在弓上。

那只棕尾黑皮的野猪是附近丛林里的兽王，他没日没夜追了它将近半个月，终于摸清了它的习性，得以在这溪水边对它进行伏击。

为了围猎它，已经伤了五名附近最好的猎手，没有人相信还是个大孩子的丁保福这一次能够成功。阳光在溪水上荡起点点金色的碎屑，野猪还在畅快地饮着水，他开弓的手稳稳地、慢慢地、一分一分地渐渐张开。

他只有一次机会，这里距野猪不到百步，从它发现猛冲过来，到那粗壮的獠牙刺入自己的胸膛，他预计可以射出三箭。如果运气好，他甚至动都不用动就可以结束这场冒险，但若是他害怕了、手抖了，便可能就此倒在这人迹罕至的林中水畔，慢慢腐烂、消失。

也许是在这里蹲得太久，一只翠鸟愣头愣脑地落在身旁，并一路跳跃着上了他的肩膀。丁保福把一口气吸得细细长长，一滴汗珠从他的眉梢划过眼角，他忍不住眨了眨眼睛。小鸟儿扑棱棱振翅飞起，野猪停止了喝水，警惕地看了过来。

苇草还在摇晃着，丁保福松开了手，箭矢流星般飞了出去。接着是第二支、第三支。

奔掠火

从小父亲就教他，和野兽对峙的时候，只要稍稍泄气或者退缩，马上就会落入万劫不复的境地，猛兽和人一样，也在寻找对手的破绽，哪怕是气势上的微微一颤，也会暴露软弱的内心。

黑皮野猪狂奔起来，第一支箭擦着它的眉骨钉进了它的肩膀，它虽吃痛，却没有停下脚步；第二支箭在它奔跑中一个极速的变向下落了空；第三支箭上弦时，野猪已经距他不过十余步的距离了。

这一头野猪膘肥体壮，总有三五百斤沉重，伴随着愤怒的咆哮，它迅疾的冲刺好像要让大地也颤动起来。丁保福咬紧牙关，还是稳稳地射出了第三箭。

双方都没有再退让的余地，扑哧一声，这支流星一样的箭矢准确地贯入了野猪的左眼，但意外的是，它并没有倒下或退缩，伴着狂怒的嘶鸣，它庞大的身躯凌空而起，重重地向丁保福砸了过来。

弓箭已经顾不上了，丁保福就地一滚，抽出了腰间的匕首。

野猪长长的獠牙已经到了眼前，他屏息用力，极力向一旁闪去，身上传来刺拉拉的声响，他的皮衣从后背到肩头，都被那粗粝的獠牙撕开，一阵剧痛钻进了他的心里。这时候什么震惊、沉稳早已被他抛入九霄云外，活命才是最要紧的。他扑倒在地，手深深地嵌入了湿润的泥土里，拼了命用力一拉。

可是没有用，轰隆一声，那庞大的黑影还是兜头罩了下来，他再也跑不动了，体内发出了无数细碎的声响，那是他脆弱的骨头全部都被野猪压碎了。

野猪没有死，它扑棱棱甩了甩浑身的皮毛，用仅存的那只血红的眼睛盯着自己，充满了挑衅和蔑视。

刀还在手里，丁保福，你感觉到猎刀上缠绕的皮绳了吗，可是他动不了了，一分一寸、一丝一毫都动不了了。

就这样死了吗？一切都结束了？

有什么东西落在他身上，凉凉的，是雨水。雨水砸在他干裂的嘴唇上、他肿胀的眼皮上，从他碎裂的骨缝中渗进来，让他变得湿润起来。

我要发芽了，他想。

丁保福终于睁开眼睛的时候，第一眼看到的，是一张睁着空洞眼睛的苍白脸孔。

他努力动动身子，发现自己被什么东西压住了，他挣扎了又挣扎，奋力蹬掉身上的那具尸体，才看到了晦暗的苍青色的天空，圆润的雨滴从无尽的远方砸向大地。

忍着浑身的剧痛，他终于站起身来，他看到了人间地狱一般的修罗场。

身边倒着一具具尸体，极目远眺，除了尸体还是尸体。他看了好久，才回想起，这就是他纵马奔驰的花渡战场。

目力所及，广阔的原野上处处青烟，大多数地方一片焦黑，有的地方还燃着野火，马匹、旗帜、兵刃、辎重，散乱一地。倒下的人中，有轻装的弯刀骑兵，有黑皮甲的巨盾武士，也有他熟悉的带着海兽护心镜的南渚士兵。

他吸了一口气，满口血腥，从身体的极深处一层一层地疼上来，没错，自己还活着。

雨水先是稀疏地落下，渐渐越来越大，天空晦暗，整个原野上一片雾气蒙蒙，他再也找不到方向。

他摸摸腰间，短刀还在，多亏了他这身紧密包裹着身体的精甲，他的手伸到背后，那里有一道长长的裂痕，所幸这坚硬的鳞甲下，还有极其坚韧的柔丝相连，因此，这致命的一击才没有劈开自己的身体。

至于自己是如何倒下的，他已经记不清楚了。

很快，惨白的电光和轰隆作响的落雷赶走了啄食尸体的血鸦，大雨落下来了。

丁保福深一脚浅一脚地在这焦黑的战场上跋涉着，大片大片的乡民倒在这里，饥饿像一团火在他的肚子里烧，他拾起一个滚落在地的干馍，放在嘴里，用力地嚼起来。他像查看野兽的足迹一样打量着这块广袤无垠的战场。从这些乡民倒伏的方向可以看出，他们是从百花溪东侧而来，本来是奔向那个充满希望的方向的。

再走几步，是一个环形的巨大工事，这里被大车、木板、拒马和鹿砦层层围绕，在这个巨大圆环的中心，还有一层一层的小圆环，叉在翻车空洞里的长枪不少已经折断，深嵌在战马的尸体中，那些没有折断的长枪上，还挂着跃马前冲的骑士们。

呼啸的战场已经远去，此刻，这里只有雨声。

他记起来了，在昨天夜里，这里还飘扬着敌军的旗帜，亮起了无数的火把，好像一个巨大旋涡的中心，把所有的生命都吸了过来。而他也正是在这里，对着人困马乏、向这巨大圆环靠近的那个人，刺出了致命的一刀。

夜，太暗了，人也太乱了，他甚至不敢肯定，刺中的是不是那个人。

在这筋疲力尽的一夜，从火海中把他拉出来的那个少年，死了；将他和花影带回大营的那个将领吐血落马。他知道对方指挥作战的，一定是个了不起的人，因为这个叫作赤研星驰的战士，已经够了不起了。

他并不赞同赤研星驰回到赤铁当中，他曾亲眼见到那些青色弩机中的锋利箭矢是如何射入无辜乡民的身体的，难道因为赤研星驰是他们中的一员，就不是血肉之躯了吗？利箭可以穿过一切肉体，就像野猪的獠牙并不会区分你是不是猎人。

但是那个被背叛的人已经怒火中烧，他不认为赤研星驰是个傻子，他只是被身边无数毫无价值死亡裹挟了，以至于要去以身犯险，走向深渊。这个人人品端正，也因此非常固执，丁保福看见了陷阱，却无法阻止他落入其中，只有离开。

他还不能死，他答应赤研星驰，要杀了对方的统帅，他欠他两条人命。

他小心地在战场上远远兜着圈子，对方放弃了对即将崩溃的银梭们的围猎，一定是发现了更重要的目标。很快，他就发现了该去的地方。整个战场，无论敌我，都被那一圈明亮的火光吸引，这火光的中央，一样有一面大旗，上面写着一个"甲"字。

刚才屡次遭遇的这支凶悍的队伍，正快马加鞭，向这大旗冲去。

丁保福知道应该怎样狩猎猛兽，无论是人还是兽，只要心中有了顾忌、在乎，便有了弱点，猎人们需要的，只是耐心的等待。

他选择了对方前进路上的一个拐点，赌这是他们前来增援的必经之路，当这支队伍和那火光中的兵士们里应外合、即将汇流的时候，果然，那个身影急不可耐地打马前突了出来。

时机到了，丁保福用尽最后的力气，咬牙冲了上去，他从黑暗里斜冲过来，人轻马快，一击得手，再不停留，迅速又隐没在夜色中。

直到他被一柄巨斧从马上抡了下来。

这漫长的沙场似乎没有尽头，走了好一会儿了，尸体们已经告诉他谁胜谁败。这一夜混战的兵士，吴宁边一方的尸体已经被收走，而其他的战士只能静静躺在这尚有余温的大地上，任凭雨水冲刷，那些装备精良的南方部队和他们的友军彻底失败了。

雨声大作，丁保福走得艰难。四马原的夏天很少有这样的大雨，百花溪的水大概又要涨了吧。迟清溪家的草屋地势低，但是今年，他终于不再担心溪水会冲破土堤了。此刻这世界上到处都是水，他张口喝了些雨水，那雨水很快又变成了眼泪，他很久没有哭过了。

远处传来了战马的嘶鸣声，他打起精神，深一脚浅一脚地蹚了过去。

他认得这匹马，雨水冲去了它腿上的泥垢，露出了白色的后蹄，那断裂的鞍袋上，还挂着一个空空的酒壶，这酒壶上，有着和那面长旗上一模一样的两个字："赤研"。

他踩着水花跑了起来，连摔了几个跟头，那灰马还在不停奋蹄嘶鸣。

丁保福终于来到了它的面前，学着他的主人，抱住了它的脖颈，轻轻捋它湿漉漉的鬃毛。它是怎么逃过敌人对战场的清理呢？

等他甩去脸上的水花，才发现，自己的面前，还站着一个熟悉的人。

他又惊又喜地跑了过去，喊道："燕峻吗？燕大哥！我是左手啊！你怎么会在这里！"

然而并没有任何回应。

他的心沉到了谷底，他看到了那些和他彻夜一起战斗、生死与共的士兵，身上插满了箭矢，倒了一地；而燕峻灰白的脸上满是愤怒与不甘，他的一只手还在背后握着他的长枪，那长枪的一头顶在泥土中，另一头深深插入了他的身体里。

二

"妈的，这日子什么时候是个头儿，"赵长弓嘿呦一声，拍着大腿站了起来，"快喝了，现在这年月，缺医少药的，不赶紧好起来，倒霉的是你！"

这一碗姜汤热腾腾的，丁保福喝得一滴不剩，他已经在赵长弓的营内躺了一天一夜。

从战场到花渡还有三四十里路，丁保福一路快马加鞭，越过了那些百姓和溃兵。

更可怕的场景出现了，花渡以南这三十里，由于在花渡镇的强力控制下，来不及成熟的新粮总算被抢割得干干净净，也正因为如此，这光秃秃的原野上，一切都一览无余。

在花渡战场北侧，他发现了军营驻扎的痕迹，但无论他怎样回忆,这些为了抵抗吴宁边大军而预备的大量的青骑,在那个残酷的夜晚也没有放出一兵一卒。现在看来,他们反而在稍后战局渐趋明朗的时刻,迅速撤退了。

追随着青骑脚步的,还有从血腥屠戮中逃出生天的四马原的乡民。现在,这成千上万的百姓必须面对的,是花渡紧闭的城门。

入夜的花渡镇,城墙上灯火通明,城外的百姓进不去,只好都挤在外城还未拆尽的街市房舍里,连马房、驿亭和郊庙里也满是逃难者,这些地方也装不下,便树下也睡、田里的窝棚也睡,横七竖八倒得到处都是。

这些四马原上流离失所的百姓充满了恐惧和惶惑,丁保福知道他们很快就会饿肚子了,一路从百花溪到这里,除了那些倒在花渡战场的乡民怀里藏着的干馍,他没再见过半粒粮食。

丁保福的装束在人群中太过扎眼了,他的兜鍪已经不知所踪,紧身的精甲在身后开了一道长长的口子,满身血污,还骑着一匹圆腹健体的神骏坐骑。

在进城之前,他找到一处窝棚,把身上已损坏的甲胄小心地除了下来,这是迟清溪留给他的礼物。正是靠着这甲胄,他才能在花渡战场侥幸偷生,也可以说,虽然她已经死了,却还一直在护佑着他。

想了又想,丁保福还是不舍,又取出其中那副完好轻便的手甲,才把剩余的甲胄用残破的锦绣马披包好,埋入了泥土之中。他又朝着百花村的方向拜了几拜,才依依不舍地站起身来,向那个已化作尘埃的姑娘道别。他还有很多事情要做,要杀掉屠灭百花村的戴承宗,要找回陷在南渚赤铁军中的迟花影；还有，这匹四蹄踏雪灰马的主人赤研星驰，他还欠赤研星驰一条性命。

他远远绕开了人群聚集、混乱不堪的花渡南门，直奔赵长弓平日守备的西门。赵长弓是百花村的叔伯，和父亲也是老相识。从军之后，他一路顺风顺水，做到了花渡青骑的都尉，虽然早就举家离开了百花村，但对村子里的老少也还都是时时照拂的，这次回奔百花村之前，他便是来花渡为赵长弓送狐皮，才被困在了城中的。

他的样子一定很吓人，守门的士卒早早亮了兵刃，还好卫官老田认得他，他便趁着夜深，悄悄入了城。

"喂，那边战况到底怎么样？听说吴宁边那边的人凶悍得很，是不是？"

"滚滚滚，滚一边去！"赵长弓飞起一脚，把探头探脑的老田踢了出去。

他看看丁保福，叹了一口气，道："你不说我也知道，我是和老丁一起打过商城的，这打仗不是闹着玩儿的，你年纪还小，现在村子也烧没了，不如就先跟着我吧。你赵伯我别的本事没有，在这军中多少也混了十几年，你要是不怕这掉脑袋的生涯，就在老田下面先做个什长，他人憨，脑子肯定没有你快，就欺负不了你，等等有机会，我再给你提个卫官。要是没有兵灾叛乱，过个十年八年，怎么也能做个都尉，你也就算在这花渡镇里面扎下根来了。这不比在百花溪的林子里面打猎强？"

丁保福坐起身来，一把拉住赵长弓，道："赵伯，现在城外还有好多四马原的流离乡民，他们也跟我一样，村子都被烧没了，这城门怎么还不开。"

"这门，没法开，"赵长弓挠挠脑袋，道，"如今花渡以南，南渚和吴宁边你来我往，打得一塌糊涂，他们不光打，还把能割的粮食都割了，能烧的村子都烧了。你说，这花渡镇里的粮食一批批都北运平明，给大公东征做军需了，四马原的新粮又损失大半，一下子多了这么多张嘴，还不把花渡给吃空了？"

"那徐大将军就不管他们了吗？"

赵长弓探头探脑地四处看看，并没有旁人，道："你小孩子家家，这样的事情都轮不到我说话，还有你操心的余地吗？要我说，这八荒安稳了七十年，现在算是进了一个乱世了，这世道乱了，我能拉起你一个，就很不错了！"

"你说不上话，能不能问问你的上司？"

"我的上司？"赵长弓哈哈大笑起来，道，"我的上司便是四门守备，前两天正为这开不开城门的事，被徐前大将军骂个狗血淋头呢！你可得了吧！"

"拿衣服来！"

丁保福还想说话，赵长弓已冲外面吼了一声，有兵士拿来一套半新不旧的皮甲，赵长弓接过来，往他的席子上一放，道："要是能穿就穿上，先在我身边跟几天，这些日子流民和细作太多，四处都是眼睛，别再给你举报了。"

赵长弓说完出去了，留下丁保福对着那皮甲发愣。

纵然饱睡了一天，但他浑身还是散了架一样痛，这劣质皮甲和迟清溪送的那一条甲胄比起来，又天差地远，他费了半天劲，好不容易勉强套上，便一拐一拐走出门去，想要再从赵长弓那里得到些消息。他想知道，到底什么时候花渡才会开门迎敌。此刻他的心中，最凶恶的敌人已经不是东边那支前来进犯的军队，而是射杀了银梭营的南渚赤铁。他现在稍好一些，便迫不及待，希望能够跟着花渡的青骑尽快南下。毕竟战场形势瞬息万变，银梭营已经全军覆没，那留在赤铁后队的军需官和辎兵们命运又会如何呢？更重要的是，不会说话的迟花影，还和他们在一起。如果南渚就此撤军，他又要去哪里寻找迟清溪这个唯一的妹妹呢？

"快！快快！上城楼！"丁保福刚从帐篷里面钻出来，便被推了一个趔趄，赵长弓这一营负责守备花渡西门，本来是个不太重要的备门，现在所有人却都如临大敌，乱作一团。

"会射箭吗？"显然赵长弓已经嘱咐过了，看他已穿上皮甲，老田丢了一张硬弓过来。

丁保福一把接过，开了开弦，勉强能用。

大伙儿都举刀擎枪往城门楼上跑，他这个新任什长也就跟着跑了上去。

上得城楼，他才发现，城门楼下平日里嘈杂混乱的民宅此刻鸦雀无声，那条不宽不窄的官路上，挤挤挨挨大概有数百名全副武装的重甲骑兵，正遥遥和城上赵长弓的守备营两相对峙。

而赵长弓则皱着眉头，整个脖子都快伸到了垛口的外面。

"他妈的，待在家里，麻烦还是找上门来，这可怎么是好？"

老田上前一步，道："管他来的是什么人，左右徐将军有令，这城门没有他的亲命，是绝对不能开的。眼下这些人虎视眈眈，就更不能开了。"

奔掠火　201

丁保福心想，原来还有这般命令，自己一个赵长弓的同乡，还不是他田知友开门放进来的？

"不开？你以为你头上几个脑袋？你给我念念，下面那旗子上写的是什么？"

"文、文、文。"老田自然只有一个脑袋，便把这脑袋摸了又摸，城下这支杀气弥漫的骑兵队伍中，飘着两杆长旗，一杆写着一个"文"字，这个字笔画简单，老田是认得的，而另一面大旗上写着一个火红的"衞"字，这个字笔画太多，老田就念不出来了。

赵长弓皱起了眉头，丁保福上前道："还有一个，是个'卫'字。"

"你说，来的是什么人？"

"啊！"老田张大了嘴巴，道，"永定侯，卫、卫、卫成功？"

"我一个小都尉，拦得住永定侯？这谁顶得住！"赵长弓嘴里嘟嘟囔囔道，"赶快派人去请徐将军，快！"

"我看，也不妨事，他们站得这样远，我们就推说喊话听不清，又不是故意不给他们开门，他们能把我们怎样！"

老田又生一计，旁边几个卫官居然也开始点头叫起好来。

这边城楼上还在夹缠不清，城下的人已经等得不耐烦起来，从那齐整的队伍中走出一个人来，远远拉开一张弓，只听遥遥破弦声响，一支箭矢便飞了出来。这声音实在太过熟悉，丁保福好像又回到了花渡战场，一个激灵，还没等众人有所反应，那一支明晃晃的利箭，已经穿过赵长弓和田知友二人间的窄窄缝隙，钉在了门楼的圆柱之上。

这一下众人吃惊不小，连赵长弓都缩到了箭垛后面，只有田知友瞪着那摇晃的箭矢,难以置信地又向下看。这群人与城门的距离,总在三百步开外,又是自下而上,强弓远距,如此准头,整个花渡恐怕也找不出一个能相匹敌的人来。

"都尉,上面有字。"

"念。"

"开!门!"老田摘下那箭上所附的布条,字正腔圆地念了出来,又道,"我们要不要射回去?"

赵长弓咽了一口唾沫,向城下看看,道:"你能射回去吗?"

老田认真估算了一下,头摇得拨浪鼓一般。

赵长弓用两根手指夹起那布条,举在身侧,还在想要喊些什么话,好拖延一会儿时间,下面又是一声利箭破弦,呜的一声轻响,他手中的布条已经再一次被钉到了后面的梁柱上。

"他妈的,欺人太甚!"赵长弓鼓起胸膛,两道眉毛都拧在了一起,吼道,"事不过三!"

丁保福已经把他那把烂弓抄了起来,就等赵长弓一句话。

赵长弓倒也并不迟疑,他大手一挥,道:"胳膊拧不过大腿,开门吧。"

三

花渡城位于木莲腹地,虽是重要的军镇,但因为素来没有兵凶战危之虞,所以武备不修、规模有限,最近四马原上烽烟四起,逃难到花渡的平民百姓和四处征来的士兵已经将这小城里挤得满满当当。

奔掠火

永定城的这些坦提骑兵从西门入城的消息传开，那些拥在城南饿了两天的百姓又蜂拥而来，把这小小的西门围了个水泄不通，害得赵长弓不得不亲自上阵，对着那一波又一波的乡民口沫横飞地宣讲不能开门的理由。

"都尉！都尉！"老田哼哧哼哧地跑来，道，"你别在这看着这些泥腿子了，徐大将军那边已经闹起来了！"

"你说什么，我没听清？哎，那边，不要让他们在这里喧嚷，告诉他们去南门，南门宽，那边才是他们应该走的地方！"

赵长弓被大太阳晒出了一脑门子汗，腾腾腾，越走越远。

老田又不依不饶地跟了上来，道："早上进来的那几位，正在中军徐大将军那里闹，徐大将军有令，没有急务，都尉以上的军官都得过去。"

赵长弓不耐烦了。"什么？我是西门守备！这当口，你说守住城门是不是急务？再说了，老王那个人心肠最软，一直以来违反禁令的事情多了。我们这次遇到一个卫成功，扛不动、顶不得，出了篓子，自有他给我们顶着，我现在去，不是要触霉头？"

"都尉，话是没错，不过王校尉也不是万能的，这次到底是你把他们放进来的。这次可是真的措手不及，他们都到了将军府，徐大将军还没来得及披甲！你说说，这次姓卫的寻了徐大将军的晦气，他过后，不会寻你和王校尉的晦气？这会儿工夫，大家都在，你又不在，谁说了什么，你也不知道。我们这些小兵小卒左右不过随遇而安，你不去，现在不是被人家随便挤兑？"

"唉？他妈的，"赵长弓猛地一拍脑门，道，"田知友，你给我在这里盯着,别说人,一只老鼠也不许从西门给我放进来!"

他急匆匆走了两步,回身又啪地拍了丁保福一巴掌,道:"你跟我来。"

赵长弓心中焦躁,走起路来晃来晃去,通往徐前府邸的这一路,挤满了粮秣车马,到处都是人,臭烘烘的,两个人费了好大的劲儿,才从人缝中挤了过去。

花渡是个军政合一的市镇,将军府也盖得潦草,正在整座城池的东偏南方向,建筑低矮不说,门前的大片空地,现在挤满了清晨入城的坦提骑兵,怎一个乱字了得。

赵长弓在前面闷头走,丁保福在后面紧跟。那些弯刀骑兵早下了马,在这弹丸之地,或坐或蹲,再也摆不起什么阵型。这些人精神健旺,但都脸色极差,恶狠狠地瞪着他们,把个赵长弓瞪得莫名其妙。

丁保福倒是理解这些兵士为什么如此态度,在花渡初战中,文拔都的弯刀骑兵是第一批加入战场的队伍,结果被对方的前锋趁着夜色和混乱反复切割,很快就溃不成军,后来虽然又有后续力量加入战场,但这时南渚赤铁已经开始溃败,整个战局已不可收拾。这些人大老远从永定急急赶来,把步兵、步弓手和辎重都甩在了后面,兵种单一,又没有友军配合,这一战自然打得灰头土脸,伤亡惨重。连敌人什么样都没看清,就被打得仓皇后撤,这对于这支一贯驰骋于澜青西部、威名赫赫的骑兵来说,怎么看也是一种耻辱。

而这耻辱,又和花渡紧密相关。因为本来大家约定好的,南渚、永定和花渡的兵力共同在百花溪西侧做好一个口袋,放吴宁边的兵力过河,围而歼之。谁知道诸方苦战到天亮,南渚

奔掠火

赤铁和永定骑兵方才醒悟,刚刚过去的这惨烈的一晚,花渡镇的徐前大将军并没有派出一兵一卒。

而且,他们还在那个晨雾缭绕、大雨倾盆的早上,悄悄撤军了。

若他是当晚率队冲阵的文拔都,别说带几百的轻骑来兴师问罪,大概要杀了徐前的心都有吧。

军府的院子里,从外墙、甬道到照壁前后,一路上花渡守备和永定骑兵你挨着我,我不让你,互相横眉立目,倒是没有人来理会闷头往里面钻的赵长弓和丁保福了。

这一路上,丁保福怕有意外,手就没有离开过刀柄,但赵长弓却高举双手,"借过、借过"地喊着,硬往里面挤,眼看就到了徐前中军所在的明堂了,最后一道门槛前,已经换了两个膀大腰圆的永定骑兵守卫,花渡的守备则已经被挤到了一旁的墙根底下。

赵长弓低头嘀咕,道:"坏了,没想到卫成功来硬的,这下子我们要糟。"

"你们是谁,卫侯和文将军正在里面议事!你们不许过去!"对面那个骑兵上前一步,把前路挡了个结结实实。

"我是……"赵长弓仰头看看对方,耐心道,"你看看我的衣服不就知道了吗?我是这军镇里的军官,我有要事通禀!"

"不许过!"那永定骑兵面无表情。

赵长弓跳脚,道:"你搞搞清楚,这是花渡,不是你们永定城!"

对方两个人黑着脸,目光从他们头上射向虚无缥缈的天空,身子却纹丝不动。

赵长弓无奈，看着两个人中间有大概一拳的位置，便道："劳驾、借过、让让。"他摘了兜鍪，先伸进一只小臂去，接着是一条腿。

那两个大汉没想到赵长弓使出硬挤这一招，两个人对视了一眼，双双向中间挤去。

赵长弓这边一句"都是兄弟"没说完，那两个大汉一起发力，他登时被卡了了结结实实，一口气上不来，后面的话就再也说不下去。

赵长弓拧着身子往前拱，那两人也是左右用力卡着他，三个人都涨红了脸，丁保福摇摇头，从三个人旁边绕到了他们身后，伸手推开了院门。

吱呀一声轻响过后，里面走出来一个校尉服色的永定军官来，道："你们在做什么！"

那两个骑兵听到后面声响，慌忙见礼，这边两个人松了劲儿，赵长弓收势不住，扑通跪到了地上。

丁保福赶忙也半跪见礼，从赵长弓的手甲里抠出了那张早晨射上城楼的布条，道："这一位是花渡西门守备赵长弓都尉，我们有重要军情禀报。"

那校尉从丁保福手里抽走了那布条，看了看，道："早上就是你们开的门吗？"

赵长弓适才被挤得不轻，正在干呕，只能点头。

那校尉看了丁保福一眼，道："跟我进来吧。"

外面喧哗吵闹，这庭院中倒是安静得紧。

走到明堂正门前，那永定校尉让开了前路，把手往前一伸，道："进去吧。"

警卫被永定接管了之后,这里连个通传的人都没有,赵长弓看看那校尉,又看了看丁保福,咽了一口唾沫。

那校尉看他不动,又把手掌伸得更长了一些,示意他们赶快进去。

也是这一下,丁保福看到了他拇指上的扳指和虎口的厚茧,大概那破空而至的两箭,就是出自他的手吧。

这庭院中有些过分寂静了,只有屋子里的声音飘飘忽忽地转来,赵长弓咳了两声,推开了明堂的大门。

开门的声音并不大,但在这瘆人的寂静中,听起来却震耳欲聋,堂上的人停止了交谈,所有的目光都射向门口的这两位不速之客。

然而还没等到里面的人说话,赵长弓已经迅速关上了大门,长长出了一口气,道:"来也来过了,我们走吧。"

"慢,"那校尉伸手拦住了两人,回身再一次推开了房门,道,"侯爷、文将军、徐将军,花渡镇西门守备都尉赵长弓有重要军情,求见座上!"

他声音嘹亮,回身做了一个请的姿势,赵长弓立刻僵在了当场。

"都是你这小兔崽子胡说八道,这下死定了!"赵长弓低声嘟囔,脸上也不知道是什么表情,硬着头皮走了进去。

丁保福却顾不了那么多,他一定要花渡和永定尽快发兵,迟花影正在离他越来越远。

"徐前,我是真想不到,花渡之战,战场上未见你花渡镇一兵一卒,现在,居然也有重要军情提供给我们了。"说话的这个人头发半白颧骨高深,是房间内唯一一位未着甲胄的人。

被点了名，主位上的那个身材微胖的将领站了起来，微笑道："卫侯问得好，我也来问问清楚。"

"赵长弓，你有什么重要情报，说来听听！"他皱着眉头一脸怒气，说话的声音也大了一号。

"回禀将军，此次花渡一战，南渚前锋银梭营全军覆没，统领赤研星驰身亡。"

"你说什么？"卫成功身边那个精甲的将军站了起来，"你哪里得来的消息？吴宁边呢？甲卓航又怎样？"

这甲卓航，大概就是被自己刺翻马下的那个将领了。丁保福心一横，转了一个方向，对着这人道："甲卓航受伤落马，生死不明！"

"是真的吗？"卫成功皱起眉头，看向那将领。

徐前追问道："文将军，你是唯一历经当晚大战的，你总该知道吧？"

文拔都长长出了一口气，回过头来，又看向丁保福，道："愿闻其详。"

丁保福咬了咬牙，把赤研星驰与甲卓航骑兵遭遇经过，大略说了一遍，只是略过了事件的前因和自己行刺甲卓航一事。

他虽说得简略，但那一晚战场上的厮杀太过残酷，而双方最为精锐部队的鏖战及结局，不亲身经历者着实无法体会，他寥寥几句，明堂上众人都没了声音。

良久，文拔都才道："当局者迷，想不到那日鏖战的经过，竟是这样的。"

"他说的，几分可信？"卫成功发问。

"十分可信，他的说法可以和兵士的讲法互相印证。我们的

奔掠火　209

第二波骑兵投进去，确实是应赤研星驰的要求。扭转战局的可能，也是在赤铁龟甲的突然溃败后，完全消失。"

文拔都长长出了一口气，道："这样一来，我们也把南渚忽然后撤、吴宁边也放弃追击的原因搞明白了。赤研星驰死了，李秀奇的当务之急是稳定赤铁的军心，而吴宁边的中军主帅受伤落马，他们也需要一个调整的时间。"

四

"你是什么人？"卫成功站了起来。

"他是什么人？"徐前也上前一步。

"他，他是百花村人。"赵长弓早已目瞪口呆，磕巴起来。

"回侯爷和两位将军，我叫丁保福，原是百花溪东百花村的猎户，在日前四马原征兵时于花渡镇南门鹿宕营建处加入青骑斥候，一组三人被派往百花溪方向搜集军情。"

赵长弓这会儿已经缓过劲儿来，道："不错，丁保福昨日凌晨单人匹马从花渡战场归来，由于伤重昏厥，我无法引他来见将军，今日他稍稍恢复，我不敢隐瞒军情，便马上带他来了。"

"潘生山，这是你的人吗？"徐前看向同在下面站立的另外一名都尉。

那人上前一步，大声道："回禀将军，是我们的人，我们在和吴宁边的斥候战中损失太大，因此临时补充了不少熟悉地形的本地乡民，他们、他们也确实不辱使命，发挥了作用。"

他转过头来，看着赵长弓，微微眨了眨眼睛。

徐前长长出了一口气，道："卫侯、文将军，我真是抱歉，这样关键的信息没能及时到达永定。可是你们也看到了,我也是刚刚知道。"

"花渡初战,不是我徐前怯战,而是南渚实在不可依靠。你们也知道,四马原现在搞成这个样子,大半是毁于南渚赤铁之手,他们连我派去抢割新粮的青骑也要杀,这一把火一把火点起来,死的,都是我的乡民啊!"

"而且,你们说,花渡多少年没有打过仗了?我手头只有这不到两万人的兵力,就没有几个上过战场,吴宁边那边是些什么人,风旅河边,那是和大公的离火精骑一争上下的屠夫,我就这么把他们都扔到战场上去,我,我将来让谁去给大公运粮啊!"

文拔都阴沉着脸,道:"这南渚赤铁确实问题多多,当日徐将军给我骑兵西送的粮草,居然被他们飞鱼营和龟甲营联合截了去。"

"是啊!"徐前道,"为了这批粮草能送到文将军帐下,我还额外补了一大笔银子,这他娘的,抢我的粮,还要我拿钱出来赎,比他妈的强盗还不如!"

徐前开始是为自己拒不出兵强辩,说着说着,当真激动起来,整张脸涨得通红。

卫成功一直看着徐前表演,道:"这件事我已经跟李秀奇做了交涉,他已经把抢粮的龟甲营校尉吕尚进斩了,这处置,也不能说是不重了。"

文拔都的脸色更加阴沉了,道:"李秀奇这是怕我们阵前翻脸,不得已下的重手。他斩了吕尚进,这次花渡龟甲营的表现,倒让我怀疑他究竟有没有控制赤铁的能力了。"

奔掠火　211

卫成功叹了一口气，道："不管怎样，他们还是实打实和吴宁边杠了一整夜，毕竟这次吴宁边是冲着花渡的粮仓而来，南渚再怎么无赖，也是在四马原上流了血的。"

"卫侯，有一句话我不知道当讲不当讲？"徐前的一张胖脸还是笑嘻嘻的。

"你说便是。"卫成功的语气已不复开始时的咄咄逼人。

"我听闻，侯爷代表大公去了灞桥，居然被李精诚的儿子暗算，差一点身遭不测，难道现在就那么相信南渚与我们共击吴宁边，是真心实意的吗？"

徐前的这句话说到了卫成功的痛处，他不由得眯起了双眼。

"而且要知道，这一次他们可是先和吴宁边定了盟约，要帮助他们来突袭我们的。扬觉动的女儿都进了灞桥城了，现在，那捧着红帖的使臣，怕是已经到了日光城了吧！这样昭告八荒的定盟联姻，赤研井田都能说毁就毁，我们真的不留一点提防之心吗？"

徐前的话有理有据，卫成功一时沉默，不知道在想些什么。

文拔都看看徐前，道："侯爷，我们后续的兵力正在陆续抵达，李秀奇昨日还派人来，希望我们联合，尽快再来一次合击，你看？"

"赤研星驰的事情？"

"他们没有提。"

徐前在旁边哼了一声，接过话来："卫侯，我看他们就是居心叵测。那个李秀奇，是赤铁的首领，先杀了一个吕尚进，又在阵前杀了一个赤研星驰，还不是他李秀奇根本控制不住赤铁？虽然赤研井田在灞桥有意救了侯爷，我看也是在卖乖，给自己留后手。当时青华坊是因为扬觉动那只老虎失了踪，才决定毁约背盟孤注一掷，可是如今，到处都疯传，扬觉动不但没有死，而且已经回到了观平！难道这一次，赤研井田就不会背叛我们吗？"

卫成功终于再次开口，道："那一晚，在灞桥，让我躲过一劫的，并不是赤研井田。"

"啊？"此话一出，场上诸人都觉得意外。

李子烨灞桥杀使，这也是轰动八荒的大事件，人们都道是赤研井田早有心联合澜青共击吴宁边，因此当晚有意召见卫成功，让他躲过一劫。但直到今日卫成功开口，大家才知道别有隐情。

"侯爷？"

"那一晚，邀我前往青华坊的，是南渚的世子赤研恭。"

卫成功端起桌上的茶杯，轻轻抿了一口。

"他才是极力促成这一场花渡之战的人。"

"我，他妈的！"徐前一脸愤激之色，"我就说赤研井田这老狐狸首鼠两端，就不会安什么好心，如果不是他这个儿子不知轻重，侯爷恐怕就要饮恨灞桥了！他那赤铁，八成也要和吴宁边一起向我花渡攻将过来！"

"好了，过去的事不必提了，"卫成功疲惫地摆摆手，道，"徐将军，无论怎样，开战前定好的一起做口袋，你不声不响，自己撤了军，这件事总不能这样轻轻揭过。"

"卫侯，咱们不是刚说过，南渚这些人，表面一套、背后一套！我就这些个兵，打没了，花渡城门一开，谁知道赤铁会不会进来？！"

"徐前，卫侯的意思，不是赤铁怎样，而是说你先应承出兵合击，忽然又临阵退缩，让我永定五千骑兵白白丢在了花渡战场，这血，可都洒在你四马原上。我文拔都要怎么和兄弟们交代呢？"

文拔都的质问硬邦邦的，徐前再也无法回避，便也正色道："文将军，坦白说，虽然卫侯爵位官职我都望尘莫及，但是我花渡镇虽小，也和你永定互不隶属。大家都守土有责，这，你总该承认吧！"

他手一挥，道："今天，你气势汹汹带着骑兵来我城中兴师问罪，我徐前念在大家同朝为臣，也是大开城门、欢迎之至的。你要我把花渡的校尉、都尉都找了来，占了我的中军官邸，我也没说什么，我徐某自问，已经是做得仁至义尽了。"

"至于为何我临阵撤军，我只能说，"他用手一指丁保福，道，"我花渡的斥候也不是吃素的，那天晚上无星无月，开战前跑过来的，都是我四马原的百姓，哭着喊着，说村子都给赤铁烧没了，他们是被甲大将军放过百花溪才回家的！这他妈的！我花渡的青骑，都是四马原的子弟，能冲着这些百姓冲锋吗？！你们离得远，不明就里，打马就冲，切瓜砍菜一样，这花渡战场上最先流血的又是谁？你们不分青红皂白先杀了个痛快，我理解，不说什么，可你们要不要为我徐某想一想！不说我徐某在四马原虚长了四十多年，就算这些人不是我许某的骨肉乡亲，但我的兵还是来自四马原的村村寨寨！我若和你一样，兜头下了冲锋的命令，这花渡的子弟兵，以后我还指挥得动一兵一卒吗？！"

丁保福对徐前的印象，一向是无能油滑，原来他放开嗓门来吵架，也是撼天动地的。

"你！"文拔都还想反驳，但是一时又想不出什么有利的理由，一腔怒火，生生噎在了喉咙里。

卫成功缓缓道："徐前，你这样的态度，我也不好办，只怕我永定大军撤走，你花渡不保。"

徐前晃了晃脑袋，道："卫侯，我徐某无能，也不会逞能，别的没有，态度足够！若是这一关过了，自当亲赴永定赔罪！可我经营花渡二十余年，平明城给我的任务只有一个，要保证大公东征的粮草。"

他气哼哼地左右走上几步，又道："这花渡城不甚高、池不甚深，但绝对不会垮掉！凭的，就是大公绝对不会放弃我！还请文将军知悉，现在吴宁边大军压境，赶来花渡支援的，不止永定，上邦和秋口的营兵也即刻便到。大公东征，这花渡镇里，粮食比金子还要宝贵！我若为了逞一时之快，贪图什么虚名，放兵出去、失了花渡，不但永定、秋口、上邦的援军没得吃食，连大公东征的粮草也顷刻便断，到那个时候，才是真正的欲哭无泪！"

徐前这一番慷慨激昂，丁保福终于明白了那满街的车马粮秣要去向哪里。它们要北上平明，再越过箕尾山、渡过风旅河，给徐昊原正在吴宁边冲杀的十万大军提供源源不断的支持。只是，听徐前此刻说得冠冕堂皇，那些正围着花渡镇苦苦哀求的四马原的饥民，谁又有空去多看一眼他们的生死呢？

"好了，你们不要再逼他了。"从徐前椅后的屏风走出一位

奔掠火

唇红齿白的少年来，一身雪白外套下，内里黄丝金线的中衣熠熠生辉，也不知是什么料子制成，尊贵、缥缈，令人不能直视。

"固守花渡这件事，不仅是徐昊原的命令，"那少年一字一顿道，"也是我日光木莲的决定！"

五

这是木莲的使臣吗？丁保福迷茫地睁大了眼睛。

他这一生，走过最远的路只到平明为止，作为前青旧都、澜青的首府，平明的繁华已经让他叹为观止。平明城虽然几经战火，多数公室已经沦为断壁残垣，但它还留存的部分依旧宏伟壮丽。而昔日的青王别院燕雀楼，斗拱飞檐、辉煌华丽，正是澜青大公徐昊原的问政之处。

那一年冬雪降得早，刚刚卖了猎物，饿了几天的少年丁保福舍不得花钱，跟着一群平明城内的少年游侠儿去偷吃燕雀楼倒出来的食物，其中居然有酒有肉。他这才知道那宏伟高墙后的生活，是他这样的人永远不可想象的。

平明城的生活已经远超出了丁保福的想象。可是那时候，燕雀楼内的那些澜青显贵们口中谈的、心里想的、眼中钦羡的，却都是那座北方的新王都，日光城。

丁保福目不转睛地盯着这少年，这是他有生以来和那些无法想象的繁华瑰丽最接近的一次。

卫成功已经站起，对那少年拱手见礼，道："卫某失礼了，不知道有王族使者在此。"

人和人之间的关系真是奇妙，适才这明堂之上，卫成功位列公侯，是最显赫的权贵，众人对他格外小心翼翼，他的一举一动便是全部焦点，就连说话停顿、长短，也要被着力捕捉琢磨。可是这个少年出现后，卫成功这一礼下去，他浑身的神秘光环马上消失，顷刻间便全部转移到了这少年身上。怎么看，他也不过是个平平无奇的中年男人了。

"卫侯，多礼了。"那少年把手一扬，袍袖挥洒，面对一脸肃杀的卫成功，眉宇间满是自信轩昂，加上那一身明黄的袍袖熠熠生辉，竟让整个明堂黯然失色。

"徐前将军的做法，确实是徐大公的意思，"那少年年纪不大，声音尚带一丝清脆，但做派俨然、自有气势，"刚才徐前说，大公绝不会弃他，这里我再补充一句，澜青大公徐昊原为木莲殚精竭虑、前驱平乱，我日光木莲也绝不会弃了澜青。"

他微笑着走上前来，道："我王怎么会不知徐大公苦战之卓绝悍勇呢。前些日子，日光王已经诏令固原公李慎为亲率安河、固原、太平三城镇兵马十五万，东进白驹城，为的，就是替徐大公掠阵，誓要将吴宁边的叛乱一举戡平！"

"既是如此，卫某真要痛饮三杯了！"

这少年话音甫落，卫成功和文拔都对望一眼，精神为之一振。

丁保福暗中思忖，这李慎为想必是个了不得的人物，不然为何南渚的十万大军宣称要共击吴宁边，他们个个都苦着脸，但提到这李慎为东进，他们就会如此振奋？

卫成功微微侧头，若有所思，道："卫某乡野村人，未请教，座上可是日光太子吗？"

太子？这少年？

徐前咳嗽了两声，及时接过话来，道："适才匆忙，未及介绍，现在座上的，便是流景宫的邵德王子了。"

"今年的天气格外热些，当此盛夏，太子殿下正陪父王在金鳞湖上泛舟，我性子跳脱，便出来闲逛了。"朝邵德笑眯眯的。

卫成功点点头，道："原来是二王子亲临花渡，那事情便清楚了。既然日光王连战神李慎为都派了出来，即便扬觉动重回大安，恐怕也无力回天了。卫某振奋之余，却不知道对于这花渡战场，流景宫又有什么新的布置？"

"布置？"朝邵德摇摇头，"还需要什么布置？赤研星驰战死沙场意味着什么，想来扬觉动是清楚的。"

文拔都插话道："天下人都知道，扬觉动自然也知道。王族后裔殒命州城，朝氏必举天下之兵而共伐之！"

朝邵德满意地点了点头。

"可那少年刚才说，赤研星驰是死在南渚自己人的手里。"卫成功的两只眼睛眯在了一起。

"赤研家一定会把他的死安在扬觉动头上的，新白驹之盟，卫侯有所耳闻吧？没有这一重血仇，到时候，王室怎么把扬觉动排斥在会盟之外呢？"

"日光王深谋远虑，在下佩服，此次定盟白驹，徐大公也是支持的，但我说的不是这个意思，"卫成功抬起头来，"我想不通的是，青华坊怎么敢在这个时候下手杀了赤研星驰，难道他不怕流景宫误会吗？"

事关赤研星驰，这些人的一言一语，丁保福都在用心听着。而一旁的赵长弓就完全糊涂了，正在强行忍着哈欠。这一来一往的对答，卫成功语中大有深意，虽然他并不知道白驹之盟是什么意思，但赤研星驰之死，难道和日光木莲有关？

朝邵德哈哈一笑，道："卫侯，我可什么都没说过。"

卫成功两只眼睛眯到了一起，露出了不可思议的神色，道："令尊的心思大家都知道，这些年一直希望把他这个表弟扶起来重掌南渚，可如今王室血脉竟突然变成了弃子。难道，无需赤研星驰登临大位，今日的青华坊，已经唯日光木莲的马首是瞻了吗？"

看朝邵德笑而不语，他又追问道："不知，是赤研井田，还是赤研瑞谦？"

朝邵德却不正面答他，一副成竹在胸的模样，道："卫侯，你是聪明人，八荒四极，终会定于一尊。徐大公识大体，青华坊当然也有考量，这里我不便多说。总之赤铁也好，野熊也罢，大家共同要面的敌人，只有一个。等到我们荡平了吴宁边，到时候八荒其他的公侯就更不足道了。"

卫成功看看徐前，咳了一声，道："刚才徐将军说了，我们对南渚的心思，实在不确定，即便他们不会在这四马原出尔反尔，可还有李精诚这五六万大军，就在花渡之侧，这个问题，总要解决。"

"卫侯，你太急了，你和文将军一来，就不让我说话。我早就想说了，就在数日之前，大公已经拿下观平了！"自从朝邵德出现，徐前整个身子都松弛了下来。

"消息确切吗？"卫成功的眉毛都挑了起来。

"不错，一直以来大公的攻势未曾稍歇，没有了扬觉动，对方就是一群无头苍蝇，内讧严重。南津侯伍青平看到守城无

奔掠火　219

望,已经先行撤兵,而扬丰烈的骑兵不善守城,也只好四散奔逃。所以,这两个月的苦战没有白费!观平现在已经落入我们之手,眼下,恐怕大安城破的喜报,也已经在赶来花渡的路上了!"

徐前越说越是高兴,又滔滔道:"这一次大公的飞书,特别提到了卫侯,提到了花渡。卫侯联合南渚,将扬觉动的南方主力都牵制在了花渡战场,居功至伟,为大公自北向南的雷霆一击提供了极好的策应!而对徐某,大公也颇肯定,肯定的自是这段时间以来,徐某不眠不休,拼了命征了这七八万民夫,一刻不停地自花渡将粮秣平安运至平明了!"

卫成功一摆手,打断了徐前的自吹自擂,道:"大公的意思我明白,现在最重要的事,就是保证东征的粮草,所以我们不必跟着南渚起哄,想要在花渡围歼李精诚,只需要再拖上个十天半月,吴宁边就是我们的了。"

"是啊,到时候李精诚便成了没有后方的流寇,到那个时候,他们人困马乏、筋疲力尽,再慢慢收拾他们,不是更好吗?"

文拔都的恼火都写在脸上,道:"既是如此,怎么前几日又不说!"

"文将军……"

"好了,"文拔都呼地站了起来,道,"你也不必说了,来都来了,人都躺在四马原了,竭力帮你守住花渡就是!"

"哎,情非得已,情非得已。多谢卫侯,多谢文将军!"徐前双拳一抱,表示一个圆满的意思。

朝邵德道:"这样便好,我也放心。"

丁保福死死盯住朝邵德。他年纪轻轻，讲起话来却语重心长，仿佛是个久历沙场的老将，这自然不是因为他真的有什么出奇的功业，不过因为他背后站着木莲王室而已。

"其实这一次徐大公奇兵长驱而入，父王便有意派我跟随固原公东进历练。也是凑巧，到了西风原，正听到徐大公拿下观平的消息。在这紧要时候，固原公和徐大公一样，深知四马原的粮草对战局的重要，就怕花渡出了差池。因此前日徐将军临阵撤兵，实在是我的主意。徐将军也不易，我不能躲在幕后不言不语，这一番解释，不知道卫侯能否体谅啊？"

朝邵德把话说到了这个份上，卫成功也只好道："二王子言重了，我家大公长驱在外，现在八荒处处烽烟，消息不通，如果我知道大公已经拿下观平城，自然也会先保花渡。南渚那边，既然流景宫已有打算，李精诚纵然小胜一场，便且由他去吧。"

"好，卫侯的气度胸襟，邵德感佩，这样豁达，也不枉邵德跑这一趟花渡。待到八荒一统，我一定再来四马原，去永定看看扼住坦提东进的百里雄关！"

"卫某期待二王子驾临的那一天！"

"来来来，今日在座的各位，我们清茶代酒，过去的种种不快，就在此处一杯销尽，如何？"朝邵德大大方方举起了手中的茶杯。

究竟是王族气魄，虽然朝邵德只是一个少年，却完全占据了场上的主动，倒好像他才是这花渡镇、澜青州的真正主人。

这杯茶，有人犹疑，有人窃喜，有人不甘，不过不管怎样，卫成功、文拔都和徐前都喝了个干净，今天这场大戏也就

奔掠火　221

此落幕。

"出去吧,出去吧!我看你们真是闲得很!没有军务吗?"

徐前烦躁地连连挥手,一众花渡的校尉、都尉都被赶了出来。

正在门外守着的那永定校尉看到一大帮人蜂拥而出,一时摸不到头脑,便一把揪住了赵长弓,问道:"里面怎么了?"

"讲好了,讲好了,打不起来了,兄弟!"赵长弓拍拍他的肩膀。

"好几千兄弟,就、就这么算了?"

"哎呀,不然还要怎样,你跟我来,我们喝一壶?"

那人愕然,松开了手,赵长弓赶紧快步溜走。

"赵伯,聊着聊着,听着都是关于澜青的好消息,我看那卫侯爷的脸上怎么又渐渐难看起来了?"丁保福心中不解,便自发问。

赵长弓左右看看,小声道:"他妈的,大公已经杀到大安城下了,要他们帮忙?前两个月风旅河、箕尾山一步一血战,他们日光木莲在哪里?这会儿弄出十五万大军驻扎白驹,是打吴宁边的?"

"什么意思?难道?"

"只怕是要取平明还差不多!"

"赵长弓!"身后有人在喊,正是赵长弓的顶头上司、花渡四门守备校尉王磐山。

"啊?刚才人多,吓得要死,没敢和你搭话。"赵长弓换上一张苦脸。

"表现不错啊!"王磐山歪着脑袋看看赵长弓,道,"让你的人准备一下,明天就跟着辎兵,一起北上吧!"

"什么?"赵长弓跳了起来,道,"要我北上?我北上做什么?"

"去押车啊!刚才徐将军里面不是说了吗?花渡的粮食要急运平明,不得有失!"

"哎,王磐山,你这是怎么来的,我走了,西门守备怎么办!"

"我怎么来的?老子好不容易给你争取到的美差!不要不识好歹!让你守个门,守出来四五百凶神,把将军府占个满满登登,没追究你算便宜你了!还有脸接着守门吗?"

王磐山黑着脸怒火万丈。

"你、这,我!"赵长弓一时不知道说些什么才好。

六

"他妈的!都是你!"赵长弓挽着缰绳,一脸丧气。

昨天,他还是个威风凛凛的西门守备,站在城门楼上挥斥方遒,过了一晚,他已经沦落到跟在送粮的牛车、骡车后面喝烟吃土了。

"怎么又是我!"老田早有准备,闪开赵长弓踢来的一脚。

"不是你他娘的要我去听那个劳什子吵架,老子现在还在营里睡觉呢,呸呸呸!"前面的牛车走着走着,老牛尾巴一翘,啪嗒,落下一大团牛屎,又稀又黄,一股恶臭冲天而起,赵长弓赶紧捂住了口鼻。

他在花渡从军十几年,一门心思想寻一个轻省安心的所

奔掠火

在，好不容易混上了一个都尉，这下子一日破功。要他接受起来实在有些困难，因此一路都在骂骂咧咧。丁保福也只能摇摇头，在赵长弓四处喷唾沫的时候，他早就扯了一块布条，把口鼻结结实实都掩住了。

说实话，他是有些同情赵长弓的。就在十数日前，要不是为了迟清溪，他也是打算跟着赵长弓，做个花渡的营兵的。赵长弓这一营虽设了都尉，但不过是守备制度所需，满打满算，不过二百来人，也就是一两个卫的规模，而且和那些真正的营兵相比，这一营不用野战，无需修筑、屯田，风吹不多、雨淋有限，全无性命之忧，还能经常揸揸往来客商的油，已经是花渡镇里极好的差事了。可偏偏他倒霉，来了个惹不起的永定侯卫成功。赵长弓这城门不开不行，可是一开，就把自己给开到这辎兵的队伍里来了。

辎兵说是兵，其实大多是四马原上征来的壮丁，大多草草接受几日的操演，便被编伍，开始运送起粮秣刀甲来。这些粗手大脚的乡民们有一身气力，但是干起活来却能躲就躲，吃起饭来当仁不让，不好管理。再加上担心粮草的安全，花渡镇的正牌营兵，倒有一多半被徐前配置在这花渡至平明的长长运输线上，管束辎兵，保护粮草。

百花溪虽然枝蔓，但是比较清浅，难行大船，因此从四马原北上的粮道，主要还是陆路。虽然粮道都是官道，但是想要把粮秣运到平明，也没那么容易。

皋兰没有被攻陷那会儿，还有另一条粮道可用，百花溪东侧的粮食，可以不经花渡，径直向北，从上游的米渡运到秋口，再和花渡的粮食一起汇流，送到平明。但如今四马原局势糜烂，随着商城和皋兰的陷落，百花溪东侧的粮食被烧得烧、抢得抢，这粮道也就只剩下了花渡这一条。这也是徐前打死也不肯迈出花渡半步的最重要的原因了。如果他加入永定和南渚对吴宁边大军的攻击，固然有可能获胜，但是若他因此失了花渡的粮仓，就死定了。两相权衡，李精诚劳师远征，不大可能强行攻城，加上旁边还有南渚、永定虎视眈眈，因此徐前应该早就打定了主意，要做个万年的缩头乌龟。

如今赵长弓的这一营莫名其妙被贬来押粮，骂骂咧咧的不在少数，但是最为焦心的，是丁保福。因为他这一北上，便离他心心念念的花渡战场越来越远了。

他也不是没想过像之前一样，抽冷子跑了算了，但是如今的四马原今非昔比，一是花渡南侧五十里，已全部沦为战场，他一个人单枪匹马，想要穿过如此距离，到达南渚营地，几乎是个不可能完成的任务。二是银梭营已经覆灭，赤研星驰大概也死掉了，就算他能穿过这广阔的战场，回到南渚营地，难保不会像那些去银梭营求取安全的乡民一样，被当作细作处理掉。最后，花渡营兵们的武备都是自己购置的，除了战衣，甲胄、马匹、刀枪大多五花八门，赤研星驰那匹灰马，如今也和营中的其他马匹一起，被集中管束起来了，他就是想跑，这马也弄不出来。

事到如今，也只能走一步算一步了。

如今已是花渡初战的第四日，看那文拔都一脸不服，卫成功还有盘算，算算时间，几方休整得差不多，很有可能又会打起来。从安全计，跟着辎兵们北上，也未尝不是一个好的选择。

奔掠火　225

从花渡到秋口，有七十余里的路途，从秋口到平明，还有一百六十余里，牛车骡马、肩担手提，辎兵的速度其实非常缓慢，他们这一队由赵长弓一营护卫，清晨从花渡出发，大概五六百辎兵，走到擦黑不得休息，也不过行了三十余里，眼看就要在外过夜了。

丁保福从来没有跟过粮车，不知道这一路真是风尘仆仆，骡马的尿骚和牛粪的气息混在一起，随着车轮碾碎的土块尘屑一起在空中飘浮着，赶上下午那会太阳正烈，每个人都出了一身的汗，整个队伍都被一种奇特的味道包围着，让人一阵阵恶心。

不过即便这样，也要比四马原上那血腥的一夜要强上太多了。何况，他本来就是个猎户，这些味道比起野兽特有的腥味来，也算不上怎么陌生。

倒是赵长弓、田知友他们，骂着骂着，渐渐就没了气力，走到最后，别说来护卫粮草，就算举个刀枪恐怕也相当费力了。

作为一个习惯了迅捷奔跑的猎户，这押送粮草的路途，其实极度无聊。除了他们出发不久，有一队形制奇特的骑兵兜头越过，让大家议论了一阵子，一路再无任何值得一提的事情。丁保福甚至可以看着那团咸蛋黄一样的夕阳，一点点地没入天边那些奇形怪状的杂草之中。那一瞬间，他心里想的是，这东西这么热，会不会把靠近它的草垛点着呢？

然后，他便看到了夕阳落处，好像真的升起了一缕若有若无的轻烟。

他跑过去找到赵长弓，道："赵伯，你看，那是什么东西呀?"

赵长弓正在喝皮囊里的温吞水,抬起他沉重的眼皮,瞟了一眼,道:"是不是谁家做饭啊?他妈的,饿了!"

说巧不巧,这一队辎兵的卫官也走了过来,道:"都尉,咱们这也赶了大半天路了,我看今天,是无论如何也赶不到秋口了,能不能歇歇?"

赵长弓擦了擦头上的汗,道:"你是不是看我好欺负?你跑这条路也有几个月,要是歇了,能按时赶到吗?到了平明,那边的粮官砍的是我的脑袋!"

"磨刀不误砍柴工!"那卫官憨笑着,还在软磨硬泡。

这人姓孙,长得高大壮实,众人都戏称他为孙大人,他一直前后照料这些粮车,早就累得腿软,总共这几百人的队伍,大家到底有没有出力,赵长弓自然也看在眼里。

"现在歇了,不会误事?"

"能,能到!"孙卫官喘着粗气,"今天先歇了,明天趁早赶路,可以避开太阳,走得快些,一定能补回来。"

"好,就地休息好了,他娘的!快快,生生火做饭!"赵长弓本来就是个刀子嘴豆腐心的人,这下有了台阶,豪迈地大手一挥。

丁保福伸手拉住他,道:"不对,今日,除了我们这一百六十车的粮草,花渡还有其他的辎兵向北出发吗?"

"怎么会有,当然没有!"赵长弓一屁股坐在草地上,道,"要是他妈的每天有两班,我昨天就要被那些龟儿子赶出来了!"

"赵伯,如果在我们前面出发的,是昨天的辎兵,那算算,

奔掠火 227

他们应该早就过了秋口了,那前面这烟火是哪里来的?"

"你还真把自己当斥候了?这花渡到平明,一路上都是官道,有个把旅人烤个野兔,也不新鲜吧!哪里就有那么多情况。"丁保福这一连串的发问把赵长弓的那点豪迈全部打消了。

他又抬起头,现在太阳几乎已经完全落了下去,那一抹本就稀薄的轻烟更是难以分辨了。

"赵伯,你让他们把马还我,我想去看看。"

赵长弓瞪了他一眼,道:"不吃饭了?还是想跑?"

丁保福手一伸,道:"看看总没坏处,你们先吃,不用等我。"

"还等你,你不看看他们饿成什么样了,"赵长弓叹了一口气,喊道,"老田?田知友,把他的马给他,再给他找一把好弓拿上。"

他扑通倒在柴草里,道:"去吧,不去看看你不死心。"

丁保福翻身上马,系好弓箭,道:"我去去就回。"

"啰嗦。"赵长弓已经闭上了眼睛。

这边,除了烧火做饭的辎兵,这一行六七百人已经拢好了大车,横七竖八地躺了一地,散成了大大的一摊。

是自己过虑了吗?不知道为什么,经过四马原的那一夜,看到烟火,他心里总是惴惴不安。丁保福抬头,趁着那轻烟还有最后一点点若有若无的痕迹,他扬鞭打马,灰风便奋蹄狂奔起来。

马儿跑了没一会儿,丁保福就感觉不对了。这一路,其实是个极缓的上坡,到了接近坡顶的位置,他才发现,暮色中,那带着一点点金色的烟雾纤细绵长,而且久聚不散,这绝对不是炊烟。

他勒马观察，由于烟雾从下面升起，在漫坡后只露出了一点点，所以，这烟雾升起的地方，比实际想象的还要更远，并且此时夜色业已将临，他已经无从分辨在那样遥远的地方到底有些什么，只能从大地的轮廓，隐约觉察出那是一处林边微微向下凹陷的低地。

他猎人的敏感又升了起来，如果捕兽，这里还真是一个相当不错的地点呢。

七

绕了一个大弯，终于行到了树林的边缘。

丁保福翻身下马，轻轻拍了拍灰风的脖颈，这马久历战阵，当即明白了他的意思，小步轻快地走到一旁，没有发出半点声响。

他把弓箭背到身后，抽出腰间的短刃，俯身猫腰，轻快地闪进了林子中。

丁保福自小在百花溪畔的莽林中打猎，进了树林，便像回到了故人的宅院。花渡通往平明的这一条路，他每年都要走上两三次。这一片树林，是从东侧的百花溪畔延伸过来的，和官道平行延伸大概四五里，再慢慢顺着地势退开，如果离开官路，顺着树林的边缘一直走，树林就会把人带向百花溪枝蔓的细流，当这些细流渐渐汇合，深一脚浅一脚的草洼地带便慢慢消退，这时，百花溪上联结东西四马原最重要的渡口，米渡，就会出现在人们的眼前。

米渡的东西两侧，分别是两座拱卫澜青首府平明城的军镇要塞，上邦和秋口，在花渡和这两座军镇的簇拥下，这一条狭长的平原地带直通平明。可以说，这一条花渡经秋口直上平明的官道，就是澜青内陆运输最为重要的通道。每年五六月间，丁保福徒步从花渡前往平明贩卖野获的时候，路过这片溪畔的莽林，大都会顺路打上一些猎物，运气好的话，到了平明，也可以多卖两张狐皮。

树林中弥漫着他熟悉的潮湿气息，百花溪阔而不深，每年上游的平明河涨水之时，溪水总会满溢而出，四处流淌，甚至变更河道，制造出新的湿地和沼泽，像米渡这样的稳固的交通要点，实在是非常难得。因此，秋口镇向来要在这里放上两营青骑，以作戒备，这样一来，在澜青的腹心地带，最多三四十里，村落交错间，必有军屯，若说花渡北上的粮车会在这里发生什么意外，其实可能性真的不大。

但那一抹诡异的轻烟紧紧地锁住了丁保福的视线，也许真的是花渡的一夜，让他变成了惊弓之鸟，他一定要前往这里，一探究竟。

日光隐没，松鸦和榛鸡已经归巢。稍稍深入林中，便可见到零落的漂木，地上的腐叶也被冲出道道细沟，还有一缕缕的干草挂在矮树的枝桠上，再加上脚下松软的泥土，一切的一切都预示着，这里不久前刚刚被溪水漫过。然而让丁保福更加不解的是，在这一带的密林中，本来应该是横冲直撞的褐皮野猪的天下，但此刻，这种称霸百花溪两岸的凶猛巨兽却消失得无影无踪了。

实在是诡异，和那些体型弱小的野兽相比，百花溪流域的野猪皮糙肉厚、性格凶悍，是从来不怕猎人的，哪怕是最有经验的猎手，对这些三四百斤的庞然大物也轻易不敢招惹。那么是什么力量，让它们离开了生活的地盘呢？

丁保福极为小心，并没有从官道接近那块凹地，而是先一头扎进密林，再慢慢走向林子的边缘，听到黑啄木鸟敲击树干的笃笃声响时，他把短刀插入腰间，灵活地爬上了一颗杉树。在渐浓的夜色中，他终于看清了那缕轻烟，它像一层金色的薄纱，仍在那片死寂的低地上徘徊不散，只是已经十分稀薄，愈向高空，便愈加难以辨识了。

在这金色的薄雾下，那一片低地上横七竖八地倒着一些影子，极力分辨，大概可以看到战马和骑士的轮廓，丁保福忍住了想要过去一探究竟的冲动，在这浓密的夜色中，万一有人埋伏，先暴露了位置，无疑便要迎接死亡。

他的等待是值得的，当月亮终于从云层背后露出了面容，周围的一切终于变得清晰柔和起来。微风拂过树梢，林中飞禽四散，那些不知道藏了多久的兵士们纷纷站了起来，月光下，到处都是钢刀锋刃的细碎光芒。

"走吧，告诉……进发……"这二三十个身影稍纵即逝，夜风带来了一些模糊不清的言语片段。丁保福摸摸衣衫，短短的这一刻等待，他已经被汗湿透了。这密林中，他与这一群埋伏在此的士兵们相距不过十余丈。他们就像丛林里的猛兽，屏住声息，默默地等待着合适的时机，好亮出锋利的爪牙。

在这一群斥候消失之后，远处的黑暗中传来了细碎的喧哗声。

北边的树林旁先是走出了一队轻快的骑兵，被这些骑兵簇

奔掠火　231

拥在中间的，是另一些高头大马上的魁伟骑士，丁保福屏住呼吸，一动不动，就像这棵老树的一部分，注视着那些盔甲在月光下流转着银色的光华。

丁保福知道刚刚那些斥候为什么会如此谨慎了，这些价值不菲的重甲骑兵数量庞大，在人烟稠密的秋口，非常容易暴露目标，而百花溪畔的密林和泥泞，更让这些沉重的骑兵无法冲出速度，变成任人宰割的死肉，因此，他们只能小心再小心。但是此刻丁保福知道，在花渡和米渡之间，是没有任何澜青的攻击部队的，天亮以后，便再没有人能够阻止这些可怕的骑兵纵横驰骋了。这些骑兵出现的那一刻，他的心便沉了下去，这样庞大的部队究竟是从哪里渡过百花溪的呢？他向极北的夜色中遥遥看去，百花溪的上游一片寂静。

一个可怕的念头浮了上来，除非，米渡已经被攻克了。

他忽然想到了花渡战场那混乱的一夜，他在赤研星驰身边左冲右突的时候，赤研星驰口中念念不忘的那支吴宁边的劲旅，花虎重骑。

没错，此刻，这支绵延着看不到尽头的骑兵部队正在抢过百花溪，那么，他们有没有配备步兵和步弓作为后备呢？即便没有步战队伍，那辎兵总该有的，想到了辎兵和粮草，他头皮一麻。赵长弓他们不知道怎样了！

他像夜猫一般轻巧无声地跃下树来，在夜色下丛林中向着来路飞快奔跑，当他气喘吁吁地跑到林边，还好，灰风还在，他翻身打马，就往花渡狂奔而去。

然而当他奔上来时的缓坡，映入眼帘的，同样是一群黑压压看不到尽头的庞大队伍，在不擎火把的情况下向西缓缓行进着。不同的是，这队伍里面已经分出了一支小队，正在处理刚刚赵长弓露营处那一百多辆大车的粮草。

"完蛋了！"丁保福口中喃喃，此刻，他就像是无尽洪流中的一颗小小石块，被恐惧和绝望淹没了。

"喂！"

"哎！"

身后一颗石子飞来，没入他足下的草丛中。

"看什么呢！你站这么高，就怕别人看不见你！"这声音莫名其妙有些耳熟，丁保福赶紧弯腰匍匐，放下了手里的马弓。

在下面草坡里，钻出了几个脑袋，最前面一个，正是田知友。

"你们没事吗？"丁保福三步并作两步跑了下去，扑过去和老田抱在了一起。

"他妈的，好悬，还是你机警，你走了之后，老赵怎么想怎么觉得不踏实，就把弟兄们都叫了起来，先从粮食旁边撤走了。结果我们才走出去不到一里，后面就乱起来，我回过去探探，发现这一百六十车的粮食都成了别人的了。"

"现在人呢？都在哪儿？"

"他妈的，这么多人，被发现还不得被剁成肉泥！你不知道，那会儿大伙慌极了，乱作一团，那些辎兵落入了这些人手里，不消一时片刻，他们肯定会追上来。还是老赵有心眼，拉着咱们绕了一个圈子，又跑回来，我们打头，现在大伙儿都向着你这个方向来了。"

丁保福咽了一口唾沫，道："有多少人？"

"就是咱们西门守备的弟兄，不算黑灯瞎火跑丢了的，满打

奔掠火　233

满算一百多人吧。"

丁保福心底下盘算了一下,道:"别往前了,那也是死路。这后面是步兵和步弓手,那边却有大几千的骑兵,这是敌人趁黑两头渡河,我们被夹在中间了。"

田知友想必也跑了好一会儿,这次被丁保福的消息迎头一击,再也支持不住,一屁股坐倒在地,道:"那可怎么办?"

丁保福想了好一会儿,才道:"田卫,叫上大伙儿,说不得,这次也只能赌上一把了。"

田知友却翻了一个白眼,道:"赌?我这辈子就没赌赢过。"

八

"赵伯,捡些不要紧的衣物甲胄、兵器准备丢掉,我们先从这里跑到那边的树林,然后你们跟着我,从林子里面穿过去!"

"这大夏天的,饭都没吃就跑出来,哪里还有多余的东西。"田知友抱怨道。

"少废话,鞋、帽、盔、甲,手中的刀,背上的箭,每人至少出一样,一会怎么做,都听我的命令!"赵长弓黑着脸,下了死命令。

"你说吧,怎么弄?"

现在赵长弓这一百多人乌央乌央都挤了过来。

丁保福蹲下身子,在地上画起来。"我们来的这边是南,后路已经被敌人的步兵断了,往北走,也就不到二三里,就是敌人的重甲骑兵。"

"花虎,你说的是花虎重骑。"老田在旁边补充。

丁保福没空理他,道:"总之吧,南北两条路都是死路,这里是守备营扎营和抛下粮秣的地方,"他用树枝画了一个圈,"刚才都尉说,大家开始是往西边撤的,这意味着你们刚才撤退的方向,正是他们要进军的方向,还好都尉带着大家又转回东边来了。"

"一定得转回来,他妈的撤得匆忙,连马都没几匹,辎兵们死脑筋,不敢离开粮草,这回全被包在里面做了馅儿了,这帮家伙得了消息,肯定要向西追我们,这时候不转个弯,一定死述了。"

"好,这样的话我们多了一点儿时间,等他们发现你们没有继续向西后,一定会转回来继续往这边来,我们就趁着这个时间差,钻到林子里。"

"钻到林子里他们就不追了吗?"

丁保福抬起头来,看看这些一脸茫然的营兵,道:"百花溪这一带我走过,他们之所以分南北两线渡河,是因为百花溪中间这五里的莽林对于大股部队来说,行动实在不便,粮秣更是没法走,他们骑兵装备沉重,为了减少损失,估计是打下了米渡,从那里过来,再南下和这些步兵会合的,而这些步兵为了快速渡河互相照应,大概是在林子比较稀疏的下游伐木搭桥过来的。而我们正处在他们这一步一骑的中间。"

田知友张大了嘴巴,道:"你怎么这么厉害,都跟亲眼见了一样。"

"别打岔!"赵长弓给了田知友脑袋一巴掌。

丁保福舔舔嘴唇,继续道:"他们趁黑过河,自然是为了不

奔掠火

被伏击。你看,他们连火把都没有点,自然是希望静悄悄地,越快脱离百花溪越好,这大晚上的,我们又没有多少人,他们自然没必要冲到林子里。他们这是在深入险地,我们怕,他们也怕,对我们穷追不舍,反而会暴露了自己。"

"你这法子好,我们就往林子深处走些,藏起来就是!"

"那也不行,我刚才说他们不会穷追我们,一是因为他们着急赶路,不想为我们这几号人多生事端,二是这五里的莽林,在夜间实在是非常危险。"

"危险?能有什么危险?我们这么多号人,还怕豺狼虎豹不成?"

"没有那么简单,"丁保福道,"这里的莽林盘踞着不少褐皮野猪,虽然没有确切的数目,粗算起来,这林子里的野猪总也不会比我们少。这一日一夜,对方又是伐木又是渡河,野猪们受到了惊扰,都跑到了密林深处藏了起来,脾气正坏得很,现在你又追了过去,你猜跟它们相遇后,会发生什么后果?"

"有什么后果?杀了吃肉?"有兵士起哄。

"闭嘴,你懂个屁!这褐皮野猪体型庞大、皮糙肉厚,一头成年野猪总有四五百斤,遇到那性子野的公猪,六七百斤猛冲过来,盾牌马上碎成了柴火杆,一人粗的树折了也不过听个响,也不知道谁吃谁的肉!"

赵长弓有些急了,道:"这林子去也去不得,不去也不行,你倒是说说怎么搞。"

丁保福道:"开始我出来探看,不是因为有一缕烟尘吗?"他手往林子边缘处虚虚一指。

"是了,怎样,是不是这些兵士搞的鬼?"

"那烟尘不是普通的烟雾，应该是某种信号，午间从我们辎兵车队前面越过去的那一队精甲骑兵，大概都被对方截杀在那里了。"

"什么？哪里？"

"这缓坡下面的林边，有一片洼地，里面都是尸首，这烟雾也是从那里面升起来的。"

"所以你要怎样？"赵长弓咽了一口唾沫。

"我们先向林子方向去，一路随便丢些物品，以示我们进了林子，然后大伙儿再向那洼地方向穿出来。"

"穿出来做什么？不知道哪里来的鸟骑兵，趾高气扬的，这时候了，还要我们给他们收尸？"

田知友插话，道："我明白了，中午那骑兵也有百十人，死了躺下也是一大片，这黑咕隆咚的，既然我们已经进了林子，他们也没必要再去死人堆里翻活人。"

赵长弓却一脸嫌弃，道："这，这他妈，太恶心了吧！要是万一这些大爷一时兴起，点一把火！"

"那也只有赌一赌了，他们这样急急离开百花溪，到底会不会冒着暴露行踪的危险，毁尸灭迹！"

众人大眼瞪小眼，互相看了好一会儿，谁也没有更好的办法，最后还是赵长弓拍了板，就按丁保福说的办！

这一夜急急忙忙，跑到腿断，众人跟着丁保福撤入了林子之后，又冲另一边穿了出来，来到了那满坑满谷、横七竖八倒着的死人堆前。

虽然不过是当日遇袭身亡，但是如今天气炎热，这些无人照看的人尸马尸已经散发出了令人窒息的难闻气味，不少人当场就吐了出来。

远远地,来时高坡的方向已经传来了马蹄声。

赵长弓咬咬牙,道:"来吧,一人一个,翻过来,躺到下面去!"说完自己率先跳了下去,黑灯瞎火地,拉起一个人就钻了进去。临了还传达了最后的命令,"是个人就不要有动静,别为了你一个,害死了所有人!"

"下吧下吧。"老田已经吐了好几轮,硬着头皮也跳了下去。

没用多大工夫,这"死尸"的数量便翻了倍,大多数人都依着赵长弓的命令,找到一具尸首,径直钻下去,不一会儿,这静悄悄的尸坑便又在黑夜中模糊成了一团。

丁保福在四围逡巡了一圈儿,离着远了看看,没什么大破绽,便也纵身跃了下去,这才发现,稍微整洁些的人马尸首都已被挑拣了个干干净净,没奈何,只能冲那最中央、极度惨烈血腥处一躺。这尸坑的中间位置,大概是冲在最前受伤、搏斗最烈的一批死士,因此不像外面那些,被弓箭射死或坠马而亡的,还比较完整清爽。丁保福一躺下去,便陷入了浓重的血腥气之中,他忍着恶心,把上面一具尸首拉翻过来,盖住自己,一侧头,却发现身旁一张惨白的脸已是避无可避。

他正觉得这张脸有些面熟,那张惨白的面孔却突然睁开了眼睛。

丁保福这一惊非同小可,差点蹦了起来,然而后面却伸过来一只大手,一把拉住了他的脚踝,还是赵长弓在一旁低声安慰道:"是活人!不是死人!"

丁保福当然晓得利害,拼了命压住已经涌到了嗓子眼的尖叫，耳畔却又传来了赵长弓的声音，正和另外一个人低声对骂。

"你们是什么人？"

"你他妈的又是谁？"

"你们知不知道我们是谁！"

"我他妈的就是不知道你们是谁才问你你他妈的是谁！"

"这坑里躲下三个五个，已很危险，你们一来来了这么多人，这如何瞒得过去，岂不是要大家一起死！"

"你他妈的，你的意思是我们可以死，你们不可以死咯？"

"没错，你们赶紧滚出去！"

"老子他妈的就不走，老子今天就死在这给你看，他妈的！哎！哎！你使阴的拧我！"

"你走不走！"

"你再弄，再弄老子就喊，喊起来，一死死一窝！"

赵长弓正和他身边这位夹缠不清，这边丁保福却在详细端详着面前的这张清秀的脸，感觉这脸的主人已经在这里躺了颇久，以至于整个脸庞都有些浮肿。

丁保福小心翼翼道："你是？"

"我不是！"

"诶？你不是？"

"我不是！你快点还给我！"对面那人双目圆整，瞪着他。

"还给你什么？"丁保福莫名其妙。

"我身上的那一具，还给我！"

"这，人都死了，怎么就是你的了。"

"他是我的护卫，当然是我的，快点！"那人怒了。

奔掠火　239

"好好，还给你。"大家都血糊糊地粘在一起，挤在两眼茫茫其重无比的尸首中间，要动上一动可真是太难了，丁保福一点点挪动着刚刚被他翻到自己身上的死人，还没有挪完，坑外已经响起了说话声。

这大坑里的死人、活人在这一瞬间全部石化了。

"这是个尸坑，是下午白将军打下来的精骑，不像澜青的部队。"

"走吧走吧，管他哪里的，都馊了。既然们已经逃进林子里，我们也就回去复命就好。"

"等等，我怎么觉得好像哪里不对？"

"嗯？"

丁保福听到拉弓开弦的声音，紧接着便是是扑哧一声闷响。

他的心猛地一抖，没有惨叫，这一箭应该是射到了死人身上。

"走吧走吧，为了百十个辎兵，耽误了打秋口，得不偿失。"

"好好，走。"丁保福早就竖起了耳朵，这回那人的弓弦极快地嗡嗡嗡振了三声，却没有裂帛之声。

丁保福正在奇怪，噗噗的声音便接连响起，他眼看着一支利箭从天而降，穿过那死尸的手臂和身体的缝隙，直直扎了下来，然后面前那少年便从脖子根一直红到了脑门上。

他来不及多想，伸出手去，一把死死捏住了那少年的嘴巴。

他似乎听到了那少年肚腹之间的一声闷哼在自己的指尖

回响。

　　待到坑边的人声终于消失，他松开了手，发现对面那少年已经满头是汗地昏了过去。而自己的一只手，已经在他脸上捏出了一个青色的手掌形状。

　　"王子！王子殿下！"适才和赵长弓拌嘴的那个假死尸一跃而起，拉掉丁保福和朝邵德身上那个死人，这下所有人都看到了，一支羽箭赫然插在日光木莲王族嫡次子朝邵德的大腿上。

　　"他妈的，秋口也不能去了。"赵长弓抹了抹他的花脸，把口中的鲜血啐在了一旁。

第七章 野火

　　唐笑语急了，她想靠近一些，再近一些。于是鹰隼收起了它的翅膀，她开始飞快地下坠，坠向那青色礁石的中心。近了，越来越近了，砰的一声轻响，鹰隼落入一片青色的虚空，飞溅的羽毛四处飘扬，那飞起的每一片乱羽都像一把锋利的匕首，她眼睁睁看着自己被那锋利的羽毛穿过，只是，并没有血流出来。

一

天色渐渐暗了下来，日光消散，红色的弥尘再次悄悄显出了它的轨迹，它那一点点闪烁着的光焰，给八荒的夜幕增添了一股诡异的肃杀。

打小唐笑语就背熟了，八荒星野中，弥尘主混乱杀伐，大凶。

星星在天上那么远的地方，究竟和人间有什么关系呢？那时候道婉婷跟着道逸臣学习星算和灵术，她在一旁跟着听，怎么也不理解。直到这颗弥尘重新出现，算一算，自灵师先驱疾声子为天青王朝立史以来，已经差不多过了一千年。

阳宪一夜的混乱血腥，仿佛历历在目，而当他们一行人终于走出鹩鸪谷时，弥尘已经开始统制八荒的夜晚了。扶木原爆发了白安之乱，昔日的富庶之地遍地饿殍；为了四马原的夏粮，百花溪畔烽烟四起；而在离火原上，澜青大公徐昊原燃起的战火已经烧掉了大半个吴宁边，那些远在天边的灾厄故事，忽然间就来到了眼前。

暑热难耐，虽然已到了夏天的末尾，但离火原上还是闷热无比，唐笑语双手抱膝，蹲在火堆旁胡思乱想，一如鹩鸪谷那难忘的一晚。

"回来了，回来了！"河畔的军帐一阵骚动，唐笑语马上跳了起来，向前跑了几步，又感觉不妥，收住了步子，只是向着那黑魆魆的远方极目眺望。

果然，不一刻，西北方向便传来了密集的马蹄声，一队骑士从夜幕中穿出，向火光奔来。

一堆堆的篝火点了起来，鹿砦和拒马打开，骑士们翻身下马，就食休整，唐笑语则目不转睛地在其中寻找那个熟悉的身影。不是了，自己的小青是认得他的。

出了大安城，伍扬就牵来一匹青色的母马，说是遵武毅侯令，从望江营的良驹中精选的一匹，所有人都知道，而望江营中最好最温顺的战马，都是豪麻为吵着上战场的扬归梦特别准备的。而小青不待见伍扬，而见了豪麻却分外亲热，唐笑语这才相信，这马真的是豪麻亲自调教过的。

"跟着我，委屈你啦！"此刻唐笑语百无聊赖地抚摸着青马光滑的脊背，也不知它能不能听懂自己的话，唐姑娘说话，可从来都是发自真心的。

这一晚上，这匹青色母马都在悠闲地啃着地上的草皮。所以伍扬的枣红马儿打着响鼻跃过木栅，急停在唐笑语的身前时，唐笑语早就知道豪麻并没有一起回来。

"唐姑娘，这个我代武毅侯送你！一会儿我能不能来蹭吃的啊！"

马蹄飞溅起的细碎石块击在柴垛上噼啪作响，凌空飞来一只肥硕的兔子。

"豪麻大哥要你给我的吗？他在哪里，什么时候回来？"她的心雀跃起来，拍拍手，走上前去拎起了兔子。

"我回来顺手在林边射的，"伍扬笑嘻嘻的，"武毅侯下午带着骑兵们去了观平方向，只怕还有好一会儿，烤个野兔，时间大概还来得及。"

"好呐。"这么说，豪麻依旧在阵前，那便是生死未卜，唐笑语的兴致一下子消掉了一大半，说话也有些懒懒的。

"唐姑娘，你若是在担心武毅侯，大可不必，他在战场上可不是平素里那么低调，今天下午我们大胜，现在，恐怕战场也打扫得差不多了。"

伍扬也不下马，又兜了一个圈子，道："你放心不下，我这就再去看看好了。"

话音刚落，他便纵马离开。唐笑语摇摇头，豪麻几时低调过？除了扬觉动和扬一依父女，大概这天下再也没有能不让他做自己的人了。回到大安那日，他便跟着扬觉动进了祥安堂，他当然知道那里是政事重地，又被心怀异志的重臣牢牢把控，他却眼睛也不眨，大踏步就走了进去。唐笑语心里再急，也只能在祥安堂外苦等。然而并没有过多长的时间，等他大步迈出来的时候，流萤上的血还没有擦干净。

后来她才知道，就在众目睽睽之下，豪麻一刀了断了那个把他的娴公主送去灞桥的迎城侯，那人喷出来的鲜血，溅了满朝官员一脸一身。更让她泄气的是，当他陪着扬觉动身边，在无数人的簇拥下走出祥安堂时，甚至都没有看一眼一直守在回廊之下的自己。

恰恰相反，她太过担心他，他进入祥安堂的时间并不长，她却觉得好似过了一生一世。在这无比漫长的时光里，她满心想的，都是如何才能闯进这宏阔到令人迷了方向的庞大建筑，万一那个伍青平布置有失，自己到底该怎么办呢？

有时候，她觉得自己做得对，如果不是她将赤研恭的野心和盘托出，扬觉动也许就不会先往观平去密会伍青平，如果扬

奔掠火　247

觉动直接入了大安城，那么豪麻大概也会和他一起，死在梁群的手上吧。这样说来，她总算也为这个在阳宪雨夜冒险折返、在重晶之上替自己血饲的男人多少做了些什么。

可是有时候，她也会对那个在祥安堂上被豪麻砍了脑袋的梁群感到抱歉，其实他也并没有做错什么，能在扬觉动说一不二的吴宁边苦心经营数十年，也是很艰难吧？他可以在日光木莲的穿针引线下，和远在灞桥的赤研恭携手布置，好不容易有了扳倒扬觉动的机会，可就因为自己轻轻巧巧的几句话，就这样功亏一篑，岂不是也死得很冤吗？

可是，冤就冤吧，她已经不再是以前那个做事思前想后、常常心软的女孩了。

既然躲过了阳宪的乱兵，走出了鹧鸪谷，又有豪麻站在身后，拨开了射来的利箭，那么，大概是自己大限未到，注定要拿到那颗南山珠吧。毕竟，她是采珠人的女儿。

唐简失踪得太早，有些事情她早已记不清楚了。

自父亲失踪以后，她一直跟在道婉婷身边，道婉婷告诉过她，父亲在鹧鸪谷采到的那颗南山珠意味着什么。南山珠不是什么如意珠，它可以催动八荒各座陨星阁中留下的上古星盘，召唤这世上的海兽及海兽之血，从而凝聚成一股颠覆八荒的强大力量。这才是自古以来，宇内王侯对其趋之若鹜的真正原因。可在数千年的时光里，人们已经不再相信天火降世，忘却了山海变。只记得南山珠可以织云唤雨、应人悲喜，都想借它反观过去、以观未来。而更多的人，只是想要像唐简一样，私探重晶密地，利用南山珠来复活他们生命中最重要的人而已。如果南山珠仅仅是一件令人死而复生的珍宝，那么，像唐家这样的海兽之血，为什么要世世代代秘密守着重晶之地，不离不弃呢？

没有南山珠和海兽之血，就没有扫平四夷、统制八荒神州八百年的天青王朝；如果不是百年前天青王遗失的南山珠出现在阳处，也不会有那一场焚毁平明城、遍及八荒的变乱烽火，更不会有朝崇智的崛起和如今的日光木莲。

只是这个被八荒历史烟尘所掩埋起的隐秘线索，有太多人不清楚、不相信罢了。

夜风吹起了她的发丝，在火边料理这只肥兔，也出了一身大汗，把她的眼睛都迷住了，以至于营地再次喧哗起来，她还没看清前面的人影，就兴奋地站了起来。

"你回来啦呀！"

"唐姑娘，在等谁呀？"

这是一个漫不经心的声音，唐笑语抹去眼里的汗水，才发现，火堆前，是另一张年轻的脸。

"什么东西这么香？"蓝仓伯楚穷摘下了兜鍪，当地丢在了一旁，他那俊美的脸上，满是灰尘草末，和那些兵士一般肮脏无二。

"见过蓝仓伯。"唐笑语后退了一步。她当然知道，这楚穷是大安城中有名的风流公子，前几日望江营在大安重编，他是被扬觉动特别指到豪麻军中的。

"嘿嘿，蓝仓都被人家拔去了，做这个空头伯爵有什么用？"

楚穷脱了甲胄，内里的云锦中衣早就被汗水浸透，他上上下下把唐笑语打量了一番，道："能留在不会笑的武毅侯身边的

奔掠火　249

女子，你是第一个。"

"留在身边？"唐笑语想说，我可不是来照顾他的饮食起居的，和你想的不一样。可楚穷已经一屁股坐下，抽出匕首来，道："能吃了吗？"

"可以吃了。"唐笑语慌忙点头，他那匕首也不知道有没有在战场上用过，可是还没等到她提醒，那刀子已经割下去了。"嗯，好吃，"楚穷撕了一大块兔肉，"这荒郊野地、缺盐少料的，好手艺！"

"蓝仓伯喜欢，便多吃些。"话虽这样说，但她看着楚穷手里那一条兔腿，心中却忍不住要算计，这一只兔子，豪麻到底还能吃到些什么。

"好，好，"楚穷又塞了一块兔肉入口，忽地停住咀嚼，道，"你这兔子，莫不是专门给武毅侯烤的？"她知道楚穷曾是扬一依最积极的追求者之一，传说娴公主也曾与他颇有往来，不知道他此刻说这些话，到底是什么意思。

唐笑语脸上微微一热，道："并没有，这兔子是伍二哥顺手打过来的，我看着你们吃得太单调，便简单收拾了一下。"

楚穷看了手中的兔肉，又放了回去，把一双油腻腻的手在身上那昂贵的云锦上抹了抹，道："一不小心，居然吃了豪麻的东西。"

唐笑语脸上更热了，道："我做的吃食，就是大家都吃得的。"

"我这话可不是随便说的，"楚穷摇摇头，道，"你说你这东西不是给他的，这中军帐内，除了我们几个人，还有谁能进来？只是你这兔肉太好，堪比大安春雨楼，你做给他吃，他未必吃得出来。"

楚穷说是不吃了，但还有那么点意犹未尽的意思，站起来咳了几声，用舌头把牙缝又转了一遍。

"吃不出来？"唐笑语瞪大了眼睛。

"奇怪了？"楚穷摇摇头，道，"我给你说，我跟他打交道，远要比你多得多，以前谁知道他是谁？在青基台的秋宴上，他居然说迎城侯从宁州运来的海鱼不如军中灶上的干馍。"说着说着，像是自己觉得有趣，他忍不住哈哈大笑起来。

借着楚穷的描绘，她努力想象着豪麻在那顶级奢华宴席上的木讷样子，唐笑语的嘴角也忍不住泛起了微笑。

"……算了，不说以前，他这个人，就是很难相处。你知道吧？"

唐笑语当然摇头，她可不觉得豪麻有什么难相处，这个人不过是习惯把话都藏在心里罢了。

"我跟你说，当初对娴公主有意思的世族贵胄，没有一百也有八十，倒有一大半是他吓跑的。"

"啊？那你呢？"甲卓航在的时候，时常会给她讲讲豪麻过去的故事，自甲卓航走了之后，唐笑语才发现，并不是每个人都能开得起豪麻的玩笑的，今天难得楚穷主动提起来，她不能错过机会，毕竟她对豪麻和扬一侬的往事，真是好奇极了。

二

"我？"楚穷似笑非笑地看着唐笑语，道，"我自然不会因为他豪麻而退缩，他这个人看起来自傲自负，其实自卑得很，

奔掠火　251

在扬一依面前，马上笨嘴拙舌，那种局促的样子，真是连我都替他着急。女人啊，怎么会喜欢这样一个见了自己舌头都要打结的男人呢？"

"是这样吗？"想象起豪麻在扬一依面前的样子，唐笑语的心里有些酸酸的。

"我说的自然是真的。这男女之间的情事，被他搞得关山千万重的样子，还有什么意思？他不说，总不能要公主殿下去主动找他示爱对不对？他们二人一日未定姻缘，我楚穷当然就要穷追到底了！"他又自顾自地摇摇头，道，"哎，可惜定了，就没办法了。"

"那娴公主，总也是喜欢武毅侯的，只是武毅侯不说，她也为难吧？"唐笑语实在忍不住，把心里的话问了出来。

"这个嘛，我倒是看不出来，"楚穷打打身上的浮灰，道，"扬一依就是厉害，让这么多的人每日围着她、讨好她，费尽心机、上山入海，她硬是可以让所有人都觉得她在关注着自己，还有机会。"

"啊？"

"怎么了，又奇怪了？"楚穷翘起了一边的嘴角，带着一丝讥讽，"反倒是这样拿不稳、捏不住的女子，更惹人喜爱呢。"

"是吗？男人都喜欢得不到的女子吗？"

"说不好，难以靠近，才会日思夜想吧。你呢？你有没有喜欢得不到的男子？"楚穷盯着唐笑语看，也不等她回答，还是转过头去，道，"按着刚才的话说，对于扬一依来说，就没有什么她得不到的男人，所以，其实我们对于她来说，实在没有什么吸引力。"

"那她总是更喜欢武毅侯一些。"

"说了半天你还不明白,和豪麻比起来,扬一依更喜欢的人,是我。"楚穷伸出树枝去,拨弄那炭火。"我问你,像你烧得一手好菜,如果有人可以闻香知味,体察你的厨艺,更能够说出你每道佳肴的用心之处,还会变着法儿地夸奖你;而另外一个人呢,只管吃,多多地吃,当然,他也觉得好吃,但是既说不出这饭菜妙在哪里,也不想告诉你他有如何喜欢。这两个人,你会觉得哪个人更值得亲近呢?"

"这……"唐笑语又想起阳宪驿站中,把自己的一盘豆腐都夸出花儿来的甲卓航和对着白米糕沉默不语的豪麻来。

"肯定是前者对不对!"楚穷伸出一根手指在空中点点,"娴公主呢,自幼冰雪聪明,琴棋书画无一不精,老实讲,莫说大安城,便是在整个八荒神州,能够与她对弈、懂她琴声、和她聊得了歌诗辞赋的人,实在也没有几个,好巧,我楚穷便是这其中的一个。你说,她会不会对我另眼相待呢?"

这,可未必就见得吧?唐笑语脸上浮出了微笑,悄悄在心底说。毕竟阳宪那一晚,真正吸引了自己目光的,可是从头到尾沉默不语的豪麻呀。

"那,武毅侯呢?他能和娴公主对弈弹琴吗?"

"哈,他?你看他像那种人吗?不过有些事情你必须承认,在冲锋陷阵和沙场用兵上,他还真是个奇才。"楚穷揉了揉自己的肩膀,又道:"我楚某是跟着百济公在战场上几进几出的,自负也不是个酒囊饭袋,可这几天在这望江营里自领一部,真是把我给折腾死了。这个人啊,为了胜利,真是什么事情都做得出来的!"

"不过，我觉得你说的也不对诶。都说扬大公和武毅侯双双失踪之后，娴公主还是拒绝了你呀。"唐笑语忽地起了促狭的心思，毕竟，当日祥安堂上，楚穷跪地求婚被拒的故事，早就传遍了整个大安城。

"这，怎么说，"楚穷尴尬起来，"她，自然还是喜欢我的，不过她是扬家的人，身不由己罢了。"

"哦，是这样呀。"唐笑语会意点头，楚穷的脸色却更差了。

唐笑语的笑容是真的，不管怎样，和楚穷这样随便闲聊，又多得了一些关于豪麻过去的故事，她自然是高兴的。

今晚有星无月，不知不觉，夜色已深，豪麻和他的骑兵们还是没有踪影，这让唐笑语的心里又升起了一丝担心。

"放心吧！"楚穷看出了她的心思，身子一歪，倚坐在粮秣堆上，"我看这八荒神州，能够在战场上击败他的人，大概还没生出来。"

大概是想到了宁愿去灞桥定盟也不愿嫁给他的扬一依，楚穷的玩笑话里，多少带着一点点酸。

"你会观星测距吗？"

唐笑语摇摇头。

"你不是采珠人吗？灵术总会一些吧？"

唐笑语先是点点头，想了又想，又摇摇头。

楚穷坐了起来，道："奇怪，现在疾白文死了，大公少了这一双眼睛，大家还以为你可以补上，不然，豪麻这个愣头青一定要带上你做什么呀？"

"啊？"是哦，在这戎马倥偬的沙场上，他为什么要带着自己呀！唐笑语一时被问住了。

她从小在道婉婷身边长大，苦练刀马灵术，就像一把锋利的兵刃，却从来未曾出鞘。直到这一次受命在阳宪追随扬觉动一行。

"只是跟着他们吗？"在海潮阁中，跪在地上的唐笑语小心地抬头，赤研恭一身白色云锦、赤袖滚金，看起来就像白玉砌起的雕像。

"是啊，能够留在扬觉动的身边，就已经很不容易了，道婉婷养了你这许多年，就是舍不得放你出去。这可不对，放出去的门客，就像手中送出去的小鸟，将来会变成雄鹰还是麻雀，已经不是我们能够掌控的了，"赤研恭微笑着，"只是希望将来有一天，若你不死，还记得自己是谁就好。"

"我不会忘记，这条命是世子和婉夫人的。"唐笑语听到自己底气不足的声音在空荡荡的房间里回荡。

唐简死后，世代住在鹂鸪谷底、守住重晶之地的采珠人便已经彻底消失了。好像早就知道白安的战火一定会熊熊燃烧，估量了许久，道婉婷带她去见了赤研恭。

"她是十三年前发现南山珠的那个采珠人的女儿，也是唯一有可能穿过鹂鸪谷的人。"

道婉婷的介绍，让赤研恭的眼睛亮了起来。

"十三年了，你父亲究竟把南山珠藏在了哪里，没有人知道，你知道吗？"

唐笑语摇摇头，避开了他殷切的目光。

"这一次，你能替我去鹂鸪谷底找找看吗？"他皮肤白皙，嘴唇薄薄的，黑亮的头发梳得一丝不苟，在脑后挽了一个发

奔掠火　255

髻。原来南渚世子是长成这个样子的。

"你把南山珠找回来，想要什么，我都可以给你。"赤研恭的嘴角微微翘起。

"什么都可以吗？"唐笑语小心地看了看道婉婷，道婉婷在一旁缓缓点了点头，于是她也点了点头。

她自然知道南山珠的下落并不在什么鹧鸪谷底，而是就在道婉婷的手中，而自己也不过是道婉婷送给赤研恭的一件礼物罢了。八荒灵师虽然已经风流云散，但道婉婷依然还抱着一线希望，要利用一切可能的力量帮助赤研星驰重新坐上那一把铁木海兽椅。道家已经族灭，她无法离开灞桥，于是，她便要唐笑语亲赴晴州，用南山珠的下落来换取晴空崖对南渚道家的重新接纳与支持。

赤研恭的眼睛和他的穿着一样华丽，对唐笑语来说，那瞳仁里有星辉万千，实在是太过璀璨了。她当然知道他的许诺有多么虚伪，但是能够复活唐简的念头还是让她心中一动。打小父亲就告诉过她，南山珠是可以让海兽之血重生的，而她实在很想念突然离开自己的父亲。

"等你到了晴州，见到了白冠，便可以对他说出你的愿望，说你的父亲也愿意重新披甲执戈，加入知鹤的阵营。他们一定会复活你的父亲的，而且，也会履行承诺，让冠军侯坐上八荒的王座，你看好不好？"道婉婷的声音轻轻柔柔的，但是唐笑语没有任何拒绝的余地。

这么多年来，是道逸舟和道婉婷先后庇护了她这个无名之辈，没有道家，她也许早就流落在阳坊街头，也许今天已经死掉了。无论从哪个角度讲，她都欠道家太多了。于是，她心中的千头万绪，最终都化为了一个目的，生出百鸟关，走入晴空崖。

可是，父亲怎么会在鹧鸪谷底的流光幻境里出现，又在重晶之上化作流萤呢？灵识溃散之后，即便有了南山珠，还能救得回来吗？

"如果他们怀疑了你，你就告诉他们，推动白安之乱、和丰收商会一起套取南渚军粮的人，就是迎城侯梁群。"赤研恭站了起来，拍了拍身上的浮尘，走入了灞桥的初夏。

这一路来要做的事，她已经想得清清楚楚，但她从未想过的是，豪麻要留自己在望江营里，做什么。

"大、大概是怕我一个人会死掉吧。"她连说话都有些结巴起来，她想到了那支从背后飞来的利箭，就那样擦着自己的脖颈一直向前，越飞越远。

马蹄声再次响起，这一次，回来的是吴亭和他带出去的步弓手。

"唐姑娘。"吴亭也是一身大汗，一样灰头土脸，伸手接过了唐笑语递过来的水碗。

"情况如何？武毅侯呢？"楚穷站起身来。

"徐子鳜的青骑一溃千里，武毅侯带着骑兵去一路追杀了，我这里实在跟不上，就先撤了回来。"

唐笑语看了看天上那颗血色的大星，心中一紧。"他自己吗？"

吴亭看了唐笑语一眼，道："不会有事的，徐子鳜这一队是徐昊原的右翼，伍侯从观平撤军之后，徐昊原集中主力猛追，徐子鳜这一支动作比较慢，就被甩开了。这次武毅侯利用这个

奔掠火　257

空隙，在长戬山南把他们和徐昊原的主力切开，是经过精心布置的，现在他们自前锋起被一段段击溃，正向后猛撤。一时间，是没法反攻的。"

吴亭拿起水袋来，仰起头，把水咕咚咕咚灌倒自己的口中。

好像对唐笑语的坐立不安有所体会，一个、两个，望江营的校尉、都尉开始渐次出现，最后出现的，是豪麻和伍扬。

不知道是不是错觉，豪麻走起路来，身上甲胄上的鳞片好像都是张开的，像丛林中的猛兽张开了自己的毛发，正在这暑热的夜里大口喘息。豪麻还是那个面无表情的男人，天气再热，他也不会在军中摘下他的兜鍪。

等了大半晚，终于等到了想见的人，唐笑语反而一时不知道要说些什么。她只是下意识地看看中军大帐前的这一堆篝火，此刻那只精心烤来的兔子，已经完全消失在众人的口腹之中了。

"来。"豪麻先走进了大帐之中。

他并没有招呼唐笑语，没来由的，她咬了咬牙，撩起布帘，也跟着走了进去。

"唐姑娘也要上战场吗？"楚穷转过他灰色的眸子来。

"大家上得，我上不得？"她已经尽量说得坚定，但心底始终是虚虚的。

这时候，一脸疲惫的豪麻嘴角，出现了一丝不易觉察的笑意。

"来吧，以前有人也是这样的说的，"他鼓励似的伸出手，在空中停了片刻，才落到她的肩膀上，"她那时候马还骑得磕磕绊绊,年纪也比你小得多。"

啊!是他的娴公主吗?唐笑语没来由的又懊恼了起来。

三

烛光闪烁,望江营都尉以上军官近二十人,现在都挤在桌前,看着那张硕大的地图。

豪麻麾下这一支军队的核心,共有三千人上下,其中主力是豪麻、甲卓航所部的两千轻甲骑兵,这支队伍由扬觉动的虎卫军分出,这些年一直转战在风旅河流域,与澜青的离火骑兵正面交战十余场,遭遇战不计其数,在历次战斗中,多数充当前锋破敌,也时常作为奇兵切割包抄,在吴宁边是一支赫赫有名的铁军。因为这一支轻骑身披黑色甲胄,行动快速莫测,因此又称鬼影军。

在扬觉动失踪之后,他的虎卫军被伍青平带上了观平战场,而豪麻的望江营也被拆分,其中鬼影一支是由豪麻一手带出来的护卫营,又回来了一位跟去灞桥的校尉邹禁,在大安的乱局中格外难以指挥,为了避免意外,便由扬丰烈出面,将这一营全数调离前线,放在了梁群重兵屯驻的迎城,由梁群的儿子梁光之拆分,编入迎城营兵。也正因为如此,鬼影并没有在观平战场受到折损,还基本保持了原有的战力。

这次扬觉动重掌军政,豪麻第一时间便把随同自己出生入死的这支队伍从迎城营兵中原样拆分出来,重又化零为整,再一次拉上了战场。只是这一次,昔日强悍的望江营主力已经四散离火原,豪麻身边重新配备起来的步弓、步兵、辎兵、斥候等兵士，都是这几日在扬觉动的严令下重新集结起来的散兵。不得不说，蓝仓伯楚穷曾经主政一方，人又圆滑，有了他的协助，离火原的溃兵收整重编便顺利了许多。豪麻虽是战场骁将，但对于离火原上诸多军镇间错综复杂的关系却不甚了了，大概这也是楚穷被编入望江营来协助豪麻的原因。

在豪麻重组望江营的这些日子里，唐笑语一直跟在他的身边，亲眼目睹了扬觉动回归之后，吴宁边的兵士是如何整训重聚的。她虽不懂军旅，但也可以明显看出不同队伍之间的差别，凡是望江营的溃兵，从来不会乱糟糟的一群人回来报到，他们不管原来的隶属关系如何，都会依照军阶的大小，自动重编，几十上百地集结归来，豪麻的中军只需要重新调配军官，很快就可以形成新的行伍，而这些人对豪麻，都有一种毫无怀疑的期待和信心。

也正因为如此，不过几日工夫，豪麻出手的第一次作战，就击溃了徐昊原的右翼骑兵，取得了空前的成功。

和目前这支队伍的兵士一样，现在豪麻大帐中的军官们也来自四面八方，其中最为主要的是两拨人，一拨是豪麻的老部下或新朋友，包括邹禁、伍扬、安顺和从鹧鸪谷一路跟来的吴亭，而另一拨，则是蓝仓伯楚穷、邯城伯耿四昌的堂兄耿三波这些已经失去了本镇的流兵将领。

这两拨人之间好像有一道天生的沟壑，即便此刻都围在桌前，也要不自觉地隔开一人的空隙。唐笑语想了想，便走了过去，填上了那个略显尴尬的空位。

现在，新的望江营起码在形式上有个济济一堂的样子了。

摇晃的烛火中，豪麻似乎向这边瞥了一眼。

唐笑语有些局促，满帐军校中，只有她无职无权，是一个莫名其妙的存在。她不知道豪麻这一眼到底是什么意思，自己这样站法到底对是不对，但现在她还能做什么呢？站在这帮男人后面，她就什么也看不到了。何况，那样也离他太远了些。

将眼前众人扫视了一遍，豪麻轻咳一声，道："你们都知道，现在大公和浮相已经开始撤向新塘，现在百济公在北，"他的手指滑向地图上方的风旅河，"我们在南。"他的另一只手点了点长戢山南的平明河。

"现在我们的态势，就像一只巨钳，而徐昊原的青骑，就像一只拳头，这只拳头携着攻下观平的余威，士气正旺，而且，在一段时间之内，还会继续旺下去，因为马上他们还会吃掉大安这座空城。现在我们就是要按照大公的部署，让这个拳头一直一直向前伸，尽量拉长它。"

他抬头看了看众人，缓缓伸展着自己的右手，道："不要怕它向前伸，人的胳膊在蜷起时，是易于发力、带起速度的，但是如果伸到极限，你们看，它就无法再向前进了，而且，也再使不上气力了，因为他被自己的关节限制住。"他托住了自己的手肘，又拍了拍肩膀，道："这个关节，就是澜青的粮草供应。"

平时少言寡语的他，说起军机要务来，倒是形象又生动的。

"大公只要一直后撤，青骑的补给线就会不断延长，青骑的补给线越长，他们在补充上耗费的粮草和人力就越多，他们的移动就会以这个关节为中枢，受到越来越多的限制。澜青是获得了连战连胜的战果，但也要承担胜利的负担，就是他们十几

奔掠火　261

万的大军折损不多，喂饱这些士兵的肚子就格外困难。就算花渡的供应源源不绝，他们也不能无限期地拖下去。这必然导致一个结果，就是他们具有绝对兵力优势的部队，要急于抓到我们的主力，进行决战。而我们要做的，就是反其道而行之，避免与他们面对面硬碰。把大量的疆域甚至大安城都让给他们，但是，不要留下任何粮食物资。我们望江营被留在离火原，人少些，不要紧，要像一把锋利的刀子，用我们的快速的转移，不断切削他们，让这个庞然大物失血、疼痛、运转失度、越来越慢！"

"可是，如果不去限制拳头的位置，任他们打穿了新塘，他们不就获得了新的补给？这样的话，这拳头岂不是摆脱了关节的限制，又可以继续发力了？"耿三波开了口，耿氏兄弟的营兵在邯城坚持了不到十日，就主动退出战场，现在依然心有余悸。

"你说得对，"豪麻转了转手腕，道，"所以，作为两翼，我们和百济公的风芒骑兵，必须时刻对他们保持压力，以争取新塘的固守时间。离火原是我们的，地形的熟识、百姓的支持，都可以让我们充分的动起来。何况，大公坐镇的新塘可不是那么容易打下来的。徐昊原如果有胆子不顾及我们这两翼，我们就干脆把他们的关节打掉。"

豪麻的手指又在南津镇的位置轻轻点了点。

"武毅侯……"楚穷看了看豪麻。

"你说。"

"恕我直言，这个计划还是有两个不能不考虑的关窍。一个是百济公。我是在风芒中领过兵的。风芒骑兵不像我们，蓝仓已经陷落，连大安也要弃守，望江营便统统都没有了后方，可以毫无顾忌地移动。而百济公经营百济长达二十年，风芒骑兵的家小、资财都在百济城里，我怕百济公不会破釜沉舟，完全把风芒拉出来打，如果他一直顾忌着百济城，就一定会被青骑牵制，而且，很有可能被迫成为对方决战的对象。"

楚穷轻轻咳了咳，见没有人说话，又道："第二个不能确定的，是日光城。"他把手指挪到了蓝仓西北的白驹城。"我蓝仓距离白驹只有一百三十里，固原公李慎为的磐石卫已经进驻白驹，这种时候，如果他派兵东进，徐昊原青骑便可以从木莲和东川，西川两个方向都获得日光木莲的补给。徐昊原的拳头已经力竭，但朝家的这一只拳头，可是一直在深深蓄力的。"

楚穷的这些话意味深长，他的蓝仓是吴宁边最为接近肥州的军镇，而肥州的白驹城对于吴宁边来说又太过特殊。七十多年前，日光木莲对吴国久攻不下，东南诸王国个个自危，纷纷团结在了吴国身边，大有联手抗击木莲、南北对峙的意味。在没有绝对把握的情况下，第一任日光王朝承露换了一种方式，在白驹城主持了八荒各国定盟，诸王国同意对木莲改制称臣，木莲也承诺不再大举兴兵，各国得以保留其原有政权军制，这才有了八荒神州近七十年的和乐平安。因此，白驹城可以说是日光木莲横扫中北十州之后，其统一天下野心的驻足之处。在此后的这七十年里，它虽信守承诺，未真正兴兵染指八荒东南各州，但也从未放弃过统一八荒的努力，吴宁边草创的变乱，便是日光木莲一手创造的。

如果说七八十年之前的往事已经太过遥远，那么三年前的事情，众人当是记忆犹新。

当日情形和今天恰好相反,扬觉动挥师箕尾山,强渡风旅河,穿过平明丘陵,一路杀到平明城下,正当澜青节节败退之际,木莲军队突然从白驹城集结南下,占领了吴宁边大军粮道的枢纽南津镇,这也直接导致了扬觉动扫平澜青计划的破产,如果不是南渚出于唇亡齿寒的考虑,及时表明态度,派赤研星驰率军北上,后果不堪设想。

在木莲初创时改制的独立王国中,澜青从来就是木莲的一部分,只不过木莲有意令其以相对独立的形式存在,才好放开手脚替自己攻城略地,难道这一次令吴宁边覆亡的绝佳机会,木莲竟会袖手旁观吗?

温热的夜风带来了河水的喧哗,也让这军帐中的沉默格外意味深长。

澜青的大举东进,木莲的虎视眈眈,花渡的胜败未知。

唐笑语很担心,豪麻能够顶得住这样沉重的压力吗?

"我知道了,"豪麻敲了敲桌子,道,"徐子鳜的八千人现在正在后撤,这里离南津还有一百四十多里。等到他们休整过来,再要对付他们就不容易了。传令下去,士兵们休整半个时辰,即刻出发。"

"武毅侯,这,是不是太冒进了?"楚穷自认为苦口婆心地说了一大堆,没想到豪麻是这个反应。

然而邹禁、伍扬这一群豪麻的嫡系已经欣然领命,迈开大步走出帐子了。

"今天真是痛快,多拿几场胜利不好吗?"吴亭拍了拍身边呆若木鸡的耿三波,也跟着豪麻走了出去。

四

"唐姑娘，打仗可不是开玩笑的，危险得紧，你还是留在这里吧，啊？"伍扬对着自己的脖子，以手作刀，轻轻一挥。

唐笑语瞪了他一眼，这个时候说这样的话，是在吓唬人吗？

伍扬笑嘻嘻的，扑通一声跌坐在余烬未灭的火堆旁。"这一天的马骑下来，都不会走路了。"

那个男人也终于摘下了兜鍪，长长出了一口气。

"不好意思啊，你们回来得太晚，那一只兔子，没保住，"唐笑语拿出了早就准备好的干馍和肉汤，"将就着吃一点吧。"

"早知道留不住的。"伍扬还装模作样地四处嗅嗅，把手举了起来。

"这是？"豪麻一愣，向外瞥了一眼，还是接了过来，道，"我以为……"

"是了，外面大灶里面东西还热，不合你们口味的话，我去给你们换一些来。"

"大灶的食物，哪里比得上唐姑娘的手艺。"伍扬左右晃着脑袋，已经把馍塞了一嘴。

"武毅侯，"唐笑语在火堆旁蹲了下来，道，"今天蓝仓伯问了我一个问题，望江营为什么要带上我。我这想了好久，也没想明白，觉得自己真是不像话。记得你说我做的米糕还好吃的，若是你再嫌弃这些吃食，我真的不知道怎么办好了。"

"不，不是那个意思。"豪麻用干馍沾着肉汤，吃了一大口，却挪开了视线，去看那黑魆魆的河水。

"这平明河，便是从平明城流过来的吗？"唐笑语原也不期待豪麻会说出什么安慰的言语，便也去看那河水。在这许多隐隐的火焰光亮下，那幽暗的河面上，打着一个又一个的旋涡。

"没错，流过这离火原的，有两条主要的河流。北边一条，是西苍梧山脉流下的风旅河，南边，便是这条远溯霰雪原的平明河了。"豪麻慢慢嚼着嘴里的干馍。"从这里，沿着平明河一路向上游去，可以通到澜青的上邦镇，过了上邦镇，便是平明河的支流百花溪。过了百花溪再向西南去，就到了澜青的粮仓花渡镇了。"

唐笑语的嘴角泛起了微笑，道："我知道花渡的，到了那里，我们就可以见到甲卓航了。啊，不知不觉，已经分开这么久了，不知道甲大哥怎么样了。"

豪麻慢慢停了口中的咀嚼，道："是啊，他深入敌后，四面受敌，真的不容易。若是他能够打下花渡来，那我们这里的压力就小多了。只是赤研星驰不是那么好对付的，我真的有些替他担心。"

唐笑语笑了笑，她说的是朋友，豪麻谈的是战局，这也许这就是大家所说的无趣吧。他忽然提及花渡，难道只是念着澜青的粮仓吗？显然不是，可是，除了这样的话，要他开口去表达那些朋友间的温厚情感，实在是很困难吧。

"刚才楚穷说得那样吓人，我还以为你会反驳他一下。"

"有什么好反驳的，他说的是实情。"豪麻把最后一点肉汁用干馍粘掉，塞进口中，打开酒袋，咕嘟咕嘟连喝了几大口。

"现在讨论这些没有意义，"豪麻看了唐笑语一眼，道，"我不能因为可能的失败，就放弃眼前的胜利。那时候跟着大公上战场,我只能跟在马尾巴后面吃土,可是只要你一直跑一直跑,就会发现,人是可以越过马匹,冲到最前面去的。"

透过火焰,唐笑语一直注视着他那张表情缺缺的脸。"局势这样不利,你不会害怕吗?"

"也许吧,"豪麻抬起眼睛,也看着唐笑语,"足够重视你的敌人,聚焦眼前的目标,就已经必须倾尽全力了,等到上了战场你就会知道,除了活下来,人很难有其他心思。"

唐笑语的脸上微微一红,道:"所以,蓝仓伯不临阵,才可以把眼光放得这样长,对吗?这些事情,你从来不想的?"

"你说得不对,作为主将,你要考虑所有事。但是想是一回事,做是另一回事,所有不利的局面,都不是绝对的。"豪麻抬头看看天上那一颗红色的星星。"我和楚穷不一样,他打小就可以坐在军帐里挥斥四极八荒,而我却好像一条野狗,啃过的那些骨头,没有一块不是奋力撕咬争来的。很多事情,知道了没有用,还要看能做到几分。"

唐笑语收了笑容,默默点了点头,他不知道该说些什么,原来像豪麻这样坚硬得如刀子一样的男人,居然也会把自己形容得如此孤独和不堪。

这时候两个人的身边响起了细碎的鼾声,她一回头,原来是伍扬早已靠在草垛上睡着了。

唐笑语还想问问,那个很早便想跟着豪麻上战场的人是谁,但是她忍住了。

仿佛又回到了阳宪的那一晚,她不说话,豪麻便也没有话,两个人就在这渐渐暗下来的火焰旁相对沉默着。

这个人的想法真的和普通人不一样,一百三十里,对于急行军来说，也至少要两天的时间，决战之后，一方有序后撤，大概会按照这个时间来准备计算。就算一方意图追击，短暂休整也是必要的，何况集中兵力追击，也需要调整的时间。但是豪麻偏偏不要按照这正常的算法，他留给自己队伍的时间，只有一餐饭的时间。刚刚撤出了战场，又这样甩掉步卒漏夜赶路，大概率会在天明前直扑到那个徐子鳜的面前，这样压迫式的打法，很少发生在兵力不足的一方。到时候对方大概会措手不及吧？哎？这些行军打仗的事，都是他们在军帐中吵来吵去，自己想来干吗呢？

夜风撩起了野火，唐笑语微微左右摇晃着身子，能这样沉默地再坐一刻，也是好的，半个时辰的时间实在太短了。

很快，兵士们休整已毕，整个营地再次沸腾起来。

豪麻站起身，拍拍身上的草屑，慢慢带上兜鍪。唐笑语实在不知道该说些什么，只能在一旁傻站着。

"你当真要一起上战场吗？"他忽然回过头来。

"啊，我也是熟习刀马的！"唐笑语猝不及防，一股喜悦涌上心头。

"而且，我可是个灵师，虽然只是个小灵师，也、也会一些灵术的。"她看豪麻没有反应，只怕不会带上她，心里一急，话说得便有点磕磕巴巴的。

"我、我不用你管我的，我能照顾好自己。"等到又解释了一句，她更加底气不足了，心中充满了沮丧。也是，谁会愿意带一个麻烦的女孩子上战场呢？如果自己处在豪麻的位置，也会觉得这是一个可笑至极的要求吧。

豪麻没理他，大踏步走进了军帐，他背后的护甲上，有明显新添的刀痕。

这下好了,一口气全部卸掉,唐笑语又懊丧地蹲了回去。

"把它穿上。"

"啊?"

不过片刻工夫,豪麻又转身出来,手里捧着一套玄色的甲胄。

唐笑语压着惊喜慢慢站起,把那甲胄一把拉过。

摸到这甲胄的一刻,她便知道这绝不是一般的货色。这甲胄分为内外两层,里层用极为细密的金丝银线连缀着细密柔软的布料,外面则是一层压一层的金属鳞片,整副铠甲重量轻巧、易于调整,当甲片本身受到压力时,又会紧密地咬合在一起,极度致密坚硬。更重要的是,这甲胄是专为女性穿着设计的。

"甲卓航跑了好多地方,才找到合适的匠人,特别定制的,"豪麻伸出手去,摸了摸这铠甲,道,"这甲胄的主人吵着要和我上战场,吵了好几年了,你们年纪、身材都差不多,拿去试试吧。"

"这,娴公主吗?我不敢穿。"原来豪麻也是想过自己的,唐笑语心里暖暖的,不过知道这是扬一依的物品,她纵然万般不舍,还是把甲胄又推了回去。

"不是她,"豪麻摇了摇头,"这甲是仿制大公从宁州带回的那一具,不过终究还是略差了些。"

"梦公主吗?那我也是太僭越了。"唐笑语口上说着,手里却把那甲胄又拿了回来。

"她人不在这里,在这里,也不会计较的,"豪麻道,"这

奔掠火

战场，你想上就上，只是要知道，上了战场，便没有男女、尊卑、善恶之分，只剩下生存和死亡了。"

唐笑语却没空去想那些沉重的话题，只是抚摸着这甲胄，即便是仿制的，略差了些，终究是他给了自己的，不是吗？

"到时候，我也是顾不上你的。"豪麻仍没有松手。

"想清楚了！"唐笑语用力把甲胄抱在怀里。

不知哪里来的兴奋，压倒了临阵的紧张。唐笑语嘴角泛起了微笑，这可是自己的第一身铠甲呢。是啊，他很少说话，更不会夸奖人，可他不说话没关系，小灵师唐笑语也可以陪着不会说话的人上战场呀。

嘭的一声，即将熄灭的火焰爆出了一个火花来，伍扬猛地惊醒，擦擦眼睛，叫道："哎？梦公主？"

"嘘！"唐笑语用食指挡住了嘴唇。

"唐姑娘？"伍扬再次擦擦眼睛，瞪大了双眼。

"怎么样，还合身吗？"

"太吓人了，我的天，要是让她知道了……"伍扬绕着唐笑语走了一圈，看看那边已经翻身上马的豪麻，又看看唐笑语，伸出了拇指，道，"再合身不过了！"

战马嘶鸣，木轮声响，是辎兵来打包了，豪麻已经打马向着骑兵集结的方向走去。这黑魆魆的夜里，望江营又多数是黑甲，如果失了豪麻的影子，一会儿去哪里找去？唐笑语心中着急，但有件事情不能不做。她一把拉住了正要离开的伍扬。

"怎么了？一会儿你不要怕，跟紧我好了！"

"伍二哥，鹧鸪谷中，你从那巨剑剑柄上得来的珠子有没有带在身边?"

"诶?你是怎么知道的?"伍扬一脸惊诧,伸手去腰间摸索,掏出一个黄缎锦囊来,里面正是那颗夜明珠,离开了那柄巨剑,它的光芒似乎也柔和了许多。

"借我用用。"唐笑语劈手抢了过来,揣在怀中。

"这,当日你可是给了我的。你,你还还不还啊!"

唐笑语嫌他啰嗦,打马向前面那无穷的夜色里追去。

"喂,唐姑娘,唐姑娘!"

伍扬的声音早被她急切的心远远甩在了身后。

五

斥候们已经如箭一般四散开去,平明河畔,给鬼影带路的,是前几日才收编来的本地骑兵。星光微弱,平明河的水流哗啦作响。这样庞大的一支队伍,没有点燃一支火把,只是闷头衔枚疾行,鬼影之称真的名副其实。

小青的步伐沉稳,唐笑语知道,鬼影这样的疾行,并不普通。

观平失守后,扬觉动将继续留在离火原上的队伍分成两队,扬丰烈率领他的锋芒骑兵在北路,豪麻的望江营在南路。他们的最重要任务,便是袭扰,要依托离火原上的乡村和军镇来尽量减缓澜青大军的进击速度。这两支队伍中,又以扬丰烈的北路压力相对较小,因为风旅河就是一条天然通道,只要风旅河水路畅通,风芒骑兵的粮秣就会得到百济源源不断的补充。何况虽然风芒骑兵早早投入了观平战场,但是扬丰烈一直在避免和徐昊原的重骑进行正面对攻,因此实力也没有受到严重损害。

最混乱也最脆弱的,反而是豪麻的望江营。

从兵员上来说,除了不到两千的鬼影游骑兵作为主力,这支队伍中还混杂着蓝仓、邯城、南津甚至风旅河和箕尾山败退下来的残兵、辎兵。从后勤补给上来说,长戟山南最重要的军镇西丘早已被澜青占据,由西丘作为据点延伸开来,平明河以北、柴水以西的广大平原,已经多数落入澜青之手,豪麻能够取得的粮草补给也极为有限。通常来讲,受到补给的牵制,统兵将领必须非常谨慎,任何冒险的行为,都极容易导致全军覆没。

可能也正是因为如此,即便豪麻在战场上素有威名,统帅徐昊原右路三万大军的老将徐子鱖也完全没有把望江营放在眼里。他们本来就是要先行攻下平明河和柴水交汇的这一片区域,为徐昊原的主力扫清侧翼,豪麻这区区三五千人的乌合之众,大概是顺手就可以剿灭的。吴宁边唯一值得警惕的花虎重骑已经劳师远征,全数投入了花渡战场,青骑还有什么可怕的呢?

可谁能想到,豪麻的第一战,就圈定了徐子鱖的三千游骑,他没有正面阻击,也没有旁敲侧击,而是选择把他的望江营插入徐子鱖前锋和徐昊原主力间的这道窄窄的缝隙。鬼影进击的同时,辎兵和后队被他丢在了平明河畔,楚穷所统帅的流兵步卒,反而被他当作了正对徐子鱖前锋的"本队",在敌方这支三千人的前锋一击得手,打得望江营"本队"大败亏输、一路后撤的时候,豪麻的鬼影正在这道狭窄的缝隙中以近乎擦肩而过的方式,与对方的前锋对冲急进,当对方前锋一路高歌猛进,和他们的中军越拉越远的时刻,鬼影突然从他们自认为绝对安全的一侧冲出,从斜后方截断了这支冒进的骑兵。

这也是楚穷打着打着先回了营地的原因,本来是追击望江营的部队,却被望江营从侧后方击溃,对方马快,跑起来,楚穷这一队步卒为主的偏师,是无论如何追不上的。

在南线,望江营要面对的,是六倍于己的敌人,没有人觉得可以打胜,在这种人心惶惶的时候,就看出豪麻的一股子冷硬来。在收割了离火原的首胜之后,显然他还要更多。

徐子鳜也算经验丰富,他的三千前锋被打散,吃了亏,本队便开始紧急收缩。只是他大概想不到,刚刚苦战一天的望江营,已经趁着夜色,紧跟在澜青败兵的身后,一起摸了回来。

唐笑语真的不懂,这样打,不累吗?能赢吗?

"校尉,捉住了一个。"两个满头大汗的斥候,铆出了浑身的气力,把一个不断挣扎的人拖上了土坡。

"呸,杀了老子!现在就动手。"这人被绳子密密麻麻捆了个结实,大概是对方的斥候?

唐笑语极目望去,黑魆魆的夜色中,是连成一片的帐篷,在那稀疏的营地间,零星的火把忽明忽暗地闪烁着。

"来,跟我们说说这一片营寨。"豪麻也收回了远眺的目光,望江营又漏夜潜行了三个时辰,这夜色中连绵不绝的,大概就是徐子鳜的本队了。只是到了对方的家门口,豪麻反而慢了下来,令全军待命,却让伍扬把斥候都放了出去。

"杀了老子!"那人喘着粗气,看着这一群暗夜中的陌生人。

"好,够硬气,"邹禁从箭壶中摸出一支箭来,搭在弦上,道,"说不说?"

那人喉结上下滚动,吐了一口唾沫,梗着脖子吼道:"来吧!"

邹禁连眼睛都没眨一下,噗的一声闷响,紧跟着是长长凄厉的吼叫声。

唐笑语浑身一紧,好像中箭的是她自己。她完全没有想到,还没有真正上战场,这血腥的一夜,竟在此处开端。

那人满脸都是豆大的汗珠,紧紧咬着牙关,一脸狰狞,邹禁这一箭,已经将他的大腿射了一个对穿。

"真的不说吗?"邹禁看了看远处的那些隐约的灯火,又抽出了一支箭,慢慢搭在了弓弦上。

"要杀就杀!"只一声撕心裂肺的号叫,他的嗓子就哑了,现在强忍着疼痛说话,声音都抖了起来。

"好!"邹禁弓弦再响,嘭的一声,又是一声撕心裂肺的惨叫。

流了血,潮湿腥甜的气息便渐渐泛起,盖过了青草的味道。利箭穿过血肉的声音遮盖了四围的一切声响,唐笑语觉得一股酸水从喉咙泛起,这毕竟是一个手无寸铁的俘虏。

"现在呢?有没什么什么话想说?"

唐笑语去看夜风中那个长身北望的身影,夜风吹动他兜鍪上浅灰的羽毛,他像一尊铁铸的雕像,脸色没有一丝变化。

"唐姑娘,这沙场本就不是给女人预备的,"伍扬长长出了一口气,走到唐笑语身边,道,"不如我陪你下去吧。"

唐笑语的眼中挥之不去的都是那人苍白狰狞的脸。她用力摇摇头,道:"这也是我的沙场。"

这第二箭射出后，那人已经再也站不住，双膝跪倒在地，疼得再也说不出话来，只能用怨毒的眼光看着面前的这些敌人。

豪麻终于转过身来，道："你不是斥候，夜半出来探看的斥候，不会穿着青骑的明镜甲，如果我们一个斥候都没有捉到，却先捉到了你，那么今晚，徐子鳜危险了。"

"徐将军、徐将军早有防备，你们从风旅河畔一路追来，人困马乏，现在想要偷营，就是找死！"

"他没有防备。不然现在天色将明，你一个青骑都尉，便不会只披半甲。"豪麻的语气毫无波动，眼睛却一直盯着那人的眼睛。

"披了一半，自然是随时要穿戴齐全！"那人声音渐低，每句话都要咬牙切齿才能说得出来。

"你是一条硬汉，可惜你太倔强了。"

"多说无益，动手吧。"

豪麻点点头，转身上马，邹禁抽出了他的长刀。

这一刀和前两箭不同，这道弧光默默融入了黎明前的寂静，只有鲜血从被切开的喉管中泛出，带着咯咯的声响。

唐笑语扭过头去，不去看那些飞溅出的红色，离火原起风了。

"没错了，"豪麻抬头看了看正在变浅的夜空，"徐子鳜把他亟待休整的青骑放在了平明河这一侧，是要以这里为后方。这一次，我们就把他的这块肉给切下来！"

"驱虎吞狼，"邹禁打马，跟豪麻肩并肩，"既然徐子鳜急急忙忙出了南津镇拔营猛进，不设鹿砦拒马，也不想稳扎稳打，

奔掠火　275

那就怨不得我们了。"

"记住，这一次，打垮青骑不是目的，而是要让他们动起来，回头去冲他们的中军和步兵。"豪麻侧过头来。"你带六个卫从左边插进去，不要停留。安顺，带上骑射，跟着邹禁，不要射人，把他们的马篷点着。其余的人，跟我来，我们来在离火原上好好干一场！"

豪麻的语调还是冷冰冰的，却异常坚决。这些人都是他的老部属，心领神会，每个人的眼里都放出了热烈的光芒，唐笑语知道，这是来自一种绝对的、生死相托的信任。

"开始吧！"

号令静悄悄地在夜色中传达着，战马被马刺弄得焦躁不安，却被骑士紧紧拉住辔头，这支静悄悄的黑色队伍在整装待发。

不知道是不是眼花，唐笑语在这暗夜中看到了一点绿色的荧光。

怎么会？她努力又擦了擦眼睛，确定这不是幻觉，这里不是鹧鸪谷底，在这酷热的夏夜，怎么会有一只萤火虫呢？可是它就在眼前的夜色里悠然滑翔着，划出了一道奇特的光弧。

"走！"邹禁和他的鬼影最先启动，安顺的骑射随即跟上。沉默如迷的离火原，突然迎来了数百匹骏马的奋蹄狂奔，那隆隆的蹄声就像夏夜滚过的闷雷，让整个大地瞬间在沉睡中醒来。

"走了！"

唐笑语还在愣神，伍扬已经替她给了战马一鞭，她的青马长嘶着飞奔而出。唐笑语一晃，下意识弯腰提臀，整个人都贴在了马背上。原来，在军阵之中是不用驱马的，这钢铁的洪流不仅驱使着这些极度疲惫却又狂热亢奋的战士，也一样裹挟着一匹匹狂奔的骏马，向平原上那些模糊的影子冲去。

在这样的奔驰中，她渐渐放松了自己，或者说，她已经忘记了自己还是自己。

六

鬼影们从坡上冲下，在奔跑中，骑士们渐渐拉开了距离。唐笑语已经没有时间思考其他的问题，只是用尽气力控制着小青，以免掉队。豪麻说过，在骑兵冲击中失速掉队，就意味着死亡。她不知道掉了队的自己是不是必死无疑，但是，一定很难再见到那个不苟言笑的男人了。

晃动着，一切都晃动着，唐笑语骑术甚佳，但身体从来没有这样僵硬过。营帐、牛马、慌乱奔窜的兵士，所有事物都模糊得一塌糊涂，迎面扑来。一口气好像怎么也呼不尽，近了，越来越近了。"虎！虎！"鬼影们的呼喝声动人心魄，在这炽热的夜色里，他们擎起了手中的长枪。

唐笑语也奋力擎起了属于她的那一杆，在这队伍中奔驰，她也不由自主地张开嘴跟着鬼影们吼了起来，那声音像迅疾的风，很快穿过了四肢百骸张开的毛孔。她觉得自己从生下来，还没有这样撕心裂肺地嘶吼过，但奇怪的是，她听不见自己的声响，这狂暴的嘶吼也是一条洪流，淹没了每一个人。

然后是冲撞，激烈的冲撞。在一连串的闷响后，战马嘶鸣，惨叫声声，不知道什么时候，谁的鲜血爬上了她的嘴角，遮住了她的眼睛。她只能尽力压低身子，夹紧长枪，至少在这一刻，她是这一片钢铁丛林的一部分，必须碾碎挡在身前的一切障碍。

呜呜作响的流矢擦着兜鍪飞去，偶尔抬眼，紧跟着鬼影冲锋的，是在空中穿梭着的一支支火箭，准确地落入马厩、帐篷和粮秣之中。很快，燎原的野火便蓬勃地燃烧了起来。

好像只在一眨眼间，这洪流裹挟着她又冲出了无尽的连营，鬼影们控制着战马，小步奔跑着，整个队伍正在调转方向。唐笑语环顾左右，鬼影们应该也有损失，但是对方的营寨里面已经被蹚出一条支离破碎的血路。

"怎么样！"伍扬不知道什么时候出现在她的身边，脸上的表情说不出是兴奋还是狰狞，"一会儿，千万不要跑散了，谁要是在你的马前，就把他踏入泥土里。"他没轻没重地拍了拍她的肩膀。

"好。"唐笑语点头，她气喘得厉害，再也说不出第二个字来。好在小青温顺矫健，分担了她不少的慌乱。

"来了！"

前方旗语晃动，骑士们再一次擎起了长枪。这时候日光在遥远的天边露出一道极细的亮线，平明河像一条缎带，闪烁着金色的光辉。而澜青的军营内处处烈焰升腾，脱缰的战马正在四散奔驰，那些倒地的士兵已经永远不会醒来。

隆隆的鼓声再次响起，那绣着一个"豪"字的黑色长旗就在这晨光中缓缓展开，继而在飞快地奔驰中被迅疾的风拉得笔直，鬼影们新一轮的冲击开始了！

经过了突如其来的慌乱，青骑们已经有了头绪，其中反应较快的开始披甲上马，挥刀抵抗。遥远的火光中，唐笑语可以看到他们一张一合的嘴唇，却听不到任何的声音，这战火硝烟的战场在唐笑语的身旁开始变得越来越寂静。

鬼影再狠辣矫健，也只是轻骑，面对青骑，并没有压倒性的优势。于是，一次真正面对面的冲杀开始了。唐笑语咬着牙，跟着身前的鬼影冲锋，忽地从身侧出现了一道白练般的刀光，她把身前的骑士劈下马来，她夹着长枪转动不及，只能反手抽出了腰刀，用尽全身气力劈了下去。

她忘记了战马还在疾冲，这一刀下去当然劈了个空，等到她回头去看，适才那挥刀的士兵已经被身后的鬼影串在枪尖上，瞬间被踏入了尘埃。

"小心！"伍扬的快马绕了一个弯子，当的一声，一只弩箭钉在了他小臂的圆盾上。"快走！快走！"他几乎是喊起来了！唐笑语再也顾不得许多，用马刺去戳这匹跟自己朝夕相处了数日的青马，青马好像知道她正在危险之中，竟然人立而起，从一大团烈焰上飞过。

唐笑语再也不敢回头，她亲眼看到自己的身前，躲闪不及的骑士还在策马，已经被烈焰团团裹住。很快，空中便浮起了焦煳的气息。那人和他的战马已化作一团火焰，很快又变成了一道奔跑的火线，轰然倒下。

唐笑语又想起了豪麻的那句话，在战场上，男女、身份、地位都是一片虚空，唯一剩下的一件事，便是生死。

再一次，鬼影从硝烟中穿出，唐笑语这才发现，身后马臀上的云珠早已不知去向，手中的长枪也已经断了，自己左边披膊上的虎头上，多了一道长长的白色斩痕。她慢慢试着活动肩

奔掠火　279

膀,还好,左手还能抬得起来。

豪麻呢?这一次鬼影们再次调转马头,人数明显有了减少。她顾不得身上的剧痛,在人群中寻找着那个心心念念的身影。还好,烟尘散去,她又看到了队列最前面那一抹浅浅的绿光。

在两次穿进穿出的肉搏厮杀中,豪麻身边自始至终紧紧跟着一卫人马,鬼影是一支利箭一般的队伍,他把自己变成了这支利箭的锋镝。他手中的流萤就像暗夜中的一道光,将面前的一切障碍一一破开,势不可挡。隔着这许多人,勒转马头,在队伍的最前方缓缓画了一个圈。

风大起来了,从敌人的营垒中跃出了一匹孤零零的战马,燥热黏稠的晨风扭曲了马上骑士愤怒的呼喊。

伍扬拉出他的弓来,才发现弓弦已经断。

"给我用用。"

他也不等唐笑语回答,伸手就摘过了她的马弓。

嘭的一声,白光闪耀,在一营鬼影的注视下,那孤零零冲来的骑士翻身落马,被受惊的马匹拽着一路狂奔,他凄厉惨呼很快消失了,干燥的大地上多了一道长长的烟尘。

"准备吧,"伍扬把弓抛回给了唐笑语,"下一轮就要开始了。"

唐笑语艰难地点了点头。朝阳破晓,远空苍青,离开了澜青的军营,她终于有机会俯瞰战场,澜青骑兵连绵不绝的军帐中处处烟火,幸存的澜青士兵已经顾不上四散的马匹,正杂乱无章地向后退去,而更远处,密密麻麻的连营一眼望不到尽头,正隐没在平明河畔的晨雾中。

不知道为什么,她的心中升起了一股不祥的预感。

她拉住了伍扬，道："对方已经溃败了，还要继续冲吗？"

伍扬伸出了一根手指，示意唐笑语去看豪麻。

在晨光熹微的山岗上，豪麻遥遥举起了他的流萤，那略带沙哑的嘶吼，正一字一句穿透离火原的晨光："日光如莲，精骑如火。"

"日光如莲，精骑如火。"

"壮气连云，踏破长河！"

已经疲惫至极的鬼影又开始躁动起来。

"踏破长河！踏、破、长、河！"

这吼声就像一团愤怒的火焰，即便隔得这样远，唐笑语也感觉到了豪麻心中的累积的屈辱和不甘。

望江营的铁蹄再一次咆哮在离火原上，然而唐笑语却僵住了，那遥远的晨雾中，纷乱飞起了无数的绿色萤火，她抬起头来，太阳的光芒渐渐暗淡，而弥尘却依旧闪烁，愈发刺目了。

父亲说过，流萤是死者的精魄，她听到了极远的远方传来的哨音，越来越清晰，越来越急促，她迟疑了片刻，终于从怀中掏出那颗鹧鸪谷底的夜明珠。

她把那明珠握在掌心，最后看了一眼火红的弥尘，闭上了眼睛。

很快，天空中传来了熟悉的鹰隼的唳叫声。

疾风、迷雾、辽阔无边的原野，一条金色的缎带在青色的大地上蜿蜒，密密麻麻的营帐了无边际，在这庞大的营盘一角，已经燃起了声势浩大的野火。一群骑士从低矮的缓坡上冲下，像这烈焰飞溅的火舌，将另一群混乱而毫无章法的人们切割着、驱赶着，一层层翻卷过去，要把这青色的连绵的营盘全

奔掠火 281

部掀翻。

然而这慌乱退却的潮水中,却有一块青色的礁石,在这礁石的周围,是大片大片整装明甲的武士,他们的刀尖全部指向那烈焰席卷而来的方向。

疾风推着那燎原的烈焰,那些玄甲的骑士和那数倍于他们的武士们即将相逢,当浓雾散去,他们将面对一大片闪亮的刀尖。而在战场的另一侧,一队重骑正迅疾向这块战场包抄而来。

唐笑语急了,她看不了那样清楚。她想靠近一些,再近一些。于是鹰隼收起了它的翅膀,它开始飞快地下坠,坠向那青色礁石的中心。近了,越来越近了,砰的一声轻响,鹰隼落入一片青色的虚空,飞溅的羽毛四处飘扬,那飞起的每一片乱羽都像一把锋利的匕首,她眼睁睁看着自己被那锋利的羽毛穿过,只是,并没有血流出来。

她跌落在一辆四匹骏马拉动的鎏金紫杆大车上,一点绿色的荧光停到了自己的掌心,倏地消失无踪。

这车下,都是手持利刃、神情戒备的精壮兵士,他们人数如此之多,以至于可以无边无际地蔓延开去。这车上站着一位鬓发花白、脸色铁青的将领。

唐笑语惊疑不定地起身,那将领身边有一位身材瘦削的中年人,也正缓缓转过头来。

七

"发生了什么!"那将领猛一转身,身上刀甲相撞,哗啦作响,"离火原上搜来的残兵败将,昨天傍晚刚刚在长戢山和我们的前锋交手,怎么会突然出现在这里!"

他向前迈了一步,几乎撞到了唐笑语的身上,唐笑语下意识向后闪躲,一只脚已经踏出了车外,然而,她还是在虚空中踩得稳稳的。

她鼓起勇气,向前迈了一步,竟从那将领身上穿过。

是了,她的预感没有错,在澜青军中,藏着一位羽客级别的晴州灵师。

"我看不见敌人,这雾气到底什么时候可以消散!"那将领转过头来,道,"疾先生,你的承诺呢?"

那中年人摇摇头,道:"徐侯,对方的人数并不多,但是战况太过惨烈,现在露了踪迹,战士们怕心生恐惧。等到旭日东升,迷雾自会散去,到那时,鬼魅们就会显形了。还是那句话,只要这会儿我们可以顶得住第一波冲击,等重甲上来,战局便可以底定了。"

是了,这迷雾是晴州灵师的牵风术,它或许带来了惶惑,但是隔绝了恐惧,让徐子鳜的这支大军不至于在鬼影的冲撞下乱了阵脚。

"好!"那将领眯起了眼睛,好像在思考着什么,终于还是传令下去。不一会儿工夫,步卒们的巨盾便一张一张插入地面,排成了一道又一道坚固的堤坝,而在盾牌的缝隙间,侧伸出了密密麻麻闪着银光的枪刺。

那中年人这才转过身来,看定了唐笑语,道:"你是谁?怎么会用这浮生术?是我孤陋寡闻了,八荒什么时候有了这样年轻的羽客?"

奔掠火 283

唐笑语看了看自己的手掌，那夜明珠已经消失不见，只余掌心的一汪浅蓝。

她鼓起勇气反问道："你又是谁？"

那人摇了摇头，从漫天的飞羽中摘下一根，所有的羽毛也便消散在空中。他小心把那一枚羽毛收入囊中，拢了拢自己的黑袍，才道："既然可以通过浮生术遁入我的羽隼，又能来这流光幻境和我交谈，你应该知道我是谁。"

唐笑语摇摇头，她是真的迷茫，此刻她有更重要的问题要解决。

她指一指周遭的这些士兵，道："这些人已经败了，你不应该用晨雾将他们困在这里。"

"谁说他们败了？"那人笑笑，道，"扬觉动一生自负，不信怪力乱神，自然觉得人间胜败尽在掌握。这个豪麻，也便全都学了去。可是，我们的介入，不也是这星辰大地、八荒风雨的一部分吗？你也是灵术一脉，这点道理应该明白。"

他袍袖一挥，又道："当这平明河畔晨雾全开，双方自然看得清对面到底有几个人，谁胜谁负，就藏在人心中，又岂是我们左右得了的？"

"可是望江营夜袭，青骑阵脚全乱，你用这牵风术制造迷雾，便是阻隔了溃败之师的混乱和恐惧，若不是你，他们根本已经败了！而且，那一队重甲骑兵，是在迷雾中循着你的哨声而来，这不公平！"想到豪麻的轻骑马上便要冲撞到这密密麻麻的枪刺上，她忍不住急了，"灵师一脉，只应守护山海，你这样介入人间刀兵，就是不该！"

那人慢悠悠地道："你说错了，这世间如炉，筑血熔骨，又哪里有不在人间的灵师呢？"

"我知道了，就是你们这些人吧，背叛了晴空崖，才害得八荒的灵师被人们围得围，杀得杀！"唐笑语的声音抖了起来，她家世代都是采珠人，若不是唐简发现了南山珠，他们还在小莽山下过着轻松快乐的日子。而若没有道婉婷口中那一群利欲熏心之徒，便不会有八荒王公对灵师的联合屠戮。回到唐笑语身上，唐简也就不会因为一颗南山珠而横遭不测。

"你这话，又说错了，"那人缓缓道，"百年前龙狮疾渡陌出山，助朝崇智夺了这天下，你以为是他在乎功名利禄吗？是当年南山珠现世，木莲陨星阁的火曜之阵做出了预言，他要的，正是要终结这山海变乱！"

那人向天上指了指，那赤红的弥尘便当头压下，光焰一层一层堆叠起来，把两人都包裹在其中，那变换的光影中，更有无数街巷道路、贩夫走卒的影子。他看着一脸惊诧的唐笑语，道："海风山骨、四极八荒，五星七曜，唯变唯常。你也知道，弥尘西流，这山海巨变已经开始了，海兽之血和火神的渡鸦都将重生，只有白冠才能够拯救世人。作为灵师后人，你如何却在扬觉动的队伍里对抗日光城，你也应该跟晴州余脉站在一起才对！"

"我不知道什么晴州余脉，我只知道现在这战场上，你这样做，就是不公！"

"去晴空崖，找到知鹤的领袖，告诉他们，又有一颗南山珠现世了，没有南山珠的白冠，不是真正的白冠。如果他们愿意帮助赤研星驰，那这一颗南山珠就是他们的。"临走时道婉婷的嘱托又出现在她的脑海中。

奔掠火

"晴空崖是八荒灵师的中枢和裁决之地,你不知道吗?说吧,晴州十二羽客,你是哪一家的后人?"

"我不是羽客后人,"唐笑语怒道,"除了日光城里那一颗,你知道又有一颗南山珠已经在十三年间现世了吗?晴空崖是灵师圣地不错,可是没有南山珠的白冠,是真正的白冠吗?"

"什么?"那中年人一脸愕然,"你是说还有一颗南山珠?"

"不错,就在你们还在帮着朝家介入八荒战火,想要拿到日光城里那一颗南山珠的时候,新的南山珠已经在鹂鸪谷降世了。"

"鹂鸪谷?"那中年人的瞳仁急剧地收缩起来。

"疾白民!"

尘世的喧嚣终于还是冲破了流光幻境,那是一枚燃烧着星辰怒火的利箭,它呼啸而来,带走了唐笑语眼前的一切光亮。

微风拂过了她的发梢,兜鍪中露出的发丝贴到了脸颊上,痒痒的,她从一片空明中坠落。睁开了眼睛,眼前正是第一缕金色的阳光。

她低下头,那莹蓝的明珠还在手中,正慢慢褪去曼妙的光华。

在望江营所有士兵之前,那个玄甲灰樱的身影,正慢慢举起了他的流萤。

"准备吧,"伍扬把弓抛回给了唐笑语,"下一轮就要开始了。"

唐笑语一把拉住了伍扬,道:"不能冲!"

伍扬一愣,唐笑语已经不管不顾,打马奔豪麻直冲了过去。

鬼影们正在静静等待着豪麻冲锋的命令,唐笑语哒哒的马蹄声就格外清晰,有那么一瞬间,她竟想起了刚刚那个骂骂咧咧孤身闯来的敌兵。

并没有比自己好多少,豪麻的胸甲上一道深深的刀痕露出甲缝的中衣上,鲜血已经变成了深褐色,他胯下的那匹战马也很陌生。无论从哪个角度看,都可以看得出他身子的疲惫,但那双黑色的眼里,还燃烧着亢奋的火。

士气不可夺,唐笑语知道这个时候自己的出现太过不合时宜,但是她也顾不得那么多了。

"不能再冲了!"她对着所有人大声说。

豪麻皱起了眉头。

"你,能不能先把手放下,你这刀一落,他们就冲出去了!"唐笑语的声音里带上了哭腔。

已经擎起了枪的士兵也都摸不到头脑,看看唐笑语,又看看豪麻。

"怎么回事!"伍扬已经打马跟了上来,拉住唐笑语的肩膀就向后拽。

"不要再冲了!"唐笑语的拼命喊了起来。

伍扬的脸色难看极了,一把抓住唐笑语的腰带,把她拽下马来,在她的耳边低声恶狠狠道:"不要命了!你不要命了吗!"

"有伏兵!对方有伏兵!我亲眼看到的!"唐笑语拼命地挥动着右手,她想要用学过的那一点点灵术制造一些奇观,好让他们相信自己,可是,这样关键的时刻,她体内的星辰应力竟

奔掠火

然全无反应。

"你疯了,我们一路追来,就跟在他们的屁股后面,这些杂碎都被打成这个样子了,怎么会有伏兵!"伍扬实在忍不住了,大声呵斥着,要把唐笑语从众人面前拉开。

这一番折腾,豪麻的手臂已经在这里举了半天,流萤上那一点浅绿的幽光,此时已经完全消散了在明亮的日光中。

"让她过来!"

豪麻手腕反转,忽地收刀回鞘。

"这!"打头阵的校尉打马上前,道,"侯爷,战机稍纵即逝,现在不追,就没有机会了。"

豪麻举手,挡住了射来的强烈光线,道:"你们曾见过旭日东升,河边的晨雾还不散去的吗?"

"啊?"

豪麻的话提醒了所有人,此刻青骑的营盘已经火光缭绕,但是这大火顺着风势一路翻滚,却渐渐在雾中失去了踪影。的确,河畔的晨雾,在太阳出来后,理应消散,但是此刻,哪怕太阳已经散发出了万丈金芒,那看似稀薄的雾霭,依旧在青骑溃退的路上徘徊不去。

"去,赶紧把邹禁和安顺叫回来!"

"唯令!"斥候急匆匆地打马而去。

豪麻催马来到了唐笑语身边,道:"怎么样,自己能起来吗?"

哇,真是混蛋,这个时候还要居高临下地说这种话。

唐笑语再弓马娴熟,毕竟是个女孩子,几轮冲撞下来,竭尽全力,浑身早就散了架,加上刚才没命地阻拦,这一口劲儿泄了去，当真是腰也疼，腿也抖，还真的爬不起来了。

"能！"她不愿意被豪麻看扁了，咬着牙撑起了身子，手刚刚抠住马鞍，便觉得什么地方不对，怎么这地面也晃起来了。

"你还看到了些什么？"豪麻喉结滚动，明显警惕了起来。

"在我们的右侧，还有一支重装骑兵！"

豪麻探下身去，抓住唐笑语的腰带，一把把她薅了起来，摁在青马上。

"给我看住了她！"这是他今天第二次对伍扬下同样的命令。

八

不过片刻的工夫，鬼影已经动了起来。

"你看到的？"豪麻沉着脸。

唐笑语点点头，指了指天上。"我不知道你信不信，但是，高明的灵师，可以将灵识附着在天上的鹰鹭上。"

她看着豪麻，这一段话说得磕磕巴巴。

虽然她借助疾白民的羽隼，已经把整个战场看了个清楚通透，但是她也十分清楚，她修为有限，是没有凝羽为隼的能力的，甚至疾白民在这几日内，也放不出第二只羽隼了。说到底，哪怕她已经知道了敌人在哪里，她还是不知道应该怎样做。

"我知道，羽隼。那么对方已经把我们的情况看了个一清二楚吧。"

"是，不过，他的羽隼也被我弄散了，现在他和我们一样，同样不知道我们的动向了。"

"好，现在我们杀回去。"豪麻看看身边的军官们。

"啊？还要杀回去？"

"对骑兵来说，马就是命，这么多的马，他们舍不得的！我们不用担心重骑，他们绕过来是要包抄我们的，既然你和对方的灵师都看到了整个战场，那么他们便一定知道我们不会再冲阵了，这重骑最有可能的去向，就是楚穷的后队。既然算准了我们会回撤，他们是不会舍得这漫山遍野的战马的。青骑这几千人，几天差不多被我们一勺烩了，但是烩得还不够彻底，等他们来打扫战场的时候，我们就把他们再切上一次。"

"侯爷，现在已经完全天亮了啊，他们人那么多，什么都看得一清二楚，会有效果吗？"刚刚赶回鬼影本队的邹禁发出了质疑。

"他们有晨雾，我们有烟火，"豪麻指了指那一顶顶燃烧的帐篷，道，"火势是我们催动的，他们在上风口，所以不害怕，等他们过来收马，我们就插过去，再去他们后面点一把火，这样火焰就把我们该做的事情都做了。"

"明白了吗？"

"明白。"望江营是豪麻一手带出来的，当真是如臂使指，沟通起来顺畅无比，对于豪麻的计划，唐笑语虽然囫囵听了一遍，但实在是不怎么明白，不过既然大家都说听明白了，自己也只好跟着点头就是了。

"这样，刚才他们在上风不是吗？火不往他们那边烧，嗯嗯，但是我们到了他们身后，再点一把火。对，他们就从上风口变到了下风口了。对，聪明！"伍扬看出来唐笑语没听懂，主动过来给她比比画画地又讲了一遍。

"走吧？"

这一次是大白天，为了能够出其不意地出现在对方身后，鬼影们决定要冒险从刚才的战场穿过去。

"打仗原来是件这么困难的事，这一天，到底要跑多少路啊！"

跟着鬼影转移，虽然知道最好不要说话，但是唐笑语忍不住。何况，现在她还不是望江营的人，她可不想嘴里也叼上一根树枝。

"这个嘛，机会难得，虽然大伙也是强弩之末了，但不拼一下，实在说不过去。"

"就算你们受得了，马也不行了。"唐笑语心疼地摸了摸小青的脖子。

伍扬转头吐出一口血沫去，道："没法子，这战局的胜负，就在于这一点点微小的差别。若是今早徐子鳜能够再机警一些，多放一些斥候出来，那我们这百里夜袭，就全然徒劳。"

"明白了。"唐笑语是真的在用心听。她总是想着，都说武毅侯战无不胜，那想要跟在他的身边，自己总也要懂一些韬略才好吧。

穿过这片刚刚被烧焦的土地并不容易，唐笑语忽然想到鹧鸪谷底的那许多流萤，每一只都曾是进入谷中的生命，这样看来，这离火原上为何会出现那许多萤火，也便可以找到答案了。在打马穿过战场的那一会儿，她都在心中默默祈祷，一定是海神收走了那些死去的魂灵，才让他们在世间可以留下最后

奔掠火　291

一丝痕迹。

这一场战斗，对唐笑语来说，最艰难的时刻，不是冲锋陷阵，而是在第一次冲阵前，鬼影们杀死那个被俘的军官的时候。她怎么看，也觉得他不是一个坏人，怎么在另一些同样不是坏人的士兵眼里，就要理所当然地死去呢。这样的问题当然是没有意义的，如果换了任何一个鬼影的斥候落在了澜青军队的手里，大概也是一样的命运吧。

今天这一战，也是灵师唐笑语的第一战。她从未想过，灵术真的可以在千万人的战场上发挥作用，决定千百人的生死存亡。毕竟，这些秘术看起来都是那么的普通。在灵术的三大体系，巫医、星辰和鬼神中，她从小最感兴趣的，便是巫医之术。实话说，星辰和鬼神，她学得都不甚用心，她始终相信，医者仁心，学一门能帮助人的技艺，总是没错的。但是在今天的战场上，她终于明白，有的时候，医术是没有办法保护自己在乎的人的，为了要他们活着，你必须做的，是不得不去伤害更多的人。

生还是死，在灵师们的传承中，历来是五星七曜的运行决定，战争这件事的对错，从来也不是一个小小的灵师所能掌握的。

战场上的灵师，就变成了战士，和所有的战士一样，战场上，只有一个目标，就是活着。对于唐笑语来说，这个目标还要补充上重要的一点，让自己在乎的人好好活着。

可作为一个灵师，自己真的不合格。疾白民那样凝羽成隼的本领，她是没有的，甚至浮生术也只能凭借夜明珠的重晶之力施展出来，赖在人家的灵器上。至于能够进入流光幻境，在有重晶的地方，是不费什么气力的，但是这次自己能够冲进羽客的幻境里优哉游哉，大概也是托了这明珠的福吧。流光、浮生、牵风这样的鬼神技，说起来好像都普通，但看疾白民的大手笔，自己不好好练习，也是不成的了。

想着想着，她又暗自叹气，若是样样强过自己，超厉害的道婉婷在这里，又会怎么做呢？是了，她根本不会留在鬼影军中，一定已经北上晴空崖了。对她来说，赤研星驰才是那个在乎的人。可唐笑语总觉得冠军侯虽然极尊重道婉婷，却并没有那么喜欢她，难道对相伴共枕的人，只要尊重就够了吗？啊，楚穷说过，娴公主有点喜欢他的，那么娴公主到底有多喜欢豪麻呢？有没有像他爱她一样多呢？

最后的这一次突击，唐笑语没有再跟着望江营发起冲锋，因为这一天，对她来说实在太过漫长了。她还只有十七岁，心里那一点点勇气、一点点倔强、一点点坚持已经统统用完了，余下的，可能只有一点点软软的温情。

她就带着那一点点的温情，看着豪麻和他的鬼影们在离火原上掀起酷烈的风暴，这个男人真的是为了战场而生的。有多少次，只要他的团队稍稍松散上那么一点点，这支严重透支的队伍就会灰飞烟灭，但是偏偏他每次都能越过那一点点，许多个这样的一点点加起来，便不是一点点了。它们汇聚起来，便点燃了一场盛大的、席卷八荒的野火。

虽然唐笑语牵着缰绳的手，已经握得都松不开了，但她今天有幸成为这野火的火种之一，是不能说不带着一点骄傲的。

由于暗夜无光，即便斥候用命，望江营也实在难以把敌军的所有情况摸清。平明河的清晨，常有薄雾，谁知道那纱一样的雾气后面，竟然就是徐子鳜整装待发的重甲步卒？很快，大家便都知道了那个识破陷阱的人，叫作唐笑语。

这一战，豪麻带着望江营在青骑的阵地三进三出，基本打没了徐子鳜的五千青骑，余下一千重骑只能光秃秃地和大量的步兵、步弓混在一起，不再敢轻易出击。这缓慢而庞大的队伍，对望江营的威胁已大大减少，更不要说捕捉到望江营的主力进行决战了。而豪麻率领的这一支鬼魅的影子武士，却可以对他们进行不断的袭扰，当然，袭扰也不是目的，豪麻的目的，是要用自己这三千兵马，把徐子鳜的所部，全部吃掉！

这个男人铁齿钢牙，他说到的，就一定会做到。

平明河水清可见底，慢悠悠地流淌着。

青马饮饱了，抬起头来，愉快地打了个喷嚏。唐笑语摸摸这匹陪她出生入死的小青马，脸上露出了微笑。

不是不开心的。此役之后，她终于在望江营里站稳了脚跟，大家都知道营里新来了一位很厉害的灵师。她跺跺脚，就可以缩地盈尺；动动手，便可以翱翔九天。从此，澜青的军阵在望江营这里，就再也没有什么秘密啦。

但是晋升的这位唐都尉，却有一大堆说不得的小秘密。

一个，是她很想知道，那个刀冷面更冷的武毅侯心里，每天到底在想些什么？

另外一个，便是在平明河战场上，与她交手的那一位厉害得多的羽客，他究竟是谁呢？